KB269255

새파란
거짓말

새파란
거짓말

박자경 소설

문이당

작가의 말

조금 탄 생일 케이크

얼마 전 생각지 않은 선물을 받았다. 몽블랑 만년필이었다. 나는 예나 지금이나 만년필을 쓰지 않는다. 그래서 이 선물, 나를 조금 당황시켰다.

그런데 가만히 생각해 보니 이 사물과 나의 인연이라는 것이 묘했다. 몽블랑을 나는 꼭 10년 전 이맘때에도 받은 일이 있기 때문이다. 회사 인생을 마치고 내가 안녕을 고하는 자리였다. 마치 잔치 같던 송별회에서 동료들이 내게 몽블랑을 주었다. 이걸로 신춘문예 당선되세요, 후배는 말했다. 오랜 짝사랑을 들킨 것이 부끄러워 나는 체면을 차려 보고자 이 나이에 무슨? 아닌 척을 했다.

그러나 나는 그때 소설만 쓰면서 살아 볼 용기를 실천에 옮기는 중이었다. 그리하여 10년간 매여 있던 직장과 그때껏 살아 온 서울을 떠났다. 사람 없는 신도시에서 직업 없는 사람으로 살아가는 인생이 시작되었다. 그리고 그해 겨울, 드디어 내 짝사랑이 이루어졌다.

이듬해에 첫 소설집을 내고 나서 띄엄띄엄 작품 발표를 하다가

최근 몇 년간은 실내 생활자로 살았다. 단순히, 글 먼저 쓰고 세상으로 나서자던 소박한 작정이 나를 가둔 것이다. 그사이 내 주변에는 떠나는 것 투성이였다. 친구도 떠나고 시간도 떠나고. 작은 몽블랑 따위는 금세 사라졌다.

그렇게 10년이라는 시간이 갔다.

이제 나는 자꾸만 순서를 뒤로 미뤄 두었던 두 번째 소설집을 문 삼아 세상으로 나서기로 한다. 다시 오랜 시가지로 살림집도 옮겼다. 이런 내게 몽블랑이 다시 왔다. 나는 여전히 만년필을 쓰지 않지만, 이 몽블랑은 누구에게도 주지 않을 작정이다.

이번 소설집에서 내가 가장 애착을 갖는 작품은 〈너라는 검은 덩어리〉다. 〈저 까마귀 떼〉와 〈새파란 거짓말〉은 무척 공을 들인 작품이다. 이들 작품은 첫 번째 소설집의 〈빨간 손금〉, 〈나쁜 꿈 나쁜 피〉와 정서적으로 비슷하다. 이 정서의 이름표를 '새파란 거짓말'로 단다.

〈너라는 검은 덩어리〉는 독자를 불편하게 건드릴 것 같다. 검게 탄 파이를 나누어 주는 기분이다. 〈새파란 거짓말〉은 식물성 정신력을 두려워하며 썼다. 〈저 까마귀 떼〉는 설화 흉내를 낸 작품인데 무슨 이야기를 하려는 것인지 알아맞혀 보시기 바란다. 〈비닐봉지가 새처럼〉은 내가 진정으로 연대 의식을 갖고 있는 3, 40대의 공감을 구하는 작품이다. 〈어둠보다 익숙한〉은 결혼이라는 동굴 앞에 선 사람들 이야기다. 〈물고기〉는 가벼움을 추구하며 쓴 작품이다.

첫 소설집을 읽고 자동 응답기에 "작품이 너무 좋아서 전화 걸어 봤습니다"라고 메시지를 남긴 익명의 독자가 이번 책을 어떻게 보실지. 후속작을 기다린다던 재외 동포 팬은 또 어떠실는지.

세상 핑계를 대며, 신선하고 편안한 위로가 되어 주지 못하는 것을 대단히 미안하게 생각한다.

그래도 일면식도 없는 내게 당신의 책을 보내 한 우주 안에 사는 공감을 나누어 주신 작가 분들께 이제라도 답장을 보낼 수 있게 되어 기쁘다. 10년 가까운, 우습지 않은 세월을 기다리게 해놓고 약속과 다른 원고를 보냈는데도 책으로 묶어 주신 문이당에도 깊은 감사를 드린다. 과로로 힘든 중에도 해설을 맡아 주신 방민호 씨와, 소탈하고 쾌활하게 용기를 보태 주신 신수정 씨, 춘천의 말을 짚어 주신 강원대학교 이효숙 씨, 뒤늦게 도움을 청해 곤혹스러우셨을 나무학자 이유미 씨께도 진정 깊은 고마움을 전한다.

　가벼운 우울증과 알코올홀릭과 히키코모리 증세를 남몰래 방에서 겪으며 몸은 좀 닳았지만 정신은 맑아졌다. 이제 〈새파란 거짓말〉 앞에, 음력 7월이 두 번 든 덕에 두 번이나 지나간 생일 케이크를 놓는다. 좀 음산하지만 즐거운 자리가 되기를 빈다.

2006년 가을 수리산 아래서

박　자　경

차례 / 새파란 거짓말

어둠보다 익숙한

「유일한 규칙 하나. 서로 참견하지 않기.」

「정말, 혼자 하는 대로 내버려 두기야.」

「좋아. 나도 대찬성.」

여와 유, 그리고 '미'로 불리는 나는 간단한 합의에 이르렀다.

「요즘 어때요?」

유가 뒷자리로 고개를 꺾어 여에게 물었다.

「고파요.」

「오홈.」

무슨 뜻인지 알아차렸다는 듯 유의 콧소리가 능글맞다.

「나뎡구는 퍼즐 조각이 된 기분이랄까. 모든 것에 주려 있…….」

나는 핸들을 팍 꺾어 버렸다. 그 바람에 여의 뒷말이 뭉개졌다.

「어후, 왜 그래.」

한쪽으로 왈칵 쏠렸던 여가 바로 앉으며 툴툴거렸다.

「길에 고양이가 죽어 있었어.」

유가 나를 빼초롬히 쳐다보았다. 내 악의에 동조까지는 아니어도 최소한 발설하지는 않겠다는 뜻 같았다.

「왜?」

나는 마치 손으로 푹 찌르듯 유의 눈동자를 마주 보았다. 나는 여를 밟고 유와 짝짜꿍을 맞출 생각은 없었다.

뭘, 하며 유는 고개를 돌렸다. 웃는지 볼우물이 살짝 패었다. 뭔가 안다는 걸 보여 주고 싶은가 보았다. 여자에 대해 시시콜콜 잘 아는 척하는 남자가 얼마나 얄쭉대는 것처럼 얄미운지 유는 죽을 때까지 모를 것이다.

「밤에 고속도로 다니다 보면 거적때기 덮어 놓은 게 많다더라. 농부나 짐승들이 많이 다친다며? 길 건널 때 조심해야지. 길이란 참, 편리하기도 하면서 무섭기도 한 거야.」

「일종의 독재죠.」

유가 가슴을 쭉 펴며 굵은 목소리로 말을 받았다.

「어머 그래요, 진짜. 이리로만 다녀라. 남들과 같은 방향으로만 가라.」

나는 후사경 속의 여의 얼굴을 힐끗 보았다. 무슨 뜻인가. 자못 인생 철리를 담은 것 같기도 했다. 그러나 여의 인생 철리란 대개 감상이나 막연한 소원과 엉긴 것이다.

중학생 시절 여는 색색 가지 수성 펜으로 '내 마음의 소나타'라고 쓴 노트를 끼고 다니던, 자칭 문학 소녀였다. 가끔 노트를 빼내어 읽어 보면 누구를 대상으로 한 건지, 사랑의 색상과 종류에는 어떤 것이 있는데 자기 사랑의 색깔이 진해지지 않도록 노력하는 것이 참 힘들다는 둥, 하는 이야기만 잔뜩 적혀 있었다. 소련 말 하고 있네, 하며 나는 혼자 깨득대곤 했다. 가끔은 친구들이랑 같이 킬킬거릴 때도 있었다. 이런 감상만 잔뜩 어질러 놓는 작자를 일러 문학 소녀란다면 차라리 그건 욕일 거라고, 그러니까 여는 욕을 얻어먹어도 싼 인간이라고 생각했다.

「무단 횡단하다 걸린 적 있지?」

나도 모르게 말이 톡 나갔다. 아무 반응들이 없었다.

「새끼줄로 만든 가로수 옆 임시 보호소에 들어가 벌선 적 있다며…….」

마찬가지였다. 유를 돌아보았다. 숨을 참는 것 같은 표정이었다. 그러나 후사경 안의 여는 창밖으로 고개를 돌린 채였다. 턱 선이 완강해 보이는 것이 언짢음을 누르려는 것 같았다. 나는 그제야 여가 유 앞에서만큼은 품위를 지키려 한다는 것을 상기해 냈다.

언제부터인지 나는 여에게는 결코 이겨서는 안 된다는 도덕률 비슷한 것을 갖고 있다. 그것이 게임의 법칙이 아니라 굳이 도덕률인 것은 어느 모로 보나 여가 나에 비해 약자이기 때문이다. 나는 다시 한 번 마음을 가다듬었다.

바람이 센지 하늘의 구름이 해를 가렸다가, 비껴가기를 반복했다. 구름 아래를 달릴 때면 곧 비가 올 듯 음산한 습기가 머리칼을 축축하게 적시는 것 같다가도 고개만 넘으면 어느새 먹구름을 벗어 버린 아스팔트 위로 하얗게 달구어진 햇살이 납물처럼 쏟아지기 시작했다. 아침밥을 먹지 않고 출발했기 때문에 요기할 겸해서 휴게소로 진입해 들어갔다.

「뭐 좀 먹어야지?」

안전벨트를 풀며 여와 유를 향해 물었다

「난 생각 없어. 커피나 한 잔 해야지.」

여가 하얀 모자를 쓰더니 차 문을 열었다. 나는 갑자기 허기진 배 속 가득 이빨이 돋는 것 같았다. 여와 나는 식욕에서조차 늘 시소게임이다. 여가 밥을 먹기 싫어하면 나는 난데없이 식욕이 솟아오르고 여가 밥을 맛있게 먹으면 갑자기 숟가락에서 나는 침 냄새 때문에 코도 들이댈 수 없는 식욕 부진이 덮친다. 여가 얼굴을 가릴 정도로 소복이 뜬 밥을 씹지도 않고 삼키는 대로 녹여 먹으면 나는 마른 식빵을 커피에 찍어 질겅거리면서 다리를 연신 흔들어 대는 식이다.

그러나 사실, 아침밥은 배로 들어가는 것이 아니라 머릿속으로 들어가는 것 같다. 홧김에 먹어 치우기에는 국밥이 좀 많았다. 숟갈을 집어 들었다. 밥을 먹기 시작하는데 여가 손수건으로 손을 닦으며 걸어오는 모습이 보였다. 화장실에 갔다 오는 모양이었다. 흰 반바지 아래로 드러난 허연 다리가 바람 든 무처럼 퍽퍽하고 울퉁불퉁해 보였다. 나잇살이었다. 어릴 때 나는 가끔 여의 다리를 밉게 흘겨보곤 했다. 하얀 피부가 부러워서였다. 내 다리는 보기만 해도 듬직한 굵기에 검고, 종아리는 선천적으로 근육이 붙거진 모양새다.

「뭘 좀 드시죠.」

게걸스럽게 아침을 해치우던 유가 눈만 홉뜨며 여에게 말했다.

「아녜요, 어서 드세요.」

여는 앉으려다 도로 일어섰다. 밥을 먹고 있는 우리와 마주 앉아 있기가 고통스러운지 아니면 민망한지 여는 밖으로 나갔다. 자판기에서 커피를 꺼내 마시고 있는 모습이 유의 어깨 너머로 보였다.

「언니 다이어트 중이야.」

나는 유도 그 사실을 알아야 할 것 같아 말했다. 여는 누구를 만나야 할 때면 며칠 전부터 밥을 굶는다. 목욕하고 미장원 갔다 오는 일처럼 다이어트는 그녀의 일상적인 치장 절차다. 요즘에 한창 다이어트에 열을 올리는 것이 나를 불안하게 했다.

「넌 안 하냐?」

유의 밥그릇이 비어 있었다. 식탐이라면 유도 여 못지않은 사람이다. 내가 그의 인간성을 미심쩍게 보는 거의 유일한 단서는 바로 저 염치없이 왕성한 식욕이다. 그는 내가 배고픈 날에도 자기 밥을 후딱 해치우고 내 밥을 바라보곤 하니까. 음식에서 올라온 김 때문이겠지만 그런 때 그의 눈에 어리는 물기는 꼭 침처럼 보인다. 연애란, 남자가 자기도 추우면서 외투를 여자에게 벗어 주고, 여자는 배가 고파도 자기 밥을 남자에게 덜어 주는 것이다. 춥고 배고프다는 기본 욕구를 왜곡시키는 것도 그러나 한정이 있다. 우리가 알아온 지 7년, 나는 숱하게 빼앗긴 내 밥 때문에 그를 만나면 늘 배가 고팠다. 순전한 생존의 기본 욕구인 식욕에 그다지 염치없는 걸 보면 그는 이기적인 욕심쟁이일지 모른다. 결혼하면 제멋대로 굴고 받으려고만 할 것도 같다. 나는 얼마 전부터 그와 만날 때면 절대로 밥을 남겨 주지 않았다. 이 국밥도 그러니까 내가 다 먹어야 하는 거다. 밥알이 불어 양이 많아지기 전에 빨리 먹어 치워야 했다.

「글쎄. 이제 뱃심으로 살아야 할 나이가 된 것 같아.」

유의 눈에 번질거리는 침을 모르는 척했다.

「뱃심? 너 부끄러운 것도 모르고 큰일 났다. 옛날에는 밥도 새 모이만큼 먹더니 너도 늙긴 늙나 보다.」

오랜 친구는 연인 사이로 발전을 한대도 이죽거리는 말투만은 여전해서 도대체 분위기를 잡지 못한다는 단점이 있다.

「그땐 새였지만 이젠 여인으로 진화했거든.」

다시 수저를 드는데 전화벨 소리가 울렸다. 유가 순식간에 전화기를 귀에 대며 일어서서 나갔다. 빠르기가 거의 용수철이었다. 어어, 난 또 누구라고?, 그래그래, 하는 소리가 들렸다. 밖으로 나간 유는 등을 돌리고 있어서 얼굴이 보이지 않았다. 여가 양손에 종이컵을 들고 유의 등을 지나치다 말고 그를 힐끔 보더니 엉덩이로 유리문을 밀고는 다가왔다.

「어머 아직 다 안 먹었어?」

여의 말을 듣자 위가 꽉 조여지는 것 같았다. 언니 제 편 좀 들어 주세요, 위장이 여에게 호소하는 것 같았다. 나는 수저를 꽉 쥐었다.

「여자는 나이를 들어도 긴장을 늦추지 말아야 하는데요, 이 친구 는 언제부턴지 저보다 밥을 더 많이 먹어요. 누님은 아직도 소녀 같으신데 말예요.」

언제 다가왔는지 유가 종이컵을 빙글 돌렸다.

금방 분칠을 다시 한 여의 얼굴은 윤기와 요철이 사라져 무슨 창 호지로 만든 가면처럼 보였다. 살짝 미소 짓는 입 새로 황금 광산 이 열리듯 누런 이가 드러났다. 원색에 가까운 꽃분홍빛 립스틱 때 문이었다.

「에이 뭘. 어릴 때 비하면 지금이야 썩은 거지.」

여는 소녀 같다고 하면 대단한 칭찬인 줄 알고 해싯거리며 웃고, 괜히 차도 한 잔 더 내오는 불필요한 친절을 떠는데, 그런 순진과 단순성은 때로 사람을 신물 나게 한다. 팔뚝이 나무통처럼 굵어지 고, 눈가나 입가 피부가 여러 번 쓴 비닐 랩처럼 후줄근한 여자가 소녀인 척하다니, 나는 여를 마주 바라보기가 민망해 고개를 돌리 고 말았다.

「깊은 산이야. 나 아니면 넌 무서워서 꼼짝도 못할 거다.」

유가 안전벨트를 잡아당기며 말했다.

우리는 자연 휴양림으로 가는 중이었다. 유가 어린 시절 아침이면 바라보곤 했던 산이다. 그 산을 보며 유는 고등학교를 졸업하고, 그 산에 눈 쌓인 겨울, 서울로 길을 떠났다. 하지만 당초 이곳은 나만의 비밀스런 행선지였다.

며칠 전 유를 만났을 때였다. 빨대로 주스를 한 번 휘저으며 유가 말했다.

「너 나랑 강에 안 갈래? 너 수영복 심사 좀 해보자.」

늘 들어 온 말이었다. 회사 일이 많다더니 남들 휴가 갈 때 강으로 출장을 가야 하는 모양이었다. 내가 직장 때문에 동행할 수 없으리라는 것을 알고 언제나처럼 집적거려 본 것이었다. 그러나 이번에는 사정이 달랐다. 내 휴가가 마침 그때였던 것이다.

하지만 난 유에게 대답하지 못하고 망설였다. 첫째는 혼자 간다면 몰라도 유와 여행을 간다면 혼자 남을 여에게 눈치가 보일 수밖에 없고, 둘째는 이번 동행을 유가 몇 달 전 술 마시다가 한 청혼에 대한 긍정으로 알아차릴지 몰라서였다. 몇 달 전에 한 청혼, 그것도 술기운을 빌려 한 것이 지금도 유효한지 알 수도 없었다. 유도 다시 말을 꺼낸 적이 없었다.

그러나 무엇보다 내가 망설인 큰 이유는, 여러 가지 핑계를 대서라도 이번 휴가만큼은 혼자 떠나려던 참이었기 때문이다. 단 하루만이라도 인간계를 떠나 은자처럼 지내보고 싶었다. 그러기에는 사람들이 떼 지어 몰려가는 물가보다는 깊은 산이 좋을 것 같았다. 나는 내 나머지 생애, 아직도 찬란할 일이 많을 것 같은 젊은 생애를 어떻게 살아갈 것인가, 결정해야 하는 기로에 서 있었다. 아주 현실적인 문제였다. 커리어 우먼으로 살아갈 것이냐, 현모양처가 될 것이냐. 회사에서의 여직원은 딱 두 부류가 있다. 영계와 노계. 노계 중에서 대외 홍보용으로 키울 만한 몇몇의 발군의 인재만이 대리도 되고 과장도 된다. 나머지는 결혼과 동시에, 자동 포장되어 상자에 담기는 공산품처럼 줄 맞춰서 퇴사하는 것이다. 나는 인재라기보다는 평범한 노계에 가깝다. 남자들 다 하는 거 나라고 못할 게 무어냐고 무역학과를 전공으로 선택한 탓이다. 그런 기고만장한 생각이 아직 우리 사회에서는 지나치게 선구적이었다는 것을 깨달아야 하는 때, 전문직이 아닌 단순 사무 관리직, 마케팅부와 영업 관리부, 구매과 등을 전전하며 나는 이미 서른하고도 셋이 되어 버렸다. 전문직이었으면 훨씬 사정이 좋았을 것이다. 그러나 나는 아직 대리도 아니다. 생각 같아서는 남성 중심의 회사 조직이라는 것이 겨우 군사 문화의 연장 아니냐고, 자기들끼리 오입 접대나 하면서 야합하는 술자리가 회의냐고 신랄하게 공격함으로써 장렬하고 속 시원한 직장 생활의 종언을 맞이하고 싶다. 그리고 멋진 남자와 짠 결혼하는 것이다. 나를 무시했던 부장이나 이사 따위의 월급쟁이들을 단번에 누르고 그들의 머리 위로 썩 비상하는 것이다. 그러려면 남편의 직업이 변호사나 의사쯤은 되어야 했다. 그러나 유의 신분은 그런 것과는 거리가 멀다. 스스로는 순수 예술이라고 생각해도 남들은 상업 예술, 혹은 글을 설명하는 삽화쯤으로 생각하는 사진을 찍는 사람일 뿐이다. 더구나 유는 나에게 말하곤 한다. 난 너처럼 돈 잘 벌고 섹시한 여자가 좋아. 유는 내가 회사를 그만두고 새로운 인생을 시작할 힘을 기르는 동안 나의 처마나 울타리가 되어 줄 수 있을까. 아니, 결혼이라는 것이 우선 안전한 고지이기는 한가. 그것은 아직 들어가 보지 않은 시커먼 동굴이다.

나는 결혼과 직장에 대해, 어떤 답도 내리지 못했으므로 나의 유일하고도 유력한 결혼 상대자인 유의 청을 쌀쌀하게 내칠 입장이 못 되었다.

「언니랑 같이 가면.」

내 입에서 제법 요조숙녀다운 제안이 나왔다. 무심히 주스를 마시던 유가 갑자기 캑캑거렸다. 사레들린 모양이었다.

「너 진짜냐? 야, 많이 발전했다.」

그러나 솔직히 여와 함께 가는 것은 내게는 여행도 아니었다. 서로의 정신 건강에도, 남은 여름 동안 등을 달구어 댈 노염을 견디는 데에도 도움이 될 리 없었다. 그러나 여의 의견은 거쳐 가야 할 돌다리였다. 일단 두드려 보기는 해야 했다.

저녁때 목욕을 마치고 거실로 나가 보니 여는 휴대폰의 배터리를 갈아 끼우고 있었다. 받기만 하면 기본요금으로도 버틸 수 있다며 산 것이었다. 자기에게 연락할 사람이 누가 그렇게 많은지는 모르겠지만 아무튼 여는 그걸 무슨 애완견이라도 되는 듯 하루 종일

만지작거리고 때 되면 먹이를 주듯 배터리 갈아 대는 일을 정성스
레 했다.

전화기를 열어 단추를 몇 개 눌러 보더니 여가 말했다.

「야, 너 니 전화기로 나한테 전화 한 번 해볼래?」

「왜?」

「그냥. 전화기가 고장 난 것 같아서.」

난 내 전화기를 가방에서 꺼냈다.

「왜? 보통 전화로 하면 안 되고?」

「아니 그걸로 해봐. 무슨 통신 장애가 있는 것 같아.」

나는 멀찌감치 서서 여의 번호를 눌렀다. 여도 거실 구석으로 가
셨다. 종이컵에 실을 연결해 전화 놀이를 하는 기분이었다. 벨이
울려 내가 막 '잘되는데?' 하려는 찰나였다. 여가 갑자기 벨 소리에
놀란 사람처럼 전화기를 쫙 펴고는 목소리를 깔았다.

「엽세요?」

좀 어이가 없었다.

「잘 들려!」

내가 전화기를 접으며 말하자 깨들짝 놀라 낯을 붉히기까지 했다.

「너였니? 번호 한번 되게 빠르게 누른다 애.」

여가 전화기를 탁 접었다. 누구 전화를 그렇게 기다려? 묻고 싶
었지만 참았다. 여는 텔레비전 리모컨을 눌렀다. 좀 어색한 침묵
사이로 심야 토크 쇼의 웃음소리가 자지러지듯 쏟아져 들어왔다.

여의 침통한 낯빛이 좀 풀리더니 전파에 실려 온 왁자한 웃음에 전염된 듯 입가가 느슨해질 때였다. 나는 되도록 무심한 척 애쓰며 물었다.

「언니, 여름인데 친구들이랑 여행 같은 거 안 가?」

여의 얼굴이 새촘해졌다.

「여름휴가는 얘, 다 가족끼리 보내지. 그리고 내가 뭐 애들이니 친구들이랑 몰려서 놀이 가게.」

하기는 그랬다. 내가 실언을 한 것 같기도 했다.

「떠나고 싶기야, 내일 당장이라도 떠나고 싶지. 어디 가서 산소나 실컷 마셔 봤으면.」

여가 한숨을 푹 쉬었다. 그러고는 얼어붙은 사람처럼 멍해진 얼굴로 말했다.

「너 어디 가고 싶으면 가. 내 걱정 말고. 나야 뭐 혼자 지내는 게 특별한 일도 아니니까.」

돈도 없고 차도 없고 더구나 나 말고는 가족도 없는 여를 두고 여행을 떠나는 것은 차라리 모험이라는 생각이 그제야 들었다.

아직도 앨범 한편에는 여고 2년생인 그녀와, 형부였던 남자가 바닷가에서 까까머리에 티셔츠와 반바지 차림으로 다른 친구들과 어울려 찍은 사진이 꽂혀 있을지 모른다. 바다까지는 떼로 몰려갔지만 수영복을 입을 대담함은 없어서 둘러 입었을 흰 반팔 면티 속 감춰진 몸에, 실은 둘의 애타는 관심이 있었겠지. 둘에게는 그것이 첫사랑이었고, 그 사랑은 결혼으로 일단 성공한 것처럼 보였다. 그러나 여는 지금 혼자다.

나는 이미 물에 젖은 종이였다. 가볍고 자유롭게 수면 위로 떠오르려 아무리 애를 써도 그것은 내 운명에 허락되지 않는 일이었다. 내게는 여가 있으니까.

아무 결정도 못 내린 다음 날, 유에게서 전화가 왔다.

「차 좀 빌리자.」

간밤에 차를 받혔다고 했다. 신호 대기 중에 난데없이 뒤차가 추돌해 왔다고, 수리하는 데 일주일은 걸린다고, 난리 났다고, 우는 소리를 엄청 했다. 나도 여행을 갈 계획이었기 때문에 차를 빌려줄 수가 없었다. 그러나 유의 촬영지인 강은 내가 가려는 산과 차로 50분 거리였다. 결국, 여를 데리고 셋이 2박 3일의 여행을 하기로 했다. 여는 비가 갠 뒤 핀 꽃처럼 환한 얼굴로 반겼다. 과연 우리는 운명적인 관계였다. 어쩔 수 없이 여와 유라는 운명과 동반하는 길, 그나마 나는 휴대폰과 지인들의 전화번호가 적힌 수첩을 집에 두는 것으로 속세와의 절연을 시도했다.

「저희는 지금 집에 없어요. 잠시 여행을 떠납니다.」

여는 전화기에 대고 몇 번씩 고쳐 가며 녹음을 했다. 문을 잠그는 여의 표정이 의기양양했다.

산을 오르는 길은 경사 급한 능선이었다. 원시림 속으로 들어온 듯 발아래 까마득한 계곡이 잎의 바다를 이루고 있었다. 실족한대도 짙푸른 녹엽들 위로 몸이 둥실 떠오를 듯했다. 깊은 숲을 헤쳐 가자 저만치 매표소가 나타났다. 예약 사항을 확인하더니 유가 나를 불렀다.

「반씩 내자.」

지갑을 열며 말했다. 우리는 결코 서로에게 밥을 얻어먹거나 술을 얻어 마시지 않았다. 서로 돈 쓸 일이 있을 때는 그 자체가 이벤트였다. 그가 밀린 보너스를 탄 턱으로 저녁을 산다거나, 새로 머리한 내가 예뻐진 기념으로 술을 산다거나 하는 식이었다. 역시, 청혼 어쩌고 한 것은 다 술김에 한 핑크 빛 주정일 뿐이었다. 나는 재빨리 이성을 수습했다.

「아니, 내가 3분의 2를 내야 되지 않을까?」

「아냐. 대신 네가 밥 준비했잖아.」

유가 익살스레 웃었다.

「좋아. 그럼 차 임대료는 얼마로 할까?」

순간 유가 웃기를 멈추고 나를 살짝 흘겨보았다. 그러더니 다시 그의 입이 씨익 벌어졌다.

「그럼 우리 촬영 같이 갈까? 네 차 네가 운전하고. 나 사진 찍을 동안 너는 근처 구경하면 되잖아.」

유는 자기 계산이 너무 참깨 맛이다 싶은지 웃음을 깨물었다. 나도 그러고 싶기는 했다. 그러나 여가 또 걸렸다. 내내 자기 혼자만 둘 거였으면 뭐 하러 같이 왔느냐고, 누굴 뭐 여탕 남탕 칸막이 대신 쓸려고 데려왔느냐고 따질 것 같았다.

「아니, 나 속이 안 좋아.」

말하고 보니 진작부터 속이 무지근했던 것 같았다. 휴게소에서 우격다짐으로 먹은 국밥이 시위를 하는 모양이었다.

「엄청 먹더라니.」

얼굴 근육이 이내 축 늘어진 채 유가 여에게로 휘적휘적 걸어가며 누님, 이제 올라가시죠, 했다.

차는 그곳에 주차시키고 숙소까지는 관리소에서 제공하는 지프를 타야 했다. 지프 뒤에 짐을 싣는데 비가 후드득 떨어졌다. 쨍쨍 소리가 날 정도로 하늘이 새파랗더니 제풀에 터져 버린 모양이었다. 트렁크에 짐을 싣고 차 문을 닫는데 빗방울이 제법 줄기 지어 내리기 시작했다. 다시 야생의 숲을 헤쳐 2킬로미터쯤을 오르자 초콜릿 색의 지붕이 점점 시야로 올라왔다. 이어 자갈이 깨끗이 깔린 비알에 선 두 동의 통나무집이 모습을 드러냈다. 모든 인적으로부터 자유롭고자 했지만 너무 깊은 숲이라 옆집이 있다는 것이 번거롭게 느껴지지는 않았다. 옆 동에는 아직 아무도 들지 않았는지 문이 닫힌 채였다. 우리의 숙소는 옆 동과 사이에 널린 자갈 마당을 지나 안쪽으로 출입구가 나 있었다. 깊은 숲의 안쪽, 아늑하게 숨은 곳이었다.

원룸의 통나무집은 넓고 깨끗했다. 에어컨은커녕 선풍기 한 대도 없고 창이라야 싱크대 옆과 현관문 옆에 붙은 것이 전부임에도 실내 공기는 서늘하고 맑은 기운이 돌았다. 문명의 이기도 먹고 씻는 데 소용되는 것만 있을 뿐 전화 하나 텔레비전 한 대도 없었다. 열린 문으로 벌과 개미, 날벌레들만 쉴 새 없이 들고 났다. 서늘한 계곡 물소리가 곧 귀청에 가득찼다. 수도꼭자에서는 집 전체가 우떨리도록 엄청난 수압의 물이 쏟아졌다. 계곡에서 끌어올린 물은 차가웠다. 집 앞의 좁장한 마당 끝을 내려다보았다. 폭포와 긴 야생의 계곡이 가로로 뻗어 있었다. 마당 한쪽에 계곡으로 내려가는 길이 있었다. 그 길도 물과 돌로 이루어져 있었다. 며칠 전부터 간간 뿌려진 소나기로 계곡 물은 풍성하고 거칠었다. 고개를 들어 보니 두 줄기의 폭포가 하얗게 부서져 내리고 있었다. 넌출거리는 나뭇잎들로 조각난 하늘이 푸른 눈으로 계곡을 들여다보고 있었다. 어느새 비가 그친 것이었다. 하늘에서 내려다보면 이 계곡은 그저 메숲진 골짜기로 보일 것 같았다. 계곡 물이 차가워 발목이 끊어지는 것 같았다. 여의 소원대로 산소가 많고 유의 바람대로 물도 있었다. 혼자 있고 싶다는 내 바람은, 우리가 떠나면서 정한 유일한 규칙만 잘 수행된다면 역시 이루어질 것이었다. 우리 셋은 모두 환호했다.

여는 짐을 풀자마자 밥 준비를 시작했다. 나는 전혀 점심 생각이 없었지만 아침 굶은 여나 내 밥을 뺏어 먹지 못한 유는 빈 위장의 살가죽이 맞붙어 허리 펴기조차 힘들지 몰랐다.

여가 마련한 식탁에 하얀 이밥과 카레 소스, 낙지덮밥, 불고기덮

밥 등이 준비되었다. 이 진수성찬은 모두 파우치에 반조리 상태로 담겨진 채 팔려 온 것들이었다. 낙지덮밥 소스를 한 숟갈 떠서 밥에 비볐다. 입술이 말라붙은 듯했다. 겨우 입술을 떼어 수저를 넣었다. 직접 먹어 본 적은 없지만 라아드라는 기름 덩어리가 이 맛이지 않을까 싶었다. 기름이 엉겨 입 안에 더께가 지는 듯했다. 끓는 물에 3분 이상 가열하라는 조리법을 여가 제대로 지키지 않은 모양이었다. 여는 세상에서 제일 읽기 싫은 것이 설명서라고 했다.

「아침을 먹자마자 운전을 해서 그런지 속이 안 편해.」

나는 수저를 내려놓았다. 그러나 여나 유는 밥을 먹느라 내 말을 듣지도 못했다. 기름이 채 녹지 않은 인스턴트 소스들을 보자니 속이 니글거려서 나는 창 아래로 가 누웠다. 내가 빠진 밥상에서 현재의 나의 유일한 가족과 미래에 내 가족이 될 가장 유력한 사람이 흔들림 없이 밥을 먹는 광경은 좀 묘했다.

나는 어릴 때 잠깐, 돼지였다. 여와 함께 살기 시작했을 때였다. 여는 밥을 잘 먹지 않았다. 마른 편은 아닌데도 몸은 늘 기운이 없고 밥을 깨작거리는 선병질적인 아이였다. 엄마는 늘 그런 여에게만 신경을 썼다. 생선을 조려 줄까? 구워 줄까? 찌개로 할까? 금방 사 와 손가락으로 누르면 탱탱한 살이 만져지는 생선을, 눈도 뜨고 있는 그것을 손으로 주물럭거려 가며 엄마는 여에게 묻곤 했다. 요리법에 따라 토막을 칠 건지 배만 가를 건지, 소금을 뿌릴지 말지가 결정되기 때문이었다. 나는 그때 엄마도 밉고 여도 밉고 아빠도 미워서 밥을 많이 먹었다. 그때의 사진을 보면 심술인지 순전한 살인지 알 수 없는 부기가 내 얼굴에 가득하다.

그러나 밥을 많이 먹는다고 엄마의 사랑이 돌아오지도 아빠가 자상해지지도 언니가 나한테 잘해 주는 것도 아니라는 것은, 과식으로 인한 배탈이 나고서야 알았다. 배탈이 나서 누워 있는 나는 굶어야 한다면서 나머지 세 식구가 내게서 등을 돌리고 둥근 상에 모여 앉아 밥을 먹었다. 후룩, 하고 아빠가 뜨거운 국물을 떠먹는 소리, 여가 뜨거운 밥에 생선 살을 얹어 입에 넣고는 뜨거워서 호아호아 소리를 내다 짭짭거리는 소리, 엄마의 입속에서 알타리무가 아작하고 씹히는 소리, 사기그릇에 수저가 부딪히는 낮고 맑은 소리, 나는 그때 몰래 울었다. 아마도 내가 정신적으로 가족으로부터 독립했다면 그 순간이 아닌가 생각하곤 한다. 영혼의 구원을 대신 받아 줄 수 없는 것처럼 내 밥도 누가 결코 대신 먹어 줄 수 없다는 것, 그리고 나와 더불어 굶기를 선택할 사람도 없다는 것을 알았던 것이다. 하루하고도 반을 굶고 자리에서 일어난 그때 이후 나는 다시는 과식이나 밥 굶기 같은 것을 하지 않았다.

점심을 먹고 커피를 마시고 우리는 각자 서로 참견하지 않기로 한 일상을 시작했다. 여는 이어폰을 꽂은 채 계곡으로 나가 앉고 유는 카메라 가방을 멨다.

「너, 진짜 같이 안 갈래? 이 일로 나중에 운명이 어떤 식으로 달라지더라도 너 후회 마라.」

유가 샌들을 신으며 말했다. 나는 대답으로 헹, 소리를 냈다. 그의 취재 동행은 앞으로 기회가 다시 올 수 있지만 절실히 혼자 있고 싶은 이 순간은 지금 흘러가 버리고 나면 후에 다시 만난대도 아무 가치가 없을지 몰랐다.

「저녁때 올게.」

내가 인사말을 건네기도 전에 유는 뱀처럼 문지방을 건너갔다. 언제 농을 했냐 싶은 얼굴이 애당초 나와 동행할 생각 같은 건 없었던 것처럼 보였다.

나는 평소 읽고 싶었던 책들을 꺼냈다. 내 인생에서 한 발짝 떠나 보면 인생이 잘 보일 것 같은 기분이었다. 잠시만 다른 세상으로 침잠해 보자. 책을 펼쳤다. 물소리로 귀를 적시며 통나무 벽에 기대앉아 책을 읽자니 신선의 풍류를 알 것 같았다. 잠시 행복이 향기처럼 지나갔다. 맑은 공기 탓인지, 줄기찬 물소리 때문인지 잠이 스르르 눈을 내리덮었다. 자다 깨다 하면서 나는 책 속 가상의 세계를 노닐었다. 이어폰을 귀에 꽂은 채 흥얼거리며 들락거리는 여의 표정도 모처럼 밝아 보였다.

그러나 저녁때가 가까워 오면서 여는 안절부절못하는 분위기였다. 잡지책을 펴들었다가 휙 덮고 한숨을 쉬기도 했다. 홀홀히 풀렸던 내 신경이 꽁꽁 뭉치기 시작했다.

「언니, 배고프구나?」

나는 자신 있게 물었다.

「아냐 얘, 밥 먹은 거 아직 꺼지지도 않았어.」

그러나 내 귀에는 여의 배 속에서 울려 나오는 개구리 합창이 전해지는 듯했다. 역시나 7시가 넘으면서부터 여는 허기와 짜증을 감추지 못했다. 순전히 배가 고파서인지, 취침 여섯 시간 전부터는 금식을 해야 한다는 다이어트 규율 때문인지 아무튼 저녁 시간이 늦어지는 것이 무척 화가 나는 모양이었다.

「언니, 배고프면 밥 먹자.」

나는 다시 한 번 말했다.

「누가 언제 배고프댔니?」

여가 책을 파락 넘겼다. 그러더니 문득 시계를 쳐다보았다.

「근데 유 너무 늦는다. 아예 밥을 먼저 먹으라고 하든가.」

감출 수 없는 노기가 기미처럼 얼굴에 깔렸다. 유에 대해 여가 짜증을 내는 것이 듣기 싫었다. 유가 벌써 내 팔 안쪽에 있나? 팔을 내려다보았다.

「진짜, 너 배고프겠다. 점심도 안 먹었잖아.」

여가 눈을 치떠 보았다.

「글쎄 속이 안 좋아서인지 배는 안 고프네.」

점심을 먹는 둥 마는 둥 하고 커피를 마셔서인지 위의 감각이 둔해져 있었다. 좀 굶었으면 싶기까지 했다. 여의 얼굴이 더욱 파리해졌다.

나는 자리에서 일어섰다.

「밥이나 해두자.」

내 말에 반색한 얼굴로 여가 따라 일어섰다. 나는 쌀 3컵을 솥에 담았다.

「왜 그렇게 많이 해? 유 밥까지 하는 거야?」

여가 눈을 둥그렇게 떴다. 히치콕 영화에나 나올 법한 불안한 빛이었다.

「응, 밥 안 먹고 올 수도 있잖아.」

「그랬다가 먹고 오면 어떻게 해? 찬밥을. 전화해 볼까?」

「아침에 끓여 먹으면 되지.」

여가 자기 핸드폰 충전기를 꺼냈다.

「나 충전도 안 했는데. 그러지 말고 밥 금방 되니까 안 먹었다고 하면 그때 해주자.」

여는 전화기를 충전기에 꽂았다. 나는 사실 여의 고민을 알았다. 여는 유가 먹지 않은 밥, 남겨진 밥을 자기가 먹게 될까 봐 두려운 것이었다. 유는 요리를 잘하지는 못하지만 밤에는 별식을 곧잘 만들어 내곤 했다. 찬밥으로 김밥도 하고 볶기도 하고, 전을 빚어 튀기기도 했다. 밤에 허연 밥을 먹는 것이 민망해서 취하는 위장술이라는 것을 나는 진작부터 알고 있었지만 그때마다 번번이 속은 척 같이 먹어 주곤 했다. 자기의 비정상인 식사가 나로 인해 정상으로 편입되는 기쁨을 여는 그때 맛보는 것 같았다. 그러나 여기까지 와서 하루쯤도 야식의 유혹에서 자유롭지 못한 여가 너무 한심스러웠다.

솥에서 쌀을 덜어 내며 지나가는 말처럼 한마디 했다.

「밥 갖고 신경 좀 그만 써.」

여는 아무 말이 없었다. 저절로 여의 눈치가 살펴졌다. 나는 상을 내리고 수저와 물을 꺼냈다. 당초는 여만 밥을 차려 줄 생각이었다. 그러나 같이 먹어 주어야 한다는 익숙한 의무감이 느껴졌다. 여는 내 말에 삐쳤는지 책만 들여다보고 있었다.

「밥 먹어야지.」

여전히 대답조차 하지 않았다.

집에 있을 때면 아침이나 저녁, 혹은 언제든지 여는 나를 향해 소리치다 못해 분통을 터뜨린다. 밥 먹어, 국 다 식잖아, 하고 식어 가는 밥상에서 끓어오르는 식욕을 참지 못해 내게 화를 내는 것이다. 혼자 먼저 먹으면 될 걸 가지고 여는 늘 목청을 돋운다. 결국 같이 밥을 먹을 때는 서로 화난 사람들처럼 말도 하지 않는다. 그렇게 해서라도 같이 밥을 먹어야 하는 걸로 여는 알고 있다.

내가 밥을 푸고 반찬을 펼쳐 놓고 기다리자 못 이긴 듯 여가 다가앉았다.

「너, 가족을 왜 식구라고 하는지 아니? 한솥밥을 같이 나누어 먹는 거 그게 가족이기 때문이야.」

여는 나를 쳐다보지도 않고 말했다. 말이 되는 소리인지 아닌지 아무튼 여에게서 익히 들어온 말이었다. 여를 너무 애잔스러워해서 나의 질투를 불러일으키던 엄마는 바로 여의 그런 바람을 가장 눈물겨워했다.

「아빠랑 살 때 맨날 혼자 밥 먹는 게 싫었나 보더라. 아빠는 일찍 나가고 늦게 오시잖니.」

시도 때도 없이 밥을 같이 먹어 주는 것, 어쩌면 그것이 내가 여에게 베풀어 줄 수 있는 최대의 애정인지도 몰랐다.

여와 내가 따로 살게 된 것은, 4년 돌이로 전근을 다녀야 하는 교육 공무원이었던 아버지가 서울로 발령을 받은 해부터였다. 할머니가 똥오줌도 스스로 뒷감당 못하는 중풍 환자였고 나는 겨우 세 살이었으므로 엄마와 함께 시골에 남겨졌다. 여는 이왕이면 서울의 학교를 보내자는 생각에서, 그리고 엄마의 손도 덜어 줄 겸해서 아버지가 데리고 갔다. 엄마는 나를 업고 시골 살림과 환자 수발을 했다. 아버지는 월급날이면 빨래 뭉치와 함께 월급봉투를 들고 내려왔다. 엄마는 반찬을 준비하고 집을 청소하고 할머니 머리를 빗겨 드리고, 목욕을 하고 아빠를 기다렸다. 우리가 다시 살림을 합치게 된 것은 5년 세월이 흘러 할머니가 돌아가신 후였다. 직계 가족이 드디어 함께 살게 되어 모두 행복해졌는지 몰라도 나는 별로였다. 엄마는 내게 쏟던 관심을 여와 아빠에게로 바꾸었지만, 엄마 대신 내게 생긴 것이라곤 밤늦게 오는 무섭고 깐깐한 아빠와 바보 같은 주제에 깍쟁이인 언니뿐이었기 때문이다. 여는 어리광 때문이었는지 정말 아파서 그랬는지 초등학교 입학을 두 번 한 바람에 겨우 3학년이었는데 구구단도 못 외우면서 내가 촌년이라 얼굴이 새카맣다고 놀리곤 했다. 엄마는 감정선은 내 쪽으로 쏠려 있는 듯하면서도 어릴 때 돌보지 못했다는 이유로 여를 무척이나 조심스럽고 짠하게 대하는 이성을 갖고 있었다. 아무리 생각해도 가족 관계에서 나는 팥쥐일 수밖에 없을 것 같았다. 나는 알통이 박힌 시커먼 다리로 여의 허옇고 물러 터진 살들을 공격하곤 했다. 그러나 사춘기가 지나면서 나는 여에게 늘 지는 쪽을 택했다. 약자에게 이겨 봤자 상처뿐이라는 것을 알았기 때문이다.

그러나 이곳까지 와서도 여에 대한 배려를 잊지 않아야 한다는 것이 억울했다. 속에서 무언가가 터질 것만 같았다. 그러나 나는 마개를 꼭 닫았다. 내일은 차라리 유를 따라나서야지, 생각했다. 너무 허기가 졌는지 앉은뱅이 상 앞에 앉아 밥을 먹느라 고개를 수그리는 여의 허리가 지나치게 꼬부라져 그대로 밥상으로 엎어져 버리는 게 아닐까 염려스러웠다. 나무토막이 된 것 같은 위 속으로 밥이 한 숟갈씩 떨어져 쌓이는 것이 느껴졌다.

9시가 넘어도 유는 나타나지 않았다. 예상보다 너무 늦은 귀가였다. 유가 일 때문에 늦고 내가 방에 앉아 그를 기다리니까 진짜 우리가 결혼이라도 한 것 같았다. 10시가 막 지나갈 때 갑자기 닫혔던 문이 와랑 열렸다. 순간, 빛을 향해 열 마리도 넘는 나방이 문 안으로 빨려들듯 날아들었다. 유였다. 아악, 여와 나는 나방 때문에 벌떡 일어섰다. 여는 나방을 잡느라 수선을 피우기 시작했다. 나도 신문을 말아 쥐었다. 유는 무척 피곤한 낯빛이었다. 그런데, 눈가가 불그레한 것이 자세히 보니 어이없게도 술을 한잔 걸친 것이 역력했다.

「술 먹었어? 산길을 술 마시고 운전하면 어떡해?」

나방을 향해 뭉친 신문을 내리치면서 내 목소리가 다소 히스테리컬하게 나갔다. 그가 내 예상보다 너무 늦게 온 것에, 몰고 들어온 나방 떼에, 술에, 여에게 지은 죄 없이 죄인처럼 굴어야 하는 것에 곤죽이 된 상황이 잠시 나를 혼란스럽게 한 것이었다. 나는 사실 유의 차가 추돌당한 것이 그의 음주 운전 때문일지도 모른다는 의심을 하고 있었다. 비슷한 일이 전에도 있었다.

양말을 벗어 던지고 누우며 유가 발길질하듯 목소리를 뻗쳤다.

「야, 벌써부터 잔소리냐.」

너무 무람없는 태도였다. 막 대해도 되는 마누라 취급을 하는 것 같았다.

내 목소리가 다시 쌩, 날아갔다.

「남의 차까지 몰고 나가서 그러면 어떡해?」

유가 눈 위로 팔을 올리려다 말고 잠깐 나를 바라보았다.

「남? ……알았어. 무슨 소린지 알았으니까 거기까지만 해.」

여가 우리를 힐끔거리는 것이 느껴졌다. 나방을 두드리던 여의 손길이 자분자분해졌다. 술 때문인지 유는 곧 잠들어 버렸다. 좀 미안한 생각이 들었다. 속도 좁기는. 나는 유의 필름을 냉장고에 넣어 놓으려고 가방을 열었다. 뜯지 않은 다섯 통의 필름이 보였다. 아침에 내가 냉동실에서 꺼내 준 것은 모두 여섯 통이었다. 카메라에는 열일곱 컷이 남은 필름이 들어 있었다. 이 시간까지 한 작업치고는 너무 적은 양이었다.

무슨 일이 있었을까, 왜 저렇게 혼자 술 먹고 잠을 쿨쿨 자댈까, 걱정인지 화인지 모를 감정 때문에 쉬 잠들지 못했다. 잠든 유를 두고 그의 하루나 되작여 상상해 보는 내가 좀 한심스러웠다. 유가 몰래 뻗쳐 오는 손길 때문에 신경이 쓰여 잠을 못 잘 줄 알았는데.

빗소리인가, 해서 눈을 떴다. 계곡에서 올라오는 물소리였다. 방에는 아무도 없었다. 8시가 다 되어 가고 있었다. 압력솥 꼭지가 김을 씨육씨육 내뿜으며 세차게 들까부는 소리가 났다. 여는 산책을 나가고 유는 촬영을 간 모양이었다. 출사는 늘 어스름한 박명에 시작한다. 밥솥 불을 끄고 샤워를 마치고 나오는데 누가 열린 문 안으로 성큼 들어섰다. 유였다.

「안 나갔네?」

「날도 흐리고 해서 천천히 나가기로 했다. 너랑도 좀 놀아 줘야지.」

밝은 얼굴이었다.

「하이고, 속이 안 좋아서 그랬겠지.」

「그래. 네가 해장국 끓여 줄 때까지 기다리느라고 못 나갔다. 넌 나한테 뭐 좀 맛있는 거 해주고 싶고 그렇지 않냐? 무슨 여자 애

가. 입 딱 벌리고 잠만 자고.」

「네 고랑내 때문에 코로는 도저히 숨을 못 쉬겠는데 그럼 어떡
하니.」

이불을 걷어 내는데 여가 들어왔다. 노란 점퍼에 묻은 물기를 탈
탈 털어 냈다.

「밤새 비 왔나 봐. 계곡 물이 어제보다 많이 불었더라. 새벽에 좀
추웠지? 여기는 천국이야, 천국.」

역시 밝은 얼굴이었다.

나는 아침을 굶을까 하다가 먹기로 했다. 오늘은 유가 동행을 권
하면 따라나설 생각이었기 때문이다. 밥을 먹고 커피를 나누어 마
시고 나자 유는 서둘러 가방을 멨다.

「오늘도 늦어요?」

여가 물었다.

「글쎄요, 저녁때쯤 오게 될 것 같은데, 전화드릴게요. 어제 날씨
때문에 사진을 너무 못 찍었어요.」

「밥, 먹고 와요?」

여에게는 늘 그것이 문제였다.

「예, 뭐 대충 그럴 것 같아요.」

그러고 유는 나갔다. 내 잇새에는 짜고 시고 텁텁한 음식 뒷맛이
아직 남아 있었다.

하늘의 반은 맑고 반은 어두웠다. 바람이 먹장구름을 몰고 천공

을 표류하는 것 같았다. 유가 나간 후 여는 방 안에 누운 채 음악을 틀고 누웠다. 이어폰을 꽂아서 무슨 음악을 듣는 것인지는 들리지 않았지만 시야 안에 여가 있는 것이 왠지 나를 자유롭지 않게 했다. 괜히 아침을 먹어 갖고 속이 불편해서 그러는 모양이라고 생각했다.

두 시간 가까이 책을 읽는 내내 그러고 있는 여가 자꾸 신경 쓰였다. 계곡이고 숲이고 더는 흥미롭지 않은 것일까. 여가 안에 누워 있으므로 이번에는 내가 뻐근해진 어깨를 풀기 위해 밖으로 나갔다. 비가 바람에 쓸려 다니는 것처럼 조금 부슬거리다 말다 했다. 숲 그늘과 계곡에서 올라오는 물소리, 습기 때문에 통나무 집 안에 있으면 밖에 비가 오는지 마는지 구분이 되지 않았다. 까치가 하나 날아가기에 우산을 두고 나왔다. 밤새 내린 비로 숲의 초록 기운은 더해져서 짙은 풀 향과 함께 온몸이 진초록으로 물드는 듯했다. 야영장이 있는 언덕 위를 지나자 산을 널찍널찍한 계단식으로 깎아 온통 잔디를 심고 여기저기 시소며 그네 등을 설치해 놓은 곳이 나타났다. 정글짐과 미끄럼틀을 합해 놓은 듯한 놀이기구는 한쪽 다리를 옆의 텐트 기둥으로 내어 주고 있었다. 통나무집에 들지 못하는 사람들이 야영지에 친 텐트들이 여기저기 흩어져 있었다. 궂은 날씨 때문인지 무척 한적했다. 지붕이 유난히 낮은 돔형 텐트가 김밥처럼 길쭉하게 누워 있는 앞으로 의자와 아이 자전거도 뒹굴고 있었다. 안에서 기타 소리에 남자의 음성이 간간 실려 나왔다. 아이의 말소리도 들렸다. 잔디의 군데군데는 물이 고여 있었다. 마른 곳처럼 보이는 곳도 정작 밟아 보면 발이 푸욱 빠지는 것이 유쾌하지는 않았다. 그네에도 물이 고여 있어 탈 수가 없었다. 통나무를 그네처럼 매어 놓은 걸 발로 좀 굴러 보다가 어지럼증이 나서 도로 내려섰다. 어디를 가나 이틀간의 우리 집, 통나무집만큼 쾌적하고 시원하지는 않았다. 다시 비가 후둑거리기 시작했다.

숲길을 주욱 내려와 우리 통나무집 근처에 다가가는데 입구에서부터 이곳까지 데려다 주었던 검정 구형 지프가 눈에 띄었다. 사람들 소리도 들려왔다. 옆 동에 숙객이 든 모양이었다. 우리 집과 옆 동 사이의 통로에 작은 돔형 텐트가 쳐져 있고 그 안에 남자들 셋이 앉아 있었다. 그냥 있어도 조금 서늘할 지경인데, 남자들은 더운지 한 사람은 웃통을 벗어젖힌 채고 나머지 둘도 속옷인지 겉옷인지 알 수 없는 민소매 윗도리를 둥둥 걷어 올려 검게 탄 뱃가죽이 드러난 채였다. 옆 동 통나무집 벽에도 한 남자가 기대앉아 있었다. 남자들 사이를 지나치려면 텐트 아래의 남자들 팔이든지, 주저앉은 남자의 반바지 아래로 드러난 털 난 다리든지 둘 중 하나와는 부딪힐 것 같았다. 뱀 껍질처럼 불쾌하게 부드럽고 차가운 낯선 촉감, 상상만으로도 살갗에 닿은 것 같아 소름이 끼쳤다. 그들 사이를 조심스레 지나는데 나의 움직임을 따라 남자들의 시선이 마치 쭈욱 잡아당겨지는 것처럼 따라오는 것이 느껴졌다. 내 살 껍질이 벗겨지는 기분이었다. 열린 문 안에서 아이 업은 여자가 나왔다. 비로소 정상인을 만난 것 같은 안도가 느껴졌다. 아이 업은 여자 말고도 문 안에는 다른 한 여자가 짐들을 정리하고 있었다. 눈에 띈 걸로만 쳐도 네 명의 남자와 여자 둘, 아기 하나가 옆 동의 숙객들이었다. 집에 들어와 열어 두었던 문을 닫아 버렸다. 밖에서 말소리와 웃음소리가 지저분한 가루처럼 흩어져 들려왔다. 얼핏 쭉쭉빵빵인데 하는 소리를 들은 듯했다.

여는 화장을 하고 옷을 갈아입은 채였다. 노란색 비옷을 머리꼭지부터 둘러썼다.

「잠깐 좀 나갔다 올게.」

여에게 내 허락이 필요한 것은 아닐 것이어서 나는 자동적으로 고개를 끄덕였다. 여는 지프가 올라온 김에 얻어 타고 나갈 궁리를 한 모양이었다.

여가 나간 후 책을 펼쳐 든 채 잠 속으로 잠수했다가 고개를 내밀다, 하는 사이 시간이 꽤 흘렀다. 나갔던 여가 하얀 비닐봉지를 들고 들어왔다. 맥주병의 검은 몸피가 습기 때문에 비닐봉지에 착 붙어 드러났다. 여는 돈이 없어서 쌀은 못 사지만 술은 내가 사주지 않을 것이기 때문에 자기가 사고, 돈이 없어서 양파 한 자루 못 사지만 영양 파마 값은 내가 대주지 않을 것이기 때문에 자기 돈을 쓴다는 경제 논리를 갖고 있다.

여가 술을 한잔 하자고 할 것 같아 일어섰다. 밥을 같이 먹는 거야 가족의 의무 사항인지 애정 표현인지 모르지만 술은 아니다. 술을 마시다 보면 이 말 저 말 하게 되고 우리의 이 말 저 말 끝은 언제나 싸움이기 때문이다. 싸움은 집에 가서 해도 된다.

비는 또 말갛게 그쳐 있었다. 옆집에서 쟁여 놓았는지 바위 틈틈에 맥주 캔과 수박 따위가 세찬 물속에 잠겨 있었다. 계곡 물에 발을 담근 채 폭포를 올려다보며 되도록 무념무상의 경지에 이르러 보려고 애를 썼다. 인간이 신으로 환골탈태할 수도 있는 서른셋의 나이, 아직까지도 무념무상이라는 것이 무엇인지, 대체 그런 경지가 있기나 한지 무경험이 낳은 불신 때문에 새어드는 잡념에 정신이 자꾸 놓여났다. 명상한답시고 앉아서 도둑년처럼 눈동자만 뒤룩거리는 것 같았다. 몰두가 되지 않을 때 흰 장미만 연상하라고 했던가. 흰 장미 외에는 어떤 것도 떠올리지 말고 온누리 가득 흰 장미로 채우라 했던가. 오도카니 핀 흰 장미가 머릿속에 선연히 피어오를 때였다. 갑자기 장미가 마구 흔들리더니 흩어져 버렸다. 낯설고 거친 기척 탓이었다. 옆 동 남자들이 우르르 내려오더니 바위 틈 흙이 조금 올라온 반 평 남짓한 공간에 자리를 펴고 여기저기 박아 두었던 맥주를 겅중거리며 집어 오느라고 부산을 떨기 시작했던 것이다. 자리 한가운데에 휴대용 가스레인지가 올려지고 호일을 깔고 어쩌고 하는 걸 보니 고기를 구우려는 모양이었다. 인간은 돼지비계에 대한 원초적 갈망이 있다더니 그런가.

「옆 동에 드신 모양인데 같이 드시죠.」

시커먼 손이 캔 맥주 하나를 들이밀었다. 속셔츠보다 노출이 심한 남자의 윗도리 틈으로 근육질의 가슴과 까만 젖꼭지가 보였다.

아녜요, 하며 자리에서 일어서려는데, 밥 먹어, 하는 여의 목소리가 발치까지 희미하게 날아왔다. 돌아보니 하얗게 피어오르는 물보라와 늘어진 나뭇잎 사이로 여의 허연 다리가 보였다. 때가 잘 맞았다 싶어 도도하게 일어서서 통나무집에 오르기 위해 물속의 너럭바위들을 골라 디뎠다. 뒤에서 화투장을 짜닥, 하고 던지며 이랏찻차, 하는 소리가 지나치게 크다고 느껴졌다. 킬킬킬 웃음소리가 들렸다.

「언니는 진짜 그렇게 밥이 맛있어?」

열심히 밥을 먹는 여를 보자니 새삼 신기하다는 생각이 들었다. 아무 생각 없이 한 말인데 여는 대답이 없었다. 긴장이 되었다. 침묵이 길어지자 심상치 않구나, 나의 둔감함에 발등을 찧고 싶었다. 숨도 못 쉬고 밥알을 씹었다. 관자놀이께가 힘겹게 움직이는 방아처럼 삐걱거렸다.

김을 집으며 여가 조용히 말했다.

「너, 얻어먹는 밥은 배가 쉬 꺼진다는 거 모르지.」

순간, 뒤통수가 얼얼해지는 기분이었다.

「넌 어릴 때 나한테 그런 말 자주 했어. 우리 엄마가 한 밥 먹지 마.」

난 엄마와 나 사이에 끼어든 여, 그리고 내가 잘 모르는 긴 문장을 쓰고 읽으면서도 구구단은 4단에서 막혀 버리는 한심한 여가 미웠다. 나는 우리만 남겨진 한낮이면 가끔 여의 밥그릇을 뺏었다. 죄라면 어린 시절의 내가 아니라 별걸 다 기억하는 여의 머리에 있었다. 나는 다시 지은 죄 없이 밥을 묵묵히 먹었다.

「나도 취직할 거야.」

여의 말이 이어졌다. 저 혼자 잘도 널을 뛰었다. 여는 일찌감치 한 결혼에서 쓴 물을 맛보고 돌아와 있는 중이었다. 엄마와 아빠가 한 분은 사고로 한 분은 병으로 돌아가시고 없었기 때문에 그녀가 돌아온 친정에는 대학 4학년인 내가 혼자 있었다.

나와 달리 가정과라는 비사회적인 학문을 전공했고, 그 덕인지 사회생활 경험이 전혀 없던 여는 그때부터 천성의 모자란 기질과 깍쟁이 기질로 내게 짐스러운 존재가 되었다. 각자 독립할 수도 있었지만 바로 그 점, 여가 경제력이 없다는 점 때문에 나는 감히 혼자 살 엄두를 못 냈다. 엄마 아빠도 죽고 없는데 불쌍한 즈이 언니하고 같이 살면 어때서, 어이구 뱀보다 독한 년. 세상이 내게 쏟아부을 욕이 솔직히 나는 두려웠다. 나의 탈출구는 유밖에 없을지 모른다. 그러나 동갑인 유가 결혼이라는 것을 할 수 있을 만큼 경제력을 갖기까지 시간이 줄기차게 흘러 버렸다. 나는 유가 덥석 물기에는 너무 늙은 신부가 되었고, 그리고 결혼을 하기에는 너무 똑똑해져 버렸다. 올해, 유와 나는 무슨 결론이든지 내려야 했다.

밥을 먹고 나가 보려는데 비가 오고 있었다. 밖은 비가 내리지 않으면 옆 동 사람들이 진을 치고 있고 그들이 없으면 비가 왔다. 계곡에 나가 보지도 못하고 하는 수 없이 읽다 만 책을 펴들었다. 술 사면서 사온 모양인 잡지책을 뒤적거리더니 여는 밖으로 나갔다. 어두워지는 것 같아 불을 모두 밝혔다. 물소리가 한층 거세졌다. 눈을 감으면 배를 타고 바다 한가운데를 떠가는 기분이었다. 바람은 불고 파도는 높고 비는 내리고. 열어 두었던 문이 쾅, 하고 닫혔다. 바람이 훨씬 거칠어졌다. 나뭇가지들이 부러질 듯 휘어졌다. 빗줄기가 마당으로 좌아 쏟아져 내렸다. 방충망으로 비가 들이쳤다. 창턱이 금세 흥건해졌다. 창문을 닫다 밖을 내다보았다. 여는 보이지 않았다. 계곡에서 첨벙거리는 게 아닐까 걱정스러웠지만 이제라도 혼자 있는 시간이 아까워 굳이 불러들일 생각은 나지 않았다. 빗발이 조금 가늘어졌다 싶을 때였다. 밖에서 가냘픈 비명 소리가 들렸다. 곧이어 웅성대는 소리도 들렸다. 문을 열어 보았다. 여가 뭐라고 외치고 있었다. 옆 동 여자들이 우르르 다가왔다. 셋은 계곡으로 가파르게 깎아 내린 벼랑 아래를 바라보고 있었다.

「어떡하지? 그냥 두면 안 되잖아요?」

말 사이사이로 성글어진 빗발이 자작거렸다.

「남자들 깨울까요?」

「무거운 것도 아닌데 뭘. 괜히 술 먹고 내려가다 미끄러지면……」

여자는 자기 말이 방정맞게 느껴져서인지 말을 잇지 않았다.

계곡까지 이르는 가파른 벼랑은 정말 아찔했다. 두 동의 통나무집은 계곡 바로 옆 높직한 벼랑 위에 앉아 있는 것이었다. 벼랑 중간에 국방색 텐트가 걸려 있는 것이 보였다. 자갈 마당에 쳐져 있던 것이었다. 자갈에 박힌 쇠가 바람에 빠져 버린 모양이었다. 벼랑이 너무 가파르기도 하고 비 때문에 젖은 나뭇잎들이 미끌거리기도 해서 도저히 내려갈 수는 없는 곳이었다.

「오늘 저기서 자기로 했는데.」

아이를 업었던 여자가 하는 말이었다. 자기 가족끼리만 자려던 꼬수운 계획이 날아가 버린 양 여자는 낭패스러워하는 얼굴이었다.

「잠 안 자더라도 건져야지. 우리가 해보죠 뭐.」

한 여자가 말했다. 아이를 업지 않았던 여자였다.

「우산 가지고 올게요.」

아이 업었던 여자가 통나무집으로 들어갔다. 텐트의 거죽에 둘러쳐진 쇠틀에 우산 손잡이를 걸어 끌어올리려는 모양이었다. 중량 8킬로그램쯤의 텐트는 나뭇가지에 처박힌 채 걸려 이지러져 있었다. 아래 계곡은 바위도 크고 경사가 급해 물보라가 하얗게 튀어오를 만큼 유속이 거칠었다. 나뭇가지가 부러진다거나 바람이 한 번만 더 불어 닥치면 텐트는 그대로 계곡 아래로 곤두박질쳐 버릴 것 같았다. 뜬눈으로 텐트라는 집 한 채가 박살 나는 걸 지켜봐야 할 판이었다.

여가 결혼한 지 10년이 되어 갈 무렵이었다. 8년 동안 연애를 했

고, 그 8년 사이에 고등학교 시절이 포함되어 있어서 엄마한테 식
가위로 머리털이 뜯어 먹힌 듯 잘린 적도 있는 여가 형부와 결혼을
해서 10년이 흘렀을 때, 강산도 변한다는 그동안 변한 것은 형부였
다. 여가 아이를 배태하지 못했던 것이 이유였던 모양이다. 형부가
어떤 애 잘 낳게 생긴 여자와 아이를 낳았다고 했다.

울고불고 하던 여는 결국 다 참고 아이를 기르겠다고 나섰다. 그
러나 그건 주제넘은 결심이었다. 생모는, 누굴 씨받이 취급하느냐,
아이도 남자도 놓칠 수 없다고 무섭게 나왔다. 여의 시어머니가 나
섰다. 아이를 생각해라. 그것이 무슨 죄가 있느냐.

앓아누운 여를 형부가 찾아왔다. 형부에게 거의 시체 몰골을 한
여가 울먹였다. 당신 지금 제정신이 아냐. 우리가 어떻게 만나서
살아왔는데. 내가 용서할 테니까 당신 빨리 정리해. 다 용서할 수
있어. 방 밖에서 그 광경을 엿본 내 눈에서 삐질삐질 눈물이 솟았
다. 여의 등짝을 후려쳐 주고 싶기도 했다. 자기는 바람피운 것이
아니라 대를 이으려는 생각뿐이었노라던 형부가 무릎을 꿇었다.
애통한 음성이 터져 나왔다.

「그 여자는 처녀다!」

괴로워서 못 견디겠다는 듯 형부가 고개를 떨구고 울었다. 순간,
여가 벌떡 일어섰다.

「처녀? 남자랑 숱하게 그 짓을 했을 년이 처녀는 무슨 처녀! 법
적으로만 미혼이면 다 처녀냐? 남의 남자랑 애 낳은 년이 처녀면

자기 남편이랑도 애를 안 낳은 나는 성녀다!」

그러고는 수그러진 형부의 머리 위로 가래침을 뱉었다. 울던 형부는 자기 머리에 가래침이 뱉어진 것을 알고는 무섭게 표변했다. 그리고 둘은 이혼했다. 여의 보금자리는 광풍에 그렇게 날아갔다.

아이 업었던 여자가 손잡이 꼬부라진 우산을 들고 왔다. 그러나 한 사람의 팔과 우산만으로는 텐트가 처박힌 지점까지 닿지 않았다. 그냥 내려가다가는 미끄러져 추락하고 말 것이었다. 아이 업었던 여자가 우산을 잡아 휘저으며 조금씩 아래로 향하기 시작하자 여자의 손을 아기 없던 여자가 잡고 그 여자의 손을 다시 아이 못 낳는 여가 잡았다. 비는 계속해서 내렸다. 나도 도와줘야 할 것 같아 삐질삐질 다가서는데 텐트가 우산 끝에 딸려 올라왔다.

「남자들은 뭐 해요?」

내가 물었다.

「자요.」

어떤 여자인지가 대답했다.

아이를 업고 있던 여자가 해실, 웃었다.

「두 분 오셨나 봐요. 우리 집 남자들이 짝 맞는다고 좋아하던데.」

여는 자기를 젊게 봐준 것이 좋은지 애매하게 웃음을 지었다. 나는 아무 대답도, 표정도 짓지 않은 채 그냥 들어와 버렸다. 젖은 머리나 닦지 별 참견을 다하네, 속으로 구시렁댔다. 여가 여자들과 이야기를 나누는 소리가 도란도란 들려왔다.

비구름이 비껴가는 모양이었다. 방이 다시 환해져 나는 세 개나 켜두었던 형광등 중 두 개를 껐다. 밝혀진 등 아래 누워 책을 읽다 다시 또 까박, 잠에 빠져들었다. 눈을 떴을 때 열려 있는 문이 눈에 들어왔다. 여가 곧 따라 들어올 줄 알고 열어 둔 것인데 여는 방에 있지도 않았다. 계곡 아래에서 사람들의 말소리, 웃음소리가 들렸다. 비 그친 걸 귀신같이 알고 옆 동 남자들이 다시 나와 술판을 벌인 모양이었다. 문을 닫으려다 신을 신고 나가 계곡 아래를 내려다보았다. 어디 가서 낙숫물 떨어지는 거나 보며 청승을 떨고 있지 않을까 염려했던 여가 술판 한 귀퉁이에 허연 다리를 접어 올리고 앉아 있었다. 잔에 잔을 부딪치고 고기도 집어 먹고 있었다. 호호호거리며 입을 가리고 웃기도 했다. 깊은 산 어쩌고 하며 참선이라도 할 듯이 굴더니 저게 무슨 낯 두꺼운 짓인가 싶어 눈살이 꼿꼿해졌다. 부아가 났다.

여에게는 언제나 위험한 유혹이 뻗칠 수 있었다. 갖고 놀기에 그만한 상대가 없었다. 처녀도 아닌데다 남편도 없고, 돈이 없기 때문에 결코 재혼 상대감은 못 되니 부담도 없고, 게다가 성기는 있는데 자궁 기능은 없는 여자니까.

서로의 일에 참견하지 않기로 했지만 그건 어디까지나 우리끼리 있을 때에만 해당되는 규율이었다. 외부와의 통상법은 정한 바 없었다.

「언니!」

우선 불러 놓고 보자는 심산이었다. 그러나 막상 용건이 떠오르지 않았다.

「왜!」

아래쪽에서 여의 해반주그레하게 웃는 얼굴이 드러났다. 남자들이 나를 향해, 이리 와서 같이 드시죠, 했다.

「전화 왔어.」

나는 얼결에 거짓말을 했다. 여가 막바로 올라오고 있었다. 겅중거리며 돌을 밟느라 가뜩이나 큰 엉덩이가 남자들의 눈귀가 째도록 들어찰 것 같았다.

「어디?」

들어오자마자 전화기의 소재를 물었다. 그러나 나는 여의 휴대폰이 어디 있는지 알지도 못했다.

「올라오라고 한 말이야.」

짐짓 미간을 찌푸리며 한 내 말이 채 끝나기도 전에 여의 얼굴이 발칵 빨개졌다.

「기지배! 사람을 갖고 노니? 별짓을 다 하고 자빠졌네.」

생각보다 험악했다. 평소 여는 신경질을 잘 내기는 해도 우악스럽지는 않다. 갑자기 여 얼굴의 빨간 속살을 보는 것 같아 섬뜩했다.

「왜 알지도 못하는 남자들이랑 술을 마시고 있어?」

「무슨 남자들이니? 여자들도 있는데. 아까 텐트 올릴 때 고마웠다고 한잔 드시라는데 그럼 옆에 앉아 갖고 쌩콩해 있니?」

「그냥 술이 마시고 싶었다고 해.」

「그래. 술 한잔 하고 싶었어. 아까 사온 거 봤잖아. 이건 뭐 같이 여행을 왔대야…….」

말을 하다 말고 방턱에 앉아 버렸다. 자기가 할 소리가 아닌 것을 아는 눈치였다. 내 시선이 여를 꼬치에 꿰듯 찔렀다.

「언니, 누구 전화 기다려?」

여는 선뜻 대답하지 않았다. 내가 시선을 거두지 않자 신을 벗고, 옷을 탁 털더니 말했다.

「남이사 누구 전화를 기다리든 말든! 그래서, 내가 전화 기다리는 것 같아서 고거 갖고 장난질하니?」

나는 숨을 한 번 들이쉬었다. 그동안 여에게 참아 왔던 울화가 터지는 것을 느꼈다. 여가 이곳에 온 것도 밀고 당기는 사랑싸움 중에 일으킨 피신 소동에 불과하다는 것을 알고 있기 때문이었다. 기다리는 전화가 오지 않으니까 여는 숨어 버린 것이었다. 목이 휘도록 전화를 기다렸다는 혐의 사실을 부인하기 위한 알리바이를 만들려는 목적이 그 하나고, 혹시 상대가 전화를 해올 때 맘껏 자기의 부재를 과시하고 싶어서였던 것이다.

「언닌, 남자 없인 못 살아?」

여는 한참 대답이 없었다.

특유의 괴상한 화법으로 사람 복장을 지를지도 모른다고 긴장하고 있는데 의외로 여가 평범한 반격을 했다.

「나한테만 그러지 말고 너도 그럼 유랑 헤어져라.」

남자들 함부로 사귀지 말라고 하면 언제나 여의 결론은 그랬다. 그러나 웬걸, 갑자기 여의 목소리가 갈가리 찢어져 파들대기 시작했다.

「결혼을 하기는 해야 할 거 아냐. 야, 내가 돈 번다고 밖에 나가서 서빙 같은 거 하니까 이놈 저놈 엉덩이 더듬고 정말 더럽더라. 차라리 한 놈한테만 죽어지내면 집 생기고 노후 보장되고 세상 사람들이 깔보지 않고 좋잖아. 그래서 남자 찾는다. 왜!」

「그럼 정식으로 재혼을 해.」

문을 닫으며 내가 목소리를 한껏 눅여 대답했다.

「그건 또 쉽니? 솔직히 내가 이제 결혼하면 남의 애 길러 주면서 밥 얻어먹으러 가는 월급 없는 식모 노릇인데 너 같으면 그거 선택하기가 그렇게 쉽겠어?」

「그래서 사귀는 게 처자 딸린 남자야?」

잔인도 하지, 나는 울먹이는 여에게 비수를 꽂았다.

「그래! 일부러 그랬다. 공평해지려고! 형부 여자 생기니까 사람들이 욕했는 줄 아니? 애 얻고 싶은 거야 사람 본능이지, 어쩔 수 없지, 그러면서 다 나한테 참으라고 그랬어. 애를 생각해서 물러나 주라고. 지금 만나는 사람은 자식 다 낳은 사람이야. 그러니까 나같이 애 못 낳는 여자랑 자유롭게 살아도 되는 사람이야.」

정말 궤변이었다. 동에서 맞은 뺨 서에서 치고, 남에서 잃은 거

북에서 뺏는다. 어쨌든 총량에는 변함이 없으니 된 건가? 질량 불변의 법칙도 아니고 이런 건 뭐라고 해야 하나.

「그래서, 그 사람이 언니랑 결혼한대?」

「솔직히 그건 또 쉽니? 그래서 고민이잖아.」

배가 고픈데 쌀은 없고, 라면 살 돈도 없는데 마침 냄비 씻기도 귀찮고, 한 지경이었다. 여가 눈물을 훅 삼키더니 맥주병 하나를 따서 나발을 불었다.

「너도 잘해, 남자가 언제 흔들리는지 아니? 결혼 상대 결정할 때도 위험해. 결혼할 사이치고 너네 너무 썰렁해. 유가 단순히 사진 찍으러 여기 온 것 같지?」

나는 숨을 죽이고 여를 노려보았다.

「어제 휴게소에서 전화하는 소리 들었어. 누구 찾으러 온 것 같더라.」

「누구?」

「내가 아니?」

「취재처 묻는 전화였을 텐데, 내가 뭘 잘해야 돼?」

「옛날 애인 찾는 건지 어떻게 아니. 여기서 고등학교까지 다녔다며.」

「그래, 단지 그것 때문에 함부로 추측하는 거야?」

「아니면 더 좋고. 그냥 내 감이 그렇다는 거야. 만사 불여튼튼이야. 속아 본 사람 충고니까 새겨들어.」

감이라는데, 따져 봤자 이건 투명인간과 숨바꼭질하기였다. 여가 사람을 괴롭히는 방법이었다. 뒤죽박죽 아무 말이나 내지르고는 아니면 됐어, 하는 꼬리 감추기. 흥분하면 저 덫에 걸리는 거다, 마음을 가라앉히고 다시 책을 펴들었다. 비가 오는지 다시 창밖이 어두워졌다. 우두두두 빗소리가 부서져 내렸다. 여는 무슨 생각을 하는지 두 다리를 쭉 뻗치고 앉아 있었다.

아닌 게 아니라, 친구도 애인도 아닌 시절 유에게서 첫사랑 이야기를 들은 적이 있다. 여럿이 앉아 웃고 떠들 때였다. 고1 때 만난 여자라나, 유가 서울로 대학을 오면서 헤어졌다는데, 이야기 구조가 춘향전이어서 친구들이 마구 웃어 댔었다. 요즘 춘향이에게는 변사또가 없다. 요즘 변사또는 여자들에게 너무 인기가 좋기 때문이다. 춘향은 변사또가 아닌 그냥 다른 남자를 만나 결혼하는 거다. 춘향이가 몽룡을 기다리다 포기하는 것이나, 몽룡이 춘향에게 돌아가지 못하는 이유는 몽룡에게 어사 마패가 없어서다. 서울이라고 마패가 흔한 세상이 아니니까. 그 대목에서 유는 고개를 떨구더니 잔을 비웠다. 맞아, 잊은 게 아니라 마패가 없어서 못 가. 옛날 같으면 서울 간다면 금의환향해서 올 거라고 믿었겠지만 요즘 어디 그러냐? 졸업하고 취직이라도 하면 모를까. 친구들이 떠들어 댔다. 춘향이가 그때까지 남아 있겠냐? 니 고향에는 봉룡이도 있고 해룡이도 있고, 남자가 얼마나 많은데. 유가 찡긋 웃으며 나를 쳐다보았다. 서울 온 몽룡이한테도 미가 있잖아, 날 구제해 주겠지. 내가 탄력 있게 받아

쳤다. 너 미쳤냐, 닭 대신 꿩을 잡게?

그 후 우리 사이가 조금 각별해졌을 때도 나는 유의 첫사랑에 대해 신경 쓴 적이 없었다. 내가 닭이 아닌 꿩이라는 자신이 있기도 한 데다 무엇보다 그동안 흐른 시간이 황토물처럼 모든 것을 쓸어 버렸을 거라는 생각에서였다. 첫사랑이란 이승에서 경험하는 환상이다.

나는 다시 책을 펼쳐서는 한 장을 팩, 넘겼다. '유가 내게서 사라진다면 나는 결혼 상대를 구할 수 있을까, 이 나이에' 하는 생각이 책장에 드러났다 사라졌다.

갑자기 옆 동에서 요란한 음악 소리가 들렸다. 빗소리에, 물소리에 납작 눌린 음악 소리는 그릇 깨지는 파열음에 가까운 소음이었다. 문밖으로 고개만 내밀어 둘러보다가 열려진 옆 동의 실내 풍경에 시선이 멎었다. 비 때문에 실내로 쫓겨 들어간 남자들이 술로 얼큰해진 기분을 춤으로 푸는 모양이었다. 휘요휘요, 후이후이, 이상한 괴성을 내지르며 춤추는 남자들의 벗어젖힌 웃통들이 불긋불긋하게 보였다.

저녁밥을 안치고 찌개를 올려놓자 여가 들어섰다.

「유한테 연락 왔었니? 되도록 오늘 올라가면 좋겠는데.」

뒤숭숭한 얼굴이었다.

「갑자기 뭐가 급해서 그래?」

「그냥, 가고 싶어. 나 혼자 가지 뭐. 니네 단둘이 있지도 못했잖아.」

밥이 다 되었다. 그러나 여도 선뜻 먹자는 말을 못했다. 아까 눈물 바람을 한 건 자기여도 결국 한 방 먹은 것은 나라고 생각하는 모양이었다. 내 감정 상태를 고려해서인지 미안해하는 빛이었다. 유라도 좀 일찍 와주면 좋겠는데. 그러고 보니 이번 여행이라는 게 정말 웃긴다는 생각이 들었다. 그러나 내 화가 부풀어 오르는 원인은 무엇인가. 유가 일 때문이 아니라 정말 누구를 찾아 헤매고 다닐지도 모른다는 의혹 때문 아닐까. 그냥 결혼해서 사는 평범한 하루라고 생각하자. 유는 일 나가서 늦는 거다. 나는 부지런히 수저를 챙기고 반찬을 늘어놓았다.

내 눈치를 보는지 여는 조용조용 밥을 먹고 설거지를 바지런히 하더니 자기 가방을 꾸리기 시작했다. 밖은 이미 캄캄하다. 꽂아 두었던 휴대폰 배터리 충전기를 가방에 넣다 말고 다시 한 번 전화기를 열어 보았다. 유만 오면 터미널까지 태워 달래서 자기는 버스 타고 서울 간다는 것이었다. 몇 달 전 유가 한 청혼 문제도 있고 솔직히, 새롭게 떠오른 유의 첫사랑에 대한 뒷정리도 있고 해서, 나로서도 유와 단둘이 있는 것이 싫지는 않았다. 그러나 유는 오지 않고, 여는 가방을 꾸리고 쭈그려 앉은 여행지에서의 마지막 밤이 쓸쓸한 건 사실이었다.

「비, 너무 많이 와. 시간도 늦었고, 내일 아침에 일찍 출발하면 되잖아.」

9시가 넘어가는 시계를 보며 내가 말했다.

「그래.」

여가 다리를 쭉 펴고 앉았다.

「근데, 비가 진짜 많이 온다.」

나는 여의 휴대폰을 열었다. 꺼져 있었다. 전원을 누르고 유의 번호를 눌렀다. 그러나 곧, 비비빅, 소리와 함께 이곳은 서비스 지역이 아니라는 메시지가 뜨고는 전원이 나가 버렸다. 일어서서 다시 해봐도 통나무집 밖에서 해봐도 마찬가지였다.

「안 되지?」

「아무리 산골짝도 좋지만 전화 하나가 없냐.」

나는 대답 대신 짜증을 내고 말았다.

10시가 가까워 오자 여는 조바심을 내기 시작했다. 갑자기 우리들 눈치가 보여 저러는 것은 아니겠지. 애인들끼리 같이 있으라고 혼자 사는 여자가 밤늦게 빗속을 달리는 버스에 몸을 싣다니, 생각만으로도 너무 근천스러웠다. 궁상스러운 자격지심보다는 차라리 얄미울 정도로 눈치 없는 것이 낫다. 이런 밤에는, 더욱이 외로워서 죽겠는 여는.

「비가 너무 많이 와. 길도 험하던데. 야, 그러고 있지만 말고 나가서 공중전화라도 해봐야지. 차, 보내 달라고 해보자.」

관리실과의 인터폰이 어디 있을 것 같아 찾아보았다. 그러나 아무리 뒤져도 인터폰 비슷한 것도 없었다. 여의 조바심이 수선스럽고 성가시게 느껴졌다. 그러다 혹시, 이 밤에 그 남자를 만나고 싶어 몸이 단 것일지도 모른다는 생각이 들었다. 머리가 마구 헝클어지는 것 같았다. 여가 자기 비옷을 펼쳤다.

「나가자. 입구에 공중전화 있었잖아. 거기 가보자.」

여를 멀뚱히 올려다보다가 나도 일어섰다. 고집만 부리고 앉아 있을 수는 없었다. 유가 정말 너무 늦는다는 생각이 들기 시작해서였다. 나방이 들이칠 것을 막기 위해 실내의 모든 등과 외등을 끄고 문을 열었다. 여와 비옷 하나를 같이 들쳐 쓰고 우산을 들었다. 옆 동 앞에는 남자들이 나와 술을 마시고 있었다.

「어디 가세요?」

남자들이 여에게 아는 체를 했다.

우의를 살짝 젖히며 여가 예, 하고 웃음을 섞어 대답했다. 나는 그들을 쳐다보지도 않았다. 뒤에서 늑대 조심하세요, 하는 소리와 웃음소리가 들렸다.

자갈길을 올라 고개 아래로 내려섰다. 한 15분쯤만 걸으면 될 것이었다. 길은 너무 어두웠다. 어둠에 젖은 울창한 숲은 악령을 감추고 막아선 안개 같기도 했다. 경사가 너무 급해, 빗물에 젖어 찔꺽거리던 샌들 밖으로 자꾸 발 앞꿈치가 쭉 밀려 빠져나갔다. 그러나 통나무집 현관에서 비치던 불빛에서 멀어지자 그야말로 캄캄 절벽이었다. 생긴 지 얼마 안 되었다는 새 휴양림, 화장실도 올해 들어서야 만든 것이라고, 불편한 것이 있으면 말해 달라고 하나씩

보수해 나가겠다던 관리인의 말이 떠올랐다. 길이 휜 지점을 통과하자 그나마 통나무집 쪽에서 비치던 외등 빛도 없어서 어둠은 그대로 장벽이 되어 눈앞을 가로막아 섰다. 한 발이라도 더 앞으로 내딛으면 거대한 무엇과 쿵 부딪힐 것만 같았다. 야밤에 이게 무슨 짓인가 싶었다. 앞으로 뻗은 발이 헛 논다 싶을 때였다. 여가 조그만 소리로 말했다.

「야, 도로 가자. 더는 못 가겠어.」

우리는 되돌아섰다. 뒤에 남은 짙은 어둠에서 갈퀴 같은 손이라도 튀어나올 것만 같았다. 우리는 달렸다. 드디어 빛이 보였다. 통나무집 외등 빛이었다. 빗물이 튀어올라 시야를 가렸다.

「옆집에 물어보자. 다른 건 터질지 몰라.」

여가 말했다. 별로 가능성 없는 이야기 같았다. 더구나 지금 산길을 달리고 있을 확률이 높은 유의 전화도 우리 전화기처럼 먹통일 것이었다. 통나무집으로 다시 올라가자 옆 동 남자들의 시선이 일제히 우리의 전신을 향해 쏟아지는 것이 느껴졌다. 맥주 캔을 들고 여기저기 앉아 우리를 보는 남자들의 그물 같은 시선 속으로 여가 들어갔다. 여는 그들의 시선 안에 갇힌 벌레같이 왜소했다. 여자와 아이들은 잠이 들었는지 아무 기척이 없었다. 여가 무어라고 조그맣게 말하자 그들이 큰소리로 대답했다.

「저희 것도 다 안 돼요. 깊은 산이라 다들 안 될걸요. 사람 왕래
　도 없는데 기지국을 세웠겠어요?」

「공중전화요? 에이, 거기 가셨던 거구나. 진작 물어보시지. 그거 지금 고장이에요. 아까 벼락을 맞았대요. 낼 아침에나 고칠 수 있대요.」

빙글거리는 것이 남자들은 왠지 재미있어 하는 빛이었다. 종일 마신 술 때문인지 남자들 얼굴은 검붉었다. 불 꺼진 통나무집을 열쇠로 열고 들어와 불을 밝히는데 여가 밖에서 문을 두드리며 외쳤다.

「불 꺼. 불 꺼 봐.」

문을 열라는 뜻이었다. 다시 실내등과 외등을 모두 끈 후 살짝 문을 열었다. 틈으로 여가 재빨리 들어섰다. 다시 불을 밝히자 여가 작은 손가방을 달랑 목에 걸어 매며 빠르게 말했다.

「저 아래 슈퍼 앞에 가면 공중전화 있대. 옆 동 아저씨가 슈퍼 앞까지 같이 가준대. 주차장에 차 있대.」

「그냥, 기다려.」

그렇게까지 하면서 나가 볼 필요는 없었다.

「얘는! 넌 걱정도 안 되니? 여태 안 오는 거 너무 이상하잖아. 어제처럼 또 술 마시고 운전하면 어떡하니? 아직 출발 안 했으면 차라리 거기서 그냥 자라고 해야지.」

애써 덮어 눌렀던 걱정이 살아 올랐다. 어두운 폭우 속을 비틀거리며 달리는 차가 눈에 어렸다. 빗길에 벼랑으로 추락한 차 안에 한 남자가 찌그러진 차체에 다리가 끼여 나오지 못하고 있다. 비는 오고 그가 몸을 빼내려고 할 때마다 차를 겨우 받치고 있는 나무둥치들이 우지끈, 하고 부러진다. 사람은 어차피 병들어 죽거나 아니면 사고로 죽는다. 그러나 왜 하필 이 순간 아버지의 죽음이 떠오르는지 요사스러운 일이었다. 아버지는 교통사고로 죽었다. 내 인생의 바로 이 순간 그런 암시를 주기 위해 내게 아버지가 있었던가 싶기도 했다. 언제나 운명의 암시란 불길한 법이다. 어쩌면 엄마나 언니나 그리고 나까지 오래도록 남자와 한집에서 살 팔자가 못 되는 여자들인지도 몰랐다. 여도 내가 자기와 엄마를 닮을까 봐 저러나, 나는 눈을 감았다 떴다. 온갖 방정맞은 인생의 암시가 다 떠올랐다. 하지만 둘이 다 갈 수는 없었다. 어쨌든 걱정은 환상이었다. 괜한 자발스런 짓일 수도 있었다. 여의 호급스러운 걱정 근심이 전염된 것일 뿐일 수도 있었다. 더구나 그사이에 유가 온다면 널빤지만 한 처마 밑에서, 비 맞으면 안 되는 카메라 장비와 있어야 했다. 그렇다고 옆집 사람들한테 열쇠를 맡길 수도 없었다.

「그럼 언니 있어. 내가 갔다 올게.」

나는 아무래도 여보다는 내가 뚝심도 있고 정신력도 강하다고 믿는 쪽이었다. 순간 여가 팔꿈치로 나를 밀었다.

「애는! 젊은 애가 어딜! 시집도 안 간 게 어디 외간 남자들을 따라나서니. 놔 둬. 내가 가.」

여는 비옷 단추를 꼭꼭 여몄다. 그걸 보자니 착잡했다. 나 역시 아무리 생각지 않으려 해도 옆 동 남자가 갑자기 치한으로 돌변할지도 모르는 상황을 염두에 두지 않을 수 없었다. 여의 난데없는 용기는 빈 자궁에서 나오는 것만 같았다. 여는 동행치고는 너무 무서운 동행을 고른 것이었다.

외등과 실내등을 다 끄고 열어 준 문으로 여는 가볍게 빠져나갔다.

「조심해.」

겨우 이 말밖에는 나오지 않았다. 유가 무사히 돌아오고, 그리고 내일 서울에 도착하면, 나는 유와 결별을 해야 할 것 같았다. 나는 그저 서 있었다. 빗소리가 두 귀를 가득 메워 왔다.

내가 다시 이성을 수습하는 데는 약간의 시간이 필요했다. 어떤 불행한 일이 일어난대도 내가 끼어들 수 있는 여지가 보이지 않아서였다. 나는 차라리 마음 편히 있기로 했다. 무슨 일이 닥치면 그때 가서 맞닥뜨리는 거다. 마음을 다잡았다. 거짓말처럼 마음이 편해졌다. 생각하면 아무 일도 아닐 수 있었다. 여의 노심초사가 부풀린 나쁜 암시를 낙관과 이성의 힘으로 불어 날렸다. 그러자니 드디어 내가 바라던 혼자만의 시간이 왔다는 것을 느낄 수 있었다. 불안을 지불하고야 화평은 온다. 화평을 유지한다는 것이 그리하여 득도가 될 수도 있는 것. 내가 내 안에 가득 차오르고 우주의 질서 정연함이 몸의 모든 세포로 충만하게 느껴지는 순간이었다. 문에서 무슨 소리가 들렸다.

똑똑똑.

문을 두드리는 소리였다.

「누구세요? ……자기야?」

유를 부르는 애칭이 튀어나왔다. 대답이 없었다.

「누구세요.」

문에 대고 다시 물었다.

「저기, 혼자 계시지 말고 나와서 맥주라도 한잔 하시죠.」

낯선 남자의 음성이었다.

「아니 됐어요.」

내 손이 문에 달린 걸쇠를 확인했다.

「에이 그러지 마시구요, 밖 시원한데요. 달도 좋구.」

다른 남자들의 웃음소리가 들렸다. 얌마, 비 오는데 달이 어딨냐. 하려면 좀 제대로 해라 어쩌고.

「예, 됐습니다.」

나는 보다 사무적으로 말했다. 그러고는 조용조용 창문께로 가 걸쇠를 채웠다. 싱크대 옆의 창은 그러나 걸쇠가 걸리지 않았다. 가스선 때문에 조금 벌어진 틈이 있어서 문의 아귀가 맞지 않기 때문이었다. 도로 자리에 와 앉는데 눈길이 자꾸 그 창으로 가 멎었다.

남자는 가지 않고 다시 문을 두드렸다. 화를 낼 수 있는 상황도 아니어서 그저 잠자코 있기로 했다. 한 번 문을 더 두드리더니 조금 있자니까 자박거리는 발소리가 들렸다.

그러나, 차로 간다면 걷는 시간까지 합쳐 40분이면 뒤집어쓸 거리를 간 지 한 시간이 가까워 오도록, 여가 돌아오지 않았다. 여야말로 무슨 일이 있는 걸까 불쑥 걱정이 자라 오르기 시작했다. 왜 여도 이렇게 늦는 걸까. 걱정은 짜증으로 변했다. 여가 떠난 지 한 시간이 넘었다. 온몸의 살갗이 쫙 조여드는 느낌이었다. 걱정은 두려움이 되었다가 분통으로 변했다.

그러다 한순간이었다. 이상한 한기가 머리를 쳤다. 마치 뇌의 한 부분이 통증 없이 잘려 나가고 그리로 시원한 바람이 몰아쳐 들어오는 듯했다. 내가 왜 여태 그 생각을 못했을까, 좀 늦었지만 너무 뻔한 사실이 자각되었다. 그것은 어쩌면 유와 여는 돌아오지 않을지도 모른다는 생각이었다. 시간이 흐를수록 그것이 명료한 사실이 되는 것 같았다. 유도 어쩌면 이번 여행이 정식으로 하는 청혼이 될까 봐 두려운지 몰랐다. 그도 어쩌면 요즘, 자기에게 안식처가 될 만한 여자를 찾고 있는지도 몰랐다. 그를 안식하게 할 정신적인 힘인 사랑과, 현실적인 능력인 경제력이 있는 여자. 마지막으로 정말 그런 여자가 나 말고 없는지, 나를 진정으로 사랑하기는 하는 것인지 회의하고 있는지도 몰랐다. 이번의 동행은 우연히 찌그러진 그의 차 때문인지 몰랐다.

'비가 와서 사진 못 찍었거든. 하는 수 없이 새벽에 촬영하려고 그냥 가까운 데서 잤어. 전화해 보니까 안 되더라. 언니랑 잘 잤지?'

그가 댈 수 있는 핑계란 얼마든지 많았다.

여도 나와 여기서 갇혀 있는 것이 좋을 리 없었다. 여도 어쩔 수 없이 나와 사는 것일 테니까. 여는 갑자기 그 남자가 보고 싶어서 견딜 수 없는 기분이 되었을지도 모른다. 기숙사 사감처럼 지키고 있는 나로부터 벗어날 수 있는 유일한 밤, 그녀는 자기 애인에게 달려갔을지 모른다. 아니면 오늘 밤 혼자서 집에 퍼질러 앉아 야식을 걸게 차려 먹을지도.

「그때까지 시외버스 막차가 있더라. 차에 올라타고 나서야 너한테 연락이 안 된다는 생각이 나는 거야. 유 바로 돌아왔지?」

모두 먹통 휴대폰을 핑계 대고 비밀스런 자유를 누릴 것이었다. 이 깊은 숲, 깊은 방 드디어 진정으로 나는 혼자가 된 것이었다. 마침내 나의 소망이 이루어진 것인가, 아니면 혼자 남겨진 불행한 운명의 참화가 일어난 것인가.

내가 혼자 있는 것을 아는 때문인지 옆 동 남자들의 목소리는 점점 드세졌다. 창까지 다가와 공연히 뻘건 웃음을 흘려 놓고 가기도 했다. 짝이 없는 두 남자, 한 남자는 여와 산길을 내려갔고 이제 혼자 남은 수컷이 나를 노릴지도 모른다는 환각에 가까운 공포가 척추를 훑어 내렸다. 나는 냉정히 결정해야 했다. 신뢰와 이성을 되찾고 여와 유를 조용히 기다릴 것인가, 여기서 조리용 칼이라도 들고 나를 지키며 적대적으로 밤을 새울 것인가, 아니면 불안을 숨기지 않고 여와 유를 찾아서 어둠 속을 달려 내려갈 것인가, 그것도 아니면 칼을 들고 저 밖의 남자들 중 비교적 착해 보이는 한 남자를 택해 밤길의 동행을 부탁할 것인가.

남자들의 웃음소리가 짓궂어지고 가까워졌다. 일부러 현관문에 몸을 쿵 찧기도 했다. 손잡이를 딸각거리는 소리가 들리는 것도 같았다. 저 남자들이 문을 열기로 한다면 못 열 것이 없었다. 나는 조심스레 조리용 칼에 손을 갖다 댔다. 그때, 자갈길 쪽에서 높은 톤의 말소리가 어수선하게 건너오기 시작했다. 여의 말소리 같았다. 시외버스를 놓친 여와 옛날 애인을 못 찾은 유가 돌아오는 것일까. 그들이 내가 기다리던 관계의 실체인지는 모르지만 가슴이 저릴 만큼 반가움이 일었다. 내게 익숙하다는 점에서 저들은 일단 어둠보다, 낯선 남자들보다 안전하니까.

「왔어?」

반가운 마음에 문을 확 열어젖혔다. 눈을 덮친 건 수십 마리의 나방 떼였다.

너라는 검은 덩어리

1

병원 문을 열고 나온 순간, 미지는 눈앞에 펼쳐진 지구라는 행성이 무척 낯설게 느껴졌다. 길게 몸을 푼 검은 구름 위로 노을은 거짓말처럼 강렬한 진홍빛이었다. 태초의 천체처럼 외경스러운 하늘 아래, 드문드문 솟은 거대한 빙산 같은 빌딩들은 너무 생경스러워 현실이 아닌 것만 같았다. 문득 낯설어진 사물과 풍경들 속으로 미지는 천천히 내려섰다. 물기 많은 바람이 머리털을 깊숙이까지 헝클어뜨렸다. 그림이 든 가방은 너무 무거웠다. 몇 달 전에 출판사에 넘겼다가 오늘 돌려받은 그림들이었다. 너무 동화적이라는 이유였다.

돌려받은 그림은 너무 무거웠고, 병원에는 통 연락이 없던 후가 교통사고를 당해 누워 있었다. 다행히 심하게 다치지는 않았다. 그러나 미지는, 그가 사고를 당했다는 사실 자체보다 애인인 자신에게 그 사실을 숨겼다는 것에 충격을 받았다. 그 이유를 알게 되는 것이 미지는 두렵기까지 했다. 이유를 아는 것과 동시에 자기 인생이 박살이 나고 말 듯한 위기감을 본능적으로 느꼈다. 미지는 모든 사고가 암전되도록 피로해지고 싶었다. 되도록 아무 생각도 하지 않기 위해 늦게까지 쏘다녔다.

미지가 집 근처의 전철역에 내렸을 때 시간은 자정에 가까웠다. 텅 빈 차도 위를 이따금 날카로운 속도로 차들이 지나곤 했다. 저 만치 택시를 잡는 사람의 실루엣이 겁게 건들거리고 있었다. 셔터를 내린 상점 앞을 지나며 미지가 길이 어둡다고 느낀 순간이었다. 느닷없이 억센 기운이 목을 조여 왔다. 동시에 턱 끝에 차가운 것이 따갑게 닿았다. 칼이었다. 미지는 침착하고, 빠르게 계산했다. 멀지 않은 곳에 사람들과 불빛이 있었기 때문에 억센 팔에서 벗어나는 일이 아주 불가능한 일은 아니었다. 그러나 얼굴 앞에서 파르르 떨고 있는 칼끝으로부터는 안전할 것 같지 않았다. 미지는 놈이 끌고 가는 대로 뒷걸음질을 치며 직직직 따라갔다. 가방 열어. 놈의 목소리가 들렸다. 어른의 음성이 아니었다. 미지는 한 손으로 가방의 손잡이를 잡은 채 지퍼를 열었다. 미지의 가죽 가방이 칼에 베인 짐승의 뱃가죽처럼 덜렁, 열렸다. 지갑을 열어 보였다. 놈의 손이 몇 장의 지폐를 낚았다. 카드는 받지 않았다.

역시 어린 녀석이었다. 놈이 다시 가방 안의 두툼한 봉투를 가리켰다. 그것은 미지에게 화폐 개혁 후의 구권 화폐 같은 것이었다.

그건 아무것도 아냐,라고 말하려는데 다시 팔이 목을 힘껏 조여 왔다. 미지에게 알 수 없는 힘이 솟았다. 미지는 팔꿈치로 놈을 밀어내며 말했다.

「좀 놔 봐요.」

놈이 약간 물러났다. 그러나 칼끝만은 미지의 얼굴을 향해 길게 뻗쳐졌다. 놈의 얼굴이 보였다. 한 열일곱쯤 되었을까. 살이 좀 피둥하게 찐 데다 노랗게 염색한 머리, 자루 같은 힙합 스타일의 카고 바지에 검정 후드티 차림이었다. 미지는 봉투를 열어 안의 종이 뭉치들을 꺼냈다. 종이 첫 장에는 해바라기가 핀 길을 달리는 아이들이 그려져 있었다. 너무 동화적이라는 그림들은 어둠에 얼룩져 차라리 기괴했다. 놈이 가방을 다시 툭툭 쳤다. 더 뒤져 보라는 뜻인 모양이었다. 갑자기 미지는 잔뜩 부풀어 오르는 피로감과 함께 자아가 무진장하게 확대되는 걸 느꼈다. 세상에 상처와 불만을 가졌을 반항아와 어쩐지 말이 잘 통할 것 같은 육감이 섬광처럼 스쳤다. 평소의 미지로서는 상상할 수 없는 말이 미지의 입을 뚫고 나왔다.

「야, 담배 있으면 하나 줘라.」

녀석과 나란히 인도에 걸터앉아 삽시에 터져 버린 만두 꼴이 된 인생을 위해 쓴 담배 연기를 함께 날릴 수 있을 것 같았다. 나도 인생을 겪을 만큼 겪은 사람이다. 넌 문제가 뭐니.

그러나 어린 강도는 가만히 있었다. 당황한 기색이었다. 하나밖에 없는데요, 하면서 담배를 내밀면 좋지만 그냥 내빼면 할 수 없지 뭐, 하고 생각했다.

「없냐?」

순간이었다. 미지의 옆구리와 배로 발길질이 꽂혔다.

「씨발년 재수 없게, 어디다 반말이야. 확 긁어 버릴라.」

얼굴 앞으로 칼끝이 위협적으로 휙 스쳤다. 배를 움켜쥔 채 꼬꾸라지는 미지의 입으로 딱딱한 스포츠화가 박쳐 들어와 미지의 고개가 헉, 하고 옆으로 꺾였다. 비명도 지르지 못한 채 미지는 멀어져 가는 놈의 뒷모습을 바라보아야 했다. 지극히 평범한 자기에게 왜 이런 일들이 닥치는지 이것이 정말 생시인지 믿어지지 않았다.

욕실 거울 속에 한 여자가 있다. 젖가슴과 치모까지 다 드러낸 채다. 저 여자가 자기 자신인지 미지는 확신할 수가 없다. 몇 달 전만 해도 그녀는 전적으로 미지 자신이었다. 그러나 지금 거울 속의 여자는 결정적인 부분이 미지와 다르다. 미지는 손으로 가슴 한쪽을 감쌌다. 기름 덩어리를 감싼 것에 불과하다고 믿어 온 살덩어리다. 나는 몇 번째 생에 사는 누구인가. 거울 속 여자의 한쪽 가슴은 암 근치술로 인해 겨드랑이까지 패어 있다. 그 위로 방사선을 조사한 자리의 푸른 잉크 자국 흔적이 붉게 남아 있다. 거울은 오늘이 현실이라고 알려 주고 있다.

2

　수술 후 미지에게 달라진 것은 분명 젖가슴 한쪽뿐이었다. 그러나 미지는 자신이 아주 다른 인간이 돼 버린 듯한 느낌에 사로잡혔다. 마치 그녀 존재의 중요한 일부가 젖가슴 안으로 빨려 들어가 암세포와 같이 제거되어 버린 것 같았다. 그것은 우선 독한 감기약에 취한 것처럼 온몸의 감각이 둔해진 증세로 나타났다. 그리고 시간의 개념이 흐려지는 증상을 거쳐, 이제 전에 없던 인성을 드러내는 데까지 이르렀다. 미지는 생각했다. 감각이 둔해진 것은 수술과 그 후의 항암 치료로 체력이 소모된 결과이고, 시간 개념이 흐려진 것은 실업자 증후군이라고. 그렇다면 강도와 감히 말을 나눠 보려던 인성의 변화란 무엇 때문인가. 자기 인생에서 후가 찢겨져 나간 후유증일까.

　후는 미지가 사랑한 최초의, 유일한 남자였다. 후도 미지에게 사랑한다고, 네가 있어서 행복하다고 말하곤 했다. 후가 특히 사랑한 것은 미지의 동그랗고 노란 젖가슴이었다. 사라진 한쪽 젖가슴을 미지의 기억은 달 같았다고 믿는다. 등황빛으로 둥글고 훤하던 곳.

　물기가 닿자 손자국으로 벌게진 목과 부어오른 입술이 쓰라렸다. 틀어 놓은 수돗물이 관을 타고 오는 소리, 그리고 지상으로 나온 물이 다시 하수구의 관을 타고 흘러가는 소리가 줄기차게 났다. 그 소리가 희미한 전화벨 소리와 흡사하다고, 설마 후가 전화를 한 건 아닐까, 생각하고 있을 때였다. 어디선가 흐느끼는 듯한 소리가 들려왔다.

미지는 물을 잠그고 귀에 신경을 모았다. 소리는 아주 엷어지더니 연기처럼 흩어졌다. 그러다 미지가 작게라도 동작을 시작하면 소리가 다시 귓전을 물처럼 채웠다. 계단이 통째로 공명통이 되어 소리는 차고 괴괴했다. 미지는 벽에 기대앉았다. 마음이 젖은 종이처럼 약해져 가는 것 같았다. 가슴에 에탄올이라도 부은 것처럼 시려 왔다. 미지는 자신이, 후가 사고 소식을 알리지 않은 이유를 이미 알고 있다는 사실을 알았다. 그의 차 옆 자리에 후의 새로운 연인이 동승했던 것이다. 젖가슴이 성한 여자.

후를 사랑하고 뒷바라지해 온 미지로서는 후의 배신으로 인해 자기의 인생과 사랑이 삽시에 조롱거리로 곤두박질치는 느낌이었다. 눈물이 배 속에서부터 솟구쳐 나오려는지 가슴이 뻐근하게 미어졌다.

미지는 울고 싶지 않았다. 일어나 뛰쳐나왔다. 광장을 향해 달렸다. 발소리가 몇 겹으로 퍼졌다. 건물 숲을 벗어나자 차가운 바람이 여미지 않은 옷자락으로 화아화아 밀려들었다. 가슴에 얼음이라도 박힌 듯했다. 그러나 후련했다. 불빛 환한 편의점이 보였다. 덕용 포장의 캔 맥주 두 개를 샀다. 그러고는 천천히 길을 걸으며 캔을 땄다. 이제 밤길 따위는 무섭지도 않았다. 대로변에서, 그것도 어린 녀석에게 겨우 칼 하나 때문에 당했다는 사실이 어이없고 분했다. 같은 일이 다시 일어난다면 무언가 소통해 보려는 기대 따위는 절대 없을 것이다. 얼굴에 칼이 박히는 한이 있어도 반격할 것이다. 놈이 용서를 비는 순간, 그 얼굴을 발로 으깨 버릴 것이다. 미지는 술을 들이켰다. 차가운 맥주에 잇몸과 이가 아우성을 쳤다. 자신의 이런 변화, 괜찮았다.

그때였다. 미지는 아주 이상한 광경을 발견했다. 한 남자가 육교 위에 앉아 있는 것이었다. 남자는 소주병을 입에 대고 기울였다 내려놓고는 한참 어두운 허공을 바라보았다. 남자의 체크무늬 양복 상의가 가로등 빛에 비쳐 보였다. 움직일 때마다 남자는 너울거리는 잠자리처럼 투명해 보였다. 저렇게 술을 마셔도 되는 나라, 집에 가기를 권유할 경찰이 없는 나라, 행복한 나라였다. 미지는 길가의 돌에 앉았다. 남자를 건너다보며 술을 마셨다. 꽤 회화적인, 괜찮은 안주였다. 남자는 너무 마르고 헐거워 팔을 들어올리는 모습이 뼛자루를 담은 가죽 푸대처럼 보였다.

3

미지의 어릴 적 꿈은 화가였다. 그러나 미지가 들어간 대학에는 그녀가 오랫동안 그리고 싶어 했던 그림은 없었다. 그녀가 그리고 싶어 했던 그림은 세계관이 형편없는, 철학 없는 그림이라는 비판을 받았다. 그녀는 그림과 상관없을 거라고 생각했던 책을 읽고 세미나를 하고 걸개그림을 그리러 다녔다. 사람들과 어울려 걸개그림을 공동 제작하면서 미지는 자기 전공이 꼭 그림이 아니었어도 될 일을 자신이 하고 있다는 걸 느꼈다. 그러니까 그림을 그리기 위해 그림 공부를 전문적으로 할 필요는 없었다는 생각이 들었다. 그림을 매일 그리는데도 어쩐지 꿈을 잃은 사람 같았다. 그러나 대학 졸업 후 그녀는 조용히 깨달았다. 자기가 정말 하고 싶은 일은 역시 그림 그리는 일이라는 사실이었다.

소박하고 참 괜찮은 화가가 될 수 있을 것 같았다. 그러나 미지는 오래지 않아, 우리나라에 화가라는 직업은 없다는 것을 알고 말았다. 미지는 미술 학원을 6개월간 더 다닌 끝에 동화책의 일러스트레이터가 되기로 했다. 그동안의 쉽지 않았던 경험과 고민을 실어 개성이 넘치는 일러스트를 그려 내고 싶었다.

그러나 찾아간 출판사 중 미지의 그림에 관심을 보이는 곳이라곤 없었다. 그래도 가장 인간적이었던 한 편집자가 미지의 포트폴리오를 보고 말했다.

「우리나라 사람들 대체로 예쁘고 순한 그림을 선호해요. 엄마들이란 원래 아이들에게 그런 세상만 보여 주고 싶어 하잖아요. 아이들이 정작 어떤 그림을 좋아하는가에 대해서는 이견이 많지만, 어쨌든 구매자가 부모라는 사실을 잊지 마세요.」

미지는 자못 뭉크적인 우울과 루오의 야생적인 선이 담겨 있는 자신의 그림을 내려다보았다. 대학 다니는 동안 그렸던 걸개그림 냄새가 곳곳에서 배어 나왔다. 편집장이라는 늙은 남자와 함께 자기 그림을 내려다보자니 미지는 이상하게 부끄러웠다. 찬 물벼락에 잠이 깬 듯한 느낌이었다. 어린 자기가 마치 인생의 무얼 안다는 듯 개 폼을 잡은 것 같아 부끄러웠다. 돈도 벌고 인생도 더 알고 나서 개성 있고 오연한 예술을 하자, 미지는 그 자리에서 결심했다. 순식간에 개안을 한 듯 눈이 달라진 자신의 변화에 스스로도 놀랐다. 그 순간, 미지는 자기 인생에 또 하나의 획이 그어진다고 생각했다.

이제 더는 청춘의 우울과 삐딱함을 드러내지 않겠다는 생각을 하면서 미지의 그림은 밝고 맑아졌다. 그리고 조금씩 출판물에 실리기 시작했다. 마침내는 출판사에서 그림 의뢰가 왔고 일류 대접을 받지는 못해도 미지의 그림은 동화 삽화로써 무난하다는 평을 들었다. 일은 그다지 폭주하지도, 끊기지도 않았다. 예쁜 그림을 그려서 옷을 사고 영화를 보고 밥을 먹는 자신처럼 행복한 사람은 없을지도 모른다는 생각을 가끔 했다. 그러나 어제 만난 편집자는, 벌써 책으로 나왔을 거라고 생각했던 6개월 전에 넘긴 그림들을 펼쳐 놓으며 말했다.

「미지 씨 그림 그릴 때 너무 행복하신가 봐요. 그림이 너무 동화적이에요. 기법이 문제가 아니라 이거 철학의 문제 아닐까 싶어요.」

5년 동안이나 거래해 온 곳이었다.

「실은 제가 암 수술을 했거든요. 유방암요.」

갑자기 그 말이 왜 튀어나왔는지 미지 스스로도 당황했다. 더 당황스러운 것은 순간 눈물까지 나려 했다는 사실이다. 눈이 저 스스로 연기를 하는 것 같았다. 놀랍게도 자신이 그동안 지독한 슬픔을 혼자 숨기며 살아 온 듯 격정적인 비애감이 얼굴로 쏠렸다. 몸이 마음을 움직이는 굉장한 찰나였다. 당황하기는 편집자도 마찬가지였다. 그는 말을 잃은 사람처럼 미지 얼굴만 쳐다보았다. 다시 대화가 이어졌을 때 화제는 이미 그림이 아니라 암 이야기였다. 편집자는 그 증세와 통증, 그리고 수술 후의 흔적에 대해 궁금증과 걱정을 숨기지 않았다. 미지는 경험대로 말해 주었다. 아무 증세도 없었으며 어느 날 목욕하다 발견했는데 느낌이 불쾌해서 검사해 보니까 이미 많이 진전된 상태더라. 편집자가 미지의 그림들을 챙겨 미지 쪽으로 밀어 주며 말했다.

「그림 고치실 생각 같은 거 마시고 당분간은 몸조리나 잘하세요. 제가 나중에 연락드릴게요.」

미지는 얼굴로 검고 뜨거운 흙이 쏟아지는 것 같았다. 유방암까지 팔았음에도 그림은 미지의 가방 안으로 되돌아왔다. 그 출판사의 그 책이 아니면 어디에도 쓰지 못할 그림들이었다. 그가 들먹인 철학이라는 말이 뇌에 심한 파장을 일으키고 있었다.

회화 대신 일러스트를 택할 때, 미지는 세상을 달리 보아야 할 필요를 느꼈다. 그런데 이제 또 한 번의 변신을 해야 하는 모양이었다. 망가진 가슴을 복원해야 하는 일만 포기한다면 그림에 관한 자기 고집을 좀 밀고 나갈 수 있을 것이다. 물론 집을 줄이면 당장이라도 가능하겠지만.

　의사는 암 제거 수술과 동시에 가슴 복원 시술을 받을 수 있다는 설명으로 위로를 대신했다. 그러나 미지는 수술을 후일로 미루었다. 이물질을 가슴에 넣는다는 것이 암세포의 재발에 아무래도 호조건일지 모른다는 막연한 불안감이 들었다. 그리고 한쪽 가슴과 후와 신혼살림을 꾸릴 집을 쉽사리 맞바꿀 수가 없어서였다.

　미지는 한숨을 쉬었다. 분명한 것은 이제 또 어떻게 세상 보는 눈을 달리 할 것인가, 하는 문제가 남았다는 사실이었다.

　밤이 되자 다시 축축한 바람이 창을 때렸다. 미지는 코트를 걸치고 문을 나섰다. 아파트 전등은 격층으로 켜져 있었다. 엘리베이터는 꼭대기 층에 걸려 있었다. 미지는 얼굴 상처가 가라앉지 않은 상태여서 아무도 만나고 싶지 않았다. 천천히 계단을 내려가기 시작했다.

　미지가 7층에서 내려가고 있을 때였다. 6층의 현관문이 벌컥 열렸다. 미지가 인사를 하기도 전에 쓰레기 봉지를 든 여자가 호급스럽게 놀랐다.

「아이고 간 떨어지는 줄 알았네. 왜 계단으로 다녀요.」

화를 내는 걸 보니 장난이 아닌 모양이었다.

「왜 그렇게 놀라세요.」

「놀라지 그럼. 머리는 길어 갖고 어둠 속에서 내려오는 거 보니까 딱 귀신이네. 그러잖아도 무서워 죽겠는데.」

「왜요?」

「아이 저기, 어제 밤새 여자 우는 소리 못 들었어요?」

「글쎄요. 누가 울었는데요?」

「몰라. 다들 자기네는 아니래.」

미지는 여자의 호들갑이 우스웠다. 놀려 주고 싶었다.

「혹시 그 여자 이미 죽은 사람 아닐까요?」

「아이구 무슨 끔찍한 소리야. 그러잖아도 그 소리 듣고 나서는 찜찜해 죽겠는데.」

엘리베이터 문이 열렸다. 아랫집 여자는 쓰레기 봉지를 들고 그 안으로 들어갔다. 미지는 조그맣게 웃었다. 이 말이 하고 싶어서 입속이 간질거렸다.

「혹시 내가 그 여자로 보이지는 않나요?」

정말 머리라도 풀고 어디로 훨훨 날아가고 싶었다. 차가운 바람에 머리칼이 어지럽게 날렸다. 옷 틈으로 얼음 조각 같은 바람이 사정없이 몰아쳐 들었다. 몸이 그대로 얼어붙는 것 같았다. 미지는 길을 쏘다니며 자기의 철학이란 무엇일까에 대해 생각하고 또 생각했다. 사랑과 희망과 진실을 믿는 따뜻한 마음, 미지가 지키려고 애써 온 것은 그것이었다. 자기 생각의 어디, 세상 사는 태도의 어디가 잘못돼서 총체적인 고장을 일으키고 만 것인지, 자신이 왜, 어떻게 달라져야 하는 것인지 미지는 막막하고 억울했다.

자정 가까워진 무렵, 차가운 것이 이마를 건드렸다. 비였다. 미지는 집을 향해 걸었다. 길에는 아무도 없었다. 횡단보도가 하얀 발광 벌레처럼 어둠 속에서 빛났다. 미지는 길을 가로질러 건너기 시작했다. 미지가 중앙선을 막 넘어섰을 때였다. 땅이 갈라지는 듯한 굉음과 함께 눈부신 섬광이 시야를 가로막았다. 죽음의 육중한 느낌이 몸 전체를 단번에 관통했다. 섬광은 미지의 팔을 스칠 듯 피해 달아났다. 저 멀리 세 대의 오토바이가 어둠 속으로 날아가는 모습이 보였다. 그 남자 가죽 푸대를 다시 발견한 것이 그때였다.

가죽 푸대는 건너편 인도의 쓰레기 봉지 옆에 폐기물 자루처럼 누워 있었다. 깡마른 몸과 체크무늬 양복 상의를 미지는 기억했다. 강도를 당한 일만 없었어도 길에 쓰러진 가죽 푸대에 대해 미지는 무심했을 것이다. 오토바이에 치일 뻔하지만 않았어도 길거리의 다른 존재나 사건에 대해 무심했을 것이다. 칼바람 부는 겨울밤만 아니었어도, 비만 안 왔어도, 그리고 가죽 푸대가 양복 입은 멀쩡한 사람만 아니었어도.

하지만 미지가 얼른 가죽 푸대에게 다가간 것은 아니었다. 미지는 잠시 자기 운명을 재고 있었다. 이것도 내 운명의 법칙인가, 이 법칙에 굴종해야 할까 말아야 할까. 미지가 가장 신봉하고 또 미워하는 것이 있다면 그것은 운명이라는 질서였다. 미지의 운명 책에는 이런 게 있을지 몰랐다. 길에서 남자를 줍는다.

후를 처음 만났을 때, 그 역시 길을 헤매는 중이었다. 폭설이 내린 밤이었다. 미지는 아르바이트가 늦게 끝나 막차에서 내려 서둘러 집을 향해 걸어가고 있었다. 달빛이 눈에 되비쳐 세상이 촛불을 밝힌 듯 부드럽고 환한 밤, 하얀 벌판 위 저만치에 시커먼 물체 하나가 서성이고 있었다. 젊은 남자였다. 그를 멀찍이 돌아 지나치려는데 남자가 미지에게 말을 걸었다.

「저기, 여기가 인연동 약국 앞 아닌가요?」

남자는 술과 한기에 발갛게 얼어 있었다. 하지만 착하게 생긴 아름다운 얼굴이었다.

「맞아요.」

「맞죠? 그죠? 근데 집들이 다 어디 갔죠?」

「석 달 전에 다 헐렸어요.」

재개발을 위해 동네가 온통 벌판이 되어 버린 거였다. 대답을 듣고도 남자는 쩔쩔매듯 그 자리를 맴돌고 있었다. 갈 곳이 없는 사람 같았다. 이 밤에 누구를 찾아왔을까. 날이 너무 추워서, 밤이 너무 깊어서 미지는 그에게 도로 다가갔다.

「이젠 버스도 다 끊겼어요. 갈 곳은 있으신 거죠?」

건너온 대답은 그랬다.

「너무 추워요.」

추운 남자를 미지는 산꼭대기 자기 집으로 데리고 갔다. 이미 철거 날짜가 잡힌 집이었다. 집 어른들께는 과 선배라고 하고 자기 방을 비워 주었다. 그가 후였다. 착하고 가여운 남자 후를 미지는 사랑하게 되었다.

미지는 땅바닥을 휙 차고 돌아섰다. 가죽 푸대를 모른 척하기로 결정했다. 그때였다. 저만치서 한 사람이 다가오고 있었다. 뚱뚱한 데다 힙합 스타일의 바지 때문에 걷는다기보다는 둥기적거리는 것처럼 보였다. 이상하게 신경을 팽팽하게 당기는 인물이었다. 미지가 만났던 강도도 저런 나이 저런 차림의 돼지였다. 혹시 저놈일지도 모른다는 느낌에 온몸의 피부가 조여들었다. 정말 이상한 것은 그자 역시 미지를 경계하는 것 같다는 사실이었다. 미지는 더욱 긴장한 채 상대를 쏘아보았다. 주춤거리는 듯하면서 가까이 온 상대는 앞이마가 무지 넓은 말총머리였다. 얼굴만으로 보자면 미지보다도 오히려 두세 살 위일 듯싶었다. 도무지 나이가 가늠되지 않는 종류였다. 말총머리는 미지와 가까워질수록 걸음을 늦추며 쓰러진 가죽 푸대와 미지를 번갈아 보았다. 만에 하나라도 가죽 푸대가 술에 취한 것이 아니라 말총머리 패거리에게 맞은 것이라면? 그리고 저 치가 미지를 가죽 푸대와 일행이라고 본다면? 그렇지 않다는 것을 입증하기 위해서는 미지는 그 자리를 가볍게 뜨면 그만이었다. 그러나 미지는 상처 난 얼굴 때문에 남자와 싸우다 남자를 때려눕히고 가는 여자처럼 보일 수 있었다. 그리고, 혹시 말총머리가 가죽 푸대 주머니를 털 작정이라면, 다음 차례는 술 냄새 풍기며 밤길을 가는 미지 자신일지 몰랐다. 말총머리와 미지는 이제 서로를 노골적으로 경계했다. 둘이 피할 수 없을 만큼 가까워졌을 때 둘은 동시에 가죽 푸대를 내려다보았다. 둘이 서로를 의혹에 차서 힐끔거리며 가죽 푸대를 흔들어 대기 시작한 것 역시 거의 동시였다.

「아는 분이세요?」

동시에 물었다.

「아뇨.」

동시에 대답했다.

「이러다 얼어 죽을 텐데.」

가죽 푸대는 흔드는 대로 출렁거릴 뿐 움직임이 없었다. 가죽 푸대의 몸은 차가웠다. 말총머리는 가죽 푸대를 일으켜 세워 어깨를 부축했다.

「파출소로 데려가죠.」

미지의 말에 말총머리가 정색을 했다.

「건 절대 안 돼여. 이런 사람 그런 데서 어떻게 취급하는데여. 재수 없으면 송장 되여.」

미지가 의심스러운 눈초리를 보내자 말총머리가 허리를 쭉 폈다.

「내 친구 형은여, 친구들이랑 술 마시다가 행방불명됐는데여 여섯 달 만에 어디서 어떤 모습으로 발견됐는 줄 아세여? 식물인간이 된 채 국립 요양원에 있었어여. 행려병자로 돼 있더라구여. 난 그때 사람 엉덩이뼈가 빨래판같이 생겼다는 걸 알았져. 식구들이 알아본 게 신기할 정도였어여. 그런 일 많았는데, 못 들어 보셨어여?」

미지는 입을 다물었다.

「내 방으로 가도 되는데여, 단 같이 가셔야 되여.」

말총머리의 말을 미지는 언뜻 이해하지 못했다.

「왜요?」

「일종의 증인이져.」

말총머리는 법, 파출소 이런 것이 전문인 모양이었다. 괴상한 사람이라고 미지는 생각했다.

「같이 갈 수 없다면 저도 그냥 가겠어여. 혼자서는 책임질 수 없어여.」

말총머리는 가죽 푸대를 나무에 기대앉혔다. 가죽 푸대가 빗길 위로 정말 푸대자루처럼 쓰러졌다. 굵어진 빗줄기가 그 위로 창날처럼 꽂혔다. 그는 이미 무사하지 않을지 몰랐다.

미지는, 길에서 새 남자를 줍는 일로 후와의 관계를 정리해야 할지 모른다는 생각이 들었다.

이번에는 심지어 둘이라, 미지는 배에 힘을 주었다.

「그렇다면 저희 집으로 가세요. 댁이 증인으로요.」

낯선 남자와 낯선 남자 집에 가느니 차라리 자기 집이 나을 것 같았다. 비가 거칠어지기 시작했다.

4

「설마 죽은 건 아니겠져?」

말총머리가 가죽 푸대에게 모포를 덮어 주고는 문득 물었다.

「안 죽었었잖아요.」

오히려 미지는 그 질문에 놀랐다.

「세상에는 별일이 다 일어나니까여. 나도 같이 있어야겠져?」

「그래요.」

가죽 푸대만 있는 것이 덜 이상할지 둘 다 자기 집에 있는 것이 덜 이상할지 미지는 얼른 판단이 서지 않았다. 이전의 자기, 그러니까 인성의 변화를 겪기 전의 미지 자신이라면 어떻게 했을지도 알 수가 없었다. 미지는 사과를 깎아 내왔다. 말총머리가 한쪽을 집어 들고 오래도록 먹었다. 두꺼운 입술로 쪼물쪼물 사과를 씹던 그가 말했다.

「당신은 아주 착해 보여여. 그런데 낯선 남자들이 좀 두렵지 않나여?」

「당신 두려워해야 할 사람이에요?」

「난 아마 그럴 필요 없을 테지만 저 사람은여? 중간에 깨어나서 무슨 짓을 벌일지 모르잖아여.」

말총머리는 말끝의 '요'자를 '여'로 발음했다. 그는 겉만 늙고 속은 어린애인 모양이었다. 성난 복어 같은 얼굴에 눈은 튀어나오고 전형적인 돼지 코에 실없이 잘 웃는 입술은 부담스러울 만큼 두툼했다. 미련하고 게을러 보이는 처진 눈꺼풀 속의 눈동자에는 그러나 서늘한 날카로움이 배어 있었다. 웃을 때는 특히 더 그랬다. 사이키한 바보. 미지는 속으로 생각했다. 가죽 푸대처럼 말총머리 역시 최소한 정상적인 인간은 아닌 것 같았다. 불행해 보이고 어쩐지 외틀어진 자국이 느껴졌다. 말하자면 지금의 미지 자신 같았다.

말총머리는 사과 한쪽을 또 조심스럽게 집어 들었다. 빗소리뿐 사방이 고요했다. 말총머리가 문득 물었다.

「저기, 근데여, 저 소리가 머에여?」

미지는 씹기를 멈추고 귀로 신경을 모았다. 빗소리 사이로 가느다란 흐느낌 소리가 들려왔다.

「아하, 저거요. 모르겠어요.」

「무슨 소리라고 생각하세여?」

「글쎄, 어제부터 이 시간이면 들리네요. 무슨 환청 같아요. 어떤 여자가 우는 소리 같기도 하고.」

「우리 조사해 볼래여?」

미지는 혀를 깨물 뻔했다. 입 안에 침이 착 고였다.

미지와 말총머리는 고양이 걸음으로 현관을 향해 다가갔다. 말총머리가 미지의 어깨를 톡톡 치더니 가죽 푸대를 가리켜 보였다. 가죽 푸대는 소파에 누운 채 코를 골며 자고 있었다.

「우리 없는 사이에 저 사람이 다 집어 갖고 발르면 어떡해여?」

「그렇다면 당신 둘이 한패인 거죠. 당신이 일부러 날 밖으로 유인한 거고. 왜요, 나가기 싫어요?」

「그럼 저 사람이 훔친 거 없으면 나와 무관한 사이라는 걸 인정하실 거져?」

「둘이 도둑이 아니라는 건 인정할게요.」

소리 나지 않게 문을 살짝 열었다. 신경이 몰린 귓속이 확 맑아졌다. 공기의 마찰음까지 잡히는 것 같았다. 미지는 열쇠를 살짝 돌리고 엘리베이터 버튼을 눌렀다. 그러고는 13이라는 숫자를 누르고 문을 닫았다. 엘리베이터가 움직여 가기 시작했다. 일층은 현관의 외등 때문에 불을 따로 켜지 않아서 계단 등은 짝수 층만 켜져 있었다. 소리는 어디에서 시작되고 있을까. 엘리베이터가 위를 향해 통로를 빠르게 훑고 올라갔다. 13층에서부터 내려오며 한 층 한 층 문을 열어 볼 생각이었다. 드디어 13층에 도착했다. 순간, 말총머리가 일시 정지 단추를 눌렀다. 엘리베이터의 번호판 전원이 전부 나갔다.

「뭐 하는 거예요?」

미지는 본능적으로 온 신경이 긴장되었다. 그러나 말총머리의 표정은 더욱 파랗게 질려 있었다.

「자, 잠깐만여, 저 문밖에 무엇이 있을 거라고 생각해여? 부부 싸움하고 나온 아줌마? 온몸에 피멍이 들고 몸이 불구같이 보일 정도로 마른 아이? 아니면? 자살하기 직전의 어떤 여자? 혹은 유령? 우리는 어쩌면 핏물에 발목을 담근 유령을 보게 될지도 몰라여. 우린 각오를 해야 돼여.」

미지는 살짝 짜증이 났다. 이 사람 정말 신경과민 환자군. 미지는 대답 대신 일시 정지 버튼을 다시 눌렀다. 13이라는 숫자 판에 빨간 불이 들어오다 나가더니 문이 활짝 열렸다. 순간, 미지는 심장이 쫙 조여드는 것을 느꼈다. 엘리베이터의 희푸른 불빛에 한 사람이 어둠 속에서 드러났기 때문이었다. 짧은 흰 원피스에다 육중한 하이힐을 신고 흑단같이 검은 머리를 길게 늘어뜨린 키 작은 여자였다. 여자는 미지의 출현 때문인지 고개 숙인 채 가만히 있었다. 미지의 가슴이 세차게 뛰었다. 문이 열려 있는 동안, 미지는 온몸이 굳는 듯했다. 순간적으로 저 여자가 뛰어 들어올지도 모른다는 불안에 닫힘 단추를 누르려는 찰나 문이 닫히기 시작했다. 여자가 힐끗 미지를 쳐다보았다. 짧은 목, 낮은 코에 구강이 튀어나온 짧은 턱, 머리털만큼이나 검은 뿔테 안경 속의 눈이 빨갰다.

다시 현관 열쇠를 돌리는 미지의 등이 조여들었다. 숨소리조차 내지 않던 말총머리가 바위에 눌린 듯한 소리를 냈다.

「그 사람은 머 할까여? 아직 달아나지는 않고 먼가를 훔치고 있는 중이라면 그래도 나랑 한통인가여?」

환한 거실에는 가죽 푸대가 일어나 앉아 담배를 피우고 있었다.

5

「파출소에 갖다 놓으면 경찰들은 당신을 개 취급할 테고 그럼 당신은 행패를 부릴 거고 그럼 더 맞을 거고, 더 반항할 거고, 끝내 당신은 맞아 죽거나 반신불수가 될 수도 있어여. 행려병자로 간단히 처리되겠져.」

가죽 푸대는 담배를 꺼내다 말고 말총머리를 멍하니 바라보았다.

「당신이 얼어 죽을까 봐 데려왔어요.」

미지는 나는 정상이에요, 하듯이 말했다.

「암튼 고맙수다.」

미지를 쳐다보는 가죽 푸대의 표정이 묘하게 정지했다. 미지는 얼른 자신의 부은 얼굴, 특히 터지기까지 한 입술로 손이 갔다. 이 얼굴에는 저치들도 다른 흑심은 품지 못하겠지. 손을 도로 내렸다.

「전에 길에서 당신을 봤어요. 육교 위에 편안히 앉아 술을 마시고 있더군요.」

「호호, 그건 당신 말고도 본 사람이 많을 거요. 난 저 친구를 본 적 있지. 돼지국밥집에서지, 아마.」

가죽 푸대가 말총머리를 보며 소리 없이 웃었다. 입은 시익 벌어지는데 눈은 전혀 웃지 않았다. 아주 잘생긴 얼굴, 그러나 퇴폐적일 만큼 냉소적인 웃음이 미지는 거슬렸다. 말총머리는 불쾌해하는 기색이었다.

「난 가야겠어여. 당신이 죽지 않았고, 나와 별 관계가 없다는 것이 밝혀졌으면.」

「가실 거면 두 분 다 가세요.」

미지는 속으로는 그들을 붙들고 싶었다. 알 수 없는 불안이 느껴졌기 때문이다. 계단 위의 여자를 보고 온 것이 아무래도 잘못인 것 같았다. 나를 구경거리로 알다니, 무슨 사연인지는 모르겠지만 왠지 여자의 저주가 계단을 핏물처럼 타고 내려오는 듯한 환상이 들었다. 미지는 등을 후드득 떨었다.

「아 참, 지금은 갈 수 없어여.」

말총머리가 도로 앉았다. 가죽 푸대가 눈을 동그랗게 떴다. 애초에 가죽 푸대는 떠날 생각이 없었던 것 같았다. 비바람이 너무 거칠었다.

「저 위의 여자가 떠나기 전까지는 꼼짝 못해여. 저 여자를 엘리베이터 안에서 만날 수도 있잖아여? 난 아마 심장 마비 걸릴 거예여.」

「위층까지 갈 때는 언제고?」

미지가 쏘았다. 자기의 막연한 불안을 증폭시키는 말총머리의 상상이 밉살스러웠다.

「당신은 도둑이 온 것 같을 때 가만히 숨어 있나여? 이 문 저 문 열어 보잖아여. 혹시 저 여자에게 무슨 사고가 나면 현관이 통제될 거예여. 이 통로에서 낯선 자, 우리 둘은 틀림없이 취조를 받게 될 거예여. 그다음은 아 끔찍해여. 나는 어쩌면 성추행 미수와 살인범으로 체포될지 몰라여. 경찰들은 자기 심증을 굳힐 수 있는 밀실과 폭력을 공권력이라는 이름으로 갖고 있어여.」

「미치잤군. 무슨 재수 없는 연설이야? 너 혹시 추잡스런 전과라도 있는 거 아냐?」

「조심해서 나쁠 건 하나도 없어여.」

「아무튼 공포증 환자인 것은 분명해.」

「인생을 안다면 공포를 안 느낄 수 없겨.」

어쨌든 그래서 두 사내는, 평소의 여느 날처럼 해가 뜨고 통로의 사람들이 출근할 때 묻어 나가기로 했다. 미지는 과일과 차와 비스킷을 더 내왔다.

「그럼, 우린, 뭘 할까? 무슨 일이 일어나기를 기다려야 할까? 아니면 무슨 일을 확 벌여 버릴까? 그냥 각자 잘까? 모르는 사람끼리 한집에서 잔다는 것은 불가능할 것 같군.」

미지와 말총머리는 고개를 끄덕였다.

「우리 다시 만나지 않을 것을 전제로 하고 자기 얘기를 하는 건 어떨까요? 왜 낯선 사람들끼리 오히려 보여 주기 편한 맨 얼굴 같은 얘기 있잖아요. 각자 하는 일들은 뭐죠?」

「난 십수생이에여.」

말총머리는 스물을 이미 오래전에 넘겼고 하는 일은 겨울마다 대입 고사를 치르는 것이라고 했다. 성격 파악에 에러가 나서 군대를 면제받았다고 했다.

「취민 없고 버릇이라면, 남들이 수수께끼 내기래여. 그냥 묻는 게 많은 것뿐인데. 근데 이게 내겐 중요한 구성물이에여. 묻고 싶은 게 많은 성질. 난 모르는 게 너무 많걸랑여.」

「호호, 그러니 십수를 하지. 그러나 네가 환갑까지 재수를 해도 나는 못 따라온다. 난 백수다. 과로사할 정도로 일은 많은데 돈은 한 푼도 못 버는 사람이지.」

미지 차례였다. 그러나 미지는 곧 혼란에 부딪혔다. 자기가 가장 하고 싶어 하는 것은 그림 그리는 것이고, 직업도 그림 그리는 일인데 두 그림의 세계는 달랐다. 그러나 세상을 알게 되면서 둘을 합쳤는데 요즘 다시 변화를 요구받고 있다. 그런데 이제는 내가 원래 좋아했던 그림을 그리라는 것인지, 아니면 또 전혀 다른 새로운 세계관을 받아들여 그리라는 것인지 이해가 가지 않는다. 게다가 법적으로는 미혼이지만 사실상, 그리고 심리적으로는 기혼자다. 이 관계를 법적인 것으로 만들려고 했다. 그런데 상대가 나를 떠난 것 같다. 고약하게도 떠났다는 사실을 속이고 있다. 이런 복잡한 관계는 내가 가볍게 연애에 빠져드는 사람이기 때문이 아니라 오히려 너무 단순하고 순수한 촌닭이어서다. 촌닭이어서 덫에 걸린 것인데 이 덫이 나를 떠나려 하는 것이다.

미지는 거두절미하고 자기를 소개했다.

「난 아이들을 대상으로 사기를 치는 사람이에요.」

「…….」

「동화책 삽화를 그리죠.」

미지와 후가 만난 지는 여섯 해가 되었다. 눈 온 날 이후 미지의 집이 철거되면서 미지는 오랫동안 꿈꿔 왔던 독립을 했다. 미지는 자기 자신의 능력과 신중함을 믿었다. 자기 눈과 그 눈에 보이는 세상의 상식과 희망을 믿었다. 그 세상 안에 후는 아름다운 남자로, 미지의 사랑이 필요한 존재로 있었다.

후는 혼자 살게 된 미지의 방을 가끔 오다가 나중에는 자주 오게 되고 그러다 아주 눌러 살게 되었다. 미지는 처음에 그에게 밥을 사주다 나중에는 용돈을 대주고 그러다 먹여 살려 주었다. 후가 대학 졸업 후 입사 시험 준비를 하면서 서재를 간절히 필요로 했다. 후의 필요는 곧 미지의 꿈이 되었다. 미지는 밤에 세 시간 이상은 자지 않았다. 몸살이 나도록 그림을 그렸다. 조금 싼 화료도 감수하고, 펑크 난 걸 대신 메워 주느라 벼락 그림도 그려 댔다. 그래서 마침내 미지는 방 두 개인 지금의 아파트를 마련할 수 있었고, 후는 그 방에서 시험을 준비한 끝에 드디어 취직을 했다. 둘은 봄에 결혼할 생각이었다.

그러나 미지는 병원에서 새 사실을 알게 되었다. 후가 화장실에 간 사이 침상에 놓여 있던 휴대폰의 통화 버튼을 눌러 보았는데 여자 이름과 함께 전화번호가 떴다. 미지가 알고 있는 이름이었다. 후를 처음 만나던 날 후가 찾아왔던 집이 바로 후의 첫사랑, 그 여자의 집이라는 이야기를 언젠가 들은 적이 있었다.

미지는 자기에 관해 말하기를 포기했다. 지나친 통속은 마치 거짓말 같다. 머뭇대는 미지의 입만 보고 있는 두 남자에게 미지는 다른 제안을 했다.

「당신 특기가 수수께끼 내기랬나요? 그거라도 해봐요.」

「좋아여. 하지만 피차 유쾌하진 않을 거예여.」

가죽 푸대가 헛, 웃었다.

「당신도 아까 울음소리 들었나여?」

가죽 푸대가 고개를 끄덕해 보였다.

「그 여자는 왜 우는 걸까여?」

미지가 눈을 가늘게 떴다.

「제가 보기에 그 여자는 문 안의 한 남자와 오랜 연인 사이에요. 스무 살에 만난 그들은 서른이 되고 남자가 직장을 갖게 되어서 결혼을 하려고 했어요. 그동안 여자는 직장에 다니면서 남자에게 용돈도 대주고 몸도 대주었어요. 그런데 갑자기 남자네 집에서 둘의 결혼을 몹시 반대하기 시작했죠. 여자가 안경을 썼다는 것이 표면의 이유였어요. 여자는 렌즈 알레르기가 있다고 용서를 빌었어요. 이번에는 궁합이 나쁘다고 반대했어요. 그러다 나중에는 여자가 애를 낳기에 나이가 너무 많고, 가난하고 못생겨서 남자와는 격이 맞지 않는다는 것이 반대의 이유라고 솔직히 밝혔어요. 남자는 하필 그때 깨달았어요. 자기를 사랑하고 이만큼 되기까지 헌신해 온 사람이 여자만이 아니라는 걸 말이죠. 그는 효도 차원에서 여자를 정리하기로 했어요. 남자가 여자를 철저하게 피하자 여자는 매일 밤 퇴근 후 남자를 찾아오는 거예요. 그 잘난 직장을 그만두지도 못하고요.」

「햐!」

가죽 푸대가 거의 침을 흘릴 듯 바라보았다. 말총머리가 마지막

비스킷을 신중하게 집어 올리며 말을 이었다.

「완전 뽕짝 스토리군여. 당신은 신파에 강해여.」

「인생이 다 그렇지 않나요? 누구의 인생이든 축약하면 다 노래 방 자막이에요.」

「건 당신 생각이에여. 그렇다고 화내지 마세여.」

「그럼 당신 상상을 얘기해 보세요.」

「계단에 여자가 있긴 있었어여?」

「무슨 말이에요. 여자 때문에 집에도 못 간다고 안달할 때는 언 제고.」

「물론 그래여. 하지만 난 내 눈을 못 믿어여. 내 눈이 그렇게 보 구, 내 손이 그렇게 느낀 것이져. 난 착각할 수도 있고 내 신체 기 관은 기계처럼 고장 날 수도 있어여. 감각은 실제와는 다를 수 있져.」

「자네가 가장 집착하는 건 뭔가?」

가죽 푸대의 물음에 말총머리는 대답을 하지 않았다. 사과만 곰 곰 씹었다. 접시가 바닥났다. 무엇 때문인지 꽤나 고통스러운 얼굴 로 말총머리가 입을 열었다.

「난 먹는 것에 집착하는데 식욕 때문은 아니에여. 먹다가 죽을 수 는 없으니까 아직 죽을 위험이 없을 때 미리 먹어 두자는 거예 여.」

「그 대답 맘에 드는군요. 처음으로 내 대답이 당신보다 비현실적이라는 생각이 드네요. 난 사랑이나 가족, 이런 것에 집착하거든요.」

「당신은 원래 우리 중에 가장 비현실적이에요.」

가죽 푸대와 말총머리가 거의 동시에 말했다. 미지는 웃음을 거두었다. 신파인데다 비현실적이기까지 하다니 찢어진 도색 잡지군.

「난 아무것도 집착하지 않아. 가끔은 어떤 것에도 집착하지 않으려고 애쓰는 데 집착적으로 열중하는 것은 아닌가 싶지. 남들이 보기에는 내가 여자와 술에 매달려 사는 것 같을 테지만.」

「여자와 술, 그 둘의 공통점은 학대군여, 가학과 피학. 당신은 분명 숨기는 게 있을 거예여.」

「숨기긴 뭘 숨기나? 술과 여자, 이건 누가 뭐래도 좋은 것으로 공인된 거야.」

「멀 숨기는지는 당신이 알겠져. 난 먹는 것에 집착하지만 적어도 멀 숨기거나 착각하진 않아여. 난 날마다 살생한다는 걸 알아여. 살생이 싫어서 채식주의자가 되는 사람도 있는 거 같지만 식물은 목숨이 없나여? 단순할 뿐이고 느릴 뿐이지 개들도 감정이 있고 움직임이 있어여. 자란다는 것, 해를 향한다는 것, 꽃이 접히고 다시 열리는 것, 뿌리가 물기로 뻗어 간다는 것 이게 다 움직임이에여. 느릴 뿐이져. 인간들은 생명체의 기준을 자기네로 잡고 있어여. 자기들과 다르면 어떻게 훼손해도 아픔을 느끼지 않을 거라고 믿져. 그러나 난 밥을 먹거나 빵을 먹을 때 내가 피라고 느끼거나 알지는 못해도 벼와 밀이 흘린 피를 떠올려여.」

「그래 매일 순대 먹는 기분이겠다?」

가죽 푸대가 핏, 하고 웃었다.

「난 운명의 암시에 늘 마음이 붙들려 다녀요. 내가 아무리 탄탄하게 살려고 해도 내 인생은 어느 날 우습게 틀어져 버릴 수 있어요. 운명이 그렇다면 말이죠.」

미지는 입을 다물었다. 집안 이야기가 나올 것 같아서였다. 미지는 엄마가 싫었다. 미지는 엄마와 다르게 살 자신이 있었다. 엄마만큼 못 배우지 않았고 인물도 나았으며 게다가 직업까지 있었다. 미지는 정말 사랑하는 사람을 만나 따뜻하고 견고한 가정을 이루고 사는 것이 꿈이었다. 자기가 찾는 사람은 세계정세와 인류의 평화를 위해 고민하는 사람도, 출세하고 돈 많은 사람도 아니었다. 가정의 소중함을 알고 사랑의 유일함을 믿는 남자를 만나고 싶었다. 후를 만났을 때 미지는 꿈의 반을 이루었다고 믿었다. 그러나 결과는 엄마와 마찬가지였다. 너무 잘나서 매일 바람피우며 다니느라 돈 못 버는 남편 때문에 식당 아줌마로 전전하면서도 주름 수술, 예쁜이수술, 눈썹 문신 다 하고 남편이 뒹구는 여자네 집에 가서 살림 박살 내고 길거리에서 머리채 잡고 거지꼴이 될 때까지 싸우곤 하던 엄마. 자식들 건사를 못해서 다 집 나가게 만든 박복한 여자. 미지 자신도 이제 가슴 재건 수술을 하고, 후와 함께 사고를 당한 여자의 병실로 쳐들어가 침대를 엎어 버려야 하는 걸까. 쓴웃음이 나왔다.

「내 운명을 기록한 책이 있다면 찾아내서 발기발기 찢고 싶어요.」

「당신이 운명이라고 믿고 따르는 것이 실은 당신 감각이에여. 실제로는 아무 개연성 없이 사건은 일어나여. 모든 불행이나 사건에는 대개 아무런 암시도 없어여. 그래서 난 개죽음이 가장 두려워여. 난 꿈이 있어여. 노사나 병사 혹은 개죽음 말고 내 죽음만큼은 스스로 택하는 거져.」

「나는 나의 여생이 가장 무서워. 믿는 건 불확실성 자체.」

「당신 둘의 대답은 거의 같아요. 비현실적인 고민에 빠져 있군요. 당신들은 나보다 행복한 거예요. 난 솔직히 말할게요. 내 인생은 지금 삼류로 전락했어요. 난 진지하게 열심히 살아왔어요. 다른 여자들처럼 남자들에게 의지해서 살려고 하거나 직업이 없지도 않았구요. 속물적인 기준으로 남자를 고르지도 않았어요. 남들은 바보 같다고 해도 난 진지하고 순수한 마음으로 우리 관계를 대했어요. 그런데 아주 웃기지도 않은 사건으로 내가 바보임이 증명되고 말았어요. 남자가 나를 가장 통속적인 방식으로 배신하면서 내 인생이 삼류 연속극 수준으로 급전직하해 버린 거죠. 진실 되게 살아온 내가, 내 인생이 이렇게 우스워진 걸 참을 수가 없어요. 더 웃기는 게 있어요. 이런 일이 벌어진 가장 결정적인 이유가 뭔지 아세요? 가슴 반쪽이 암으로 날아갔기 때문이에요.」

갑자기 너무 조용해졌다. 말총머리가 입 안의 것을 삼키는 소리가 났다. 침묵을 깬 건 가죽 푸대였다.

「난 그대의 미래를 알지. 남자는 안 돌아왔고, 가슴이 다시 융기하지도 않았으며, 아 참 그런데도 그 가슴을 사랑해 주는 정말 착한 남자를 만난다. 육감적이고 젊은 그는 매우 헌신적으로 여자를 사랑한다. 여자들에게 나 죄 많이 지었어요, 당신은 몸에 상처 있지만 난 마음에 상처 있는 몸, 우리 서로 부족한 걸 메우며 사랑하기로 해요. 당신들 사연은 잡지책을 요란하게 장식하지. 그러다 1년도 안 되어 당신이 가슴 재건 수술을 받았다는 소문이 돌면서 당신들 사이에 불화설이 돌더니 급기야 서로 눈물범벅이 된 얼굴로 잡지 광고에 다시 나온다. 서로를 사랑하지만 사랑만으로는 안 되는 것이 이승의 사랑. 그리고 한 1년 후 남자는 어느 젊은 여자 만나서 카페 주인이 되지. 이제 내 인생의 풍파는 다 지났다, 세상이여 나를 잊어 달라, 조용히 살고 싶다. 그리고 사진에는 이빨이 허옇게 난 아이까지 등장한다 이거지. 당신은 그럼 작가가 되는 거야. 내 인생 거쳐 간 쓰디쓴 사랑, 그러나 달콤한 사랑의 기억, 뭐 이러면서 국극 배우처럼 화장하고 모자 쓴 얼굴로 책 표지에 척 등장하는 거지. 부록으로 누드 사진집도 달고. 히히.」

「끔찍하고 추잡하군요. 당신 말대로라면 내 인생이 삼류인 것은 필연이군요.」

「이건 내 생각이 아녜요. 당신이 두려워하면서 믿는바 운명의 청사진이지. 오, 할렐루야, 제발 그만큼이라도 무사하기를.」

「난 운명을 믿지 않아여. 매일매일이란 것이 긱 시크(geek chic)해여. 기괴하고 충격일 만큼 신선하져.」

「좋겠군요.」

「좋다구여? 문을 여는 순간 문 뒤에 기다리고 있는 인생의 다음 순간에 대해 두려움이 없나 보네여. 문 뒤에서 당신을 기다리는 것은 똑딱이며 가는 시계 소리와 덜 잠긴 수돗물 소리일 수도 있구 아니면 피 흘리며 죽어 가는 들고양이거나 혹은 화마라는 재앙일 수도 있어여. 물론 먼 데서 온 반가운 편지일 수도 있구여. 나는 모든 가능성을 열어 두고 있어여. 그리고 때마다 그것을 궁금해하고 두려워하고 늘 순간적으로 어떻게 대처할까 궁리해여.」

「세상에 미친놈도 여러 종류야. 자넨 왜 가능성 많은 쪽보다 가능성 적은 쪽을 생각하지?」

「확률은 개인한테는 의미가 없어여. 무슨 일이 일어나면 백 퍼센트, 안 일어나면 영 퍼센트니까여. 우리 아랫집 남자는 화만 나면 가스 선 자른다고 위협해여. 윗집에는 치매 걸린 노파가 사는데 비밀스런 불장난을 좋아해여. 바로 옆집은 아가씨 혼자 사는데 이 여자 남자관계가 별나 복잡해여. 모진 놈 중에 변심하면 너 죽고 나 죽자고 석유통 들고 따라다니는 놈 있대여. 지하에 사는 남자는 실직했다고 불 질러서 식구들이랑 다 죽어야겠다고 한대구여. 우리 집 땅 아래는 어마어마한 녹슨 가스관이 지나가 구여, 내가 사는 아파트는 이미 24년이 더 되었어여. 약간 기울 어졌는데 손으로 떼어 내서 시멘트가 부서져 나갈 정도가 아니 라서 안전상 괜찮다는 판정을 받았어여. 하루하루가 정말 스릴 있어여. 에 우리 형으로 말할 것 같으면여…….」

「자식이 철학하네, 사과 맛없게. 뭐든지 좀 구조적으로, 전체를 볼 줄은 모르구 말이야. 자기 문제에만 코가 빠져 갖구…….」

「아저씨 사기 치지 말아여. 우리 중에 머리 제일 무거운 사람이 아저씨라는 건 아는데여. 그래도 실은 사는 게 무서워서 피해 다 니는 사람 아녜여? 얼굴에 다 써 있어여.」

가죽 푸대가 말총머리를 짧게 쳐다보았다.

「인생이 어차피 눈 온 아침이지. 모든 걸 우리가 찾아낼 수 있을 듯이 밝지만 실은 자기가 경험하지 않고는 모든 것이 두려운 의 문투성이야. 하는 수 없이 이미 찍혀 있는 발자국 보고 따라가다 가 위험을 무릅쓰고 새 길을 개척하곤 하는 거야.」

「아, 시끄러워. 나는 좀 더 현실적인 이야기를 하고 싶어요. 그러 니까 나는 내 당장의 궁핍, 이를테면 집과 젖가슴 중 하나를 택해 야 하는 내 상황, 다시 말하면 집을 잃고 젖가슴을 택하면 떠났던 남자가 다시 돌아올 거냐, 돌아오면 어디로 돌아올 거냐. 집도 없 는데. 그러니까 그냥 내 품으로 내 가슴으로지 뭐. 이런 스토리가 가능하겠느냔 거예요.」

「지금 내고 싶은 수수께끼가 생각났어여.」

말총머리가 반쯤 일어섰다.

뻐꾸기시계가 세 번 울었다. 미지가 놀라서 쳐다보니 시계는 1시를 가리키고 있었다. 고장이었다. 미지네 뻐꾸기는 언제나 다 울고 나서도 집 속으로 들어가지 않았다. 망가질 것이 있다면 약간의 생명이 있다는 얘기다.

6

「저기 있잖아여, 과일을 먹다가 입 찢어진 적이 있어여. 포크가 달랑 하나 있어서 그거 동생 주고 나는 그냥 과도로 과일 찍어서 먹고 있는데 갑자기 엄마가 뒤에서 큰 소리로 부르는 거예여. 엉? 하고 돌아보다가 입이 기양 찢어졌다니까여.」

생피가 뚝뚝 떨어지는 분위기였다.

「것도 농담이라고 하냐?」

가죽 푸대가 담배를 꺼내 물며 말했다.

「괜찮아요. 피라면 나도 한 달에 한 일주일은 보니까.」

미지 말에 가죽 푸대가 미지를 째려보더니 혼자 미치갰네, 하고 중얼거렸다. 그때 말총머리의 눈이 진지해졌다.

「근데여, 근데 있잖아여, 그때 입이 찢어진 김에 아주 더 확 찢어져 갖고 죽어 버렸다면?」

가죽 푸대의 표정이 말개졌다. 어이없다 못해 허당을 짚은 듯한 얼굴이었다.

「그럼 어떨까여? 그 가족들에게 칼이란, 또 껍질 깎아 먹는 과일이란? 그리고 인생이란?」

「짜식이 정말 분위기두 되게 없어. 마, 숙녀 분이 생리 현상 얘기 하면 그런 데다 초점을 맞춰야지. 너 지금 무슨 말 하는 거야?」

가죽 푸대가 물고 있던 담배를 튕겨 내며 말총머리의 뒤통수를 한 대 쳤다.

「어, 나 함부로 치지 마. 이러다 사람 죽어. 아저씨는 림프성 체질 이란 거 몰라여? 진짜 있었던 일이란 말예여. 친구들이 너 어디 가냐? 그러면서 어께 한 대 툭 쳤는데 기양 쓰러져서 죽은 애가 있었단 말예여. 사람들이 아마 엄청 팬 모양이라고 했지만 어께 한 대 친 애는 억울하다고 자살 소동까지 벌였어여. 걔는 별로 싸움도 못하고 진짜 보통 애였거든여. 근데 아무도 안 믿어 줬어 여. 근데 난 봤어여. 나도 죽은 애를 한 번 칠 뻔했었거든여. 나중 에 생각하니까 간이 다 덜덜 떨려여. 맞은 놈은 그 자리에서 죽 고 때린 놈은 반쯤 돌아서 미국으로 떴어여. 그놈은 요새 뭐 믿 고 사는지 몰라. 진리? 과학? 암튼 죽은 놈 체질이 림프성 체질 이랬어여.」

「개죽음이야 어차피 유사 이래로 있어 온 일 아니냐. 어린 나이 에 괴이쩍은 일도 다 경험했구나. 그러나 확률상 적으니까 두려

워 말아라. 자 이거 먹다 너 안 죽으니까 이거 우리 사이좋게 나
눠 먹자.」

가죽 푸대가 사과 하나를 포크에 찍어 말총머리에게 내밀었을
때였다. 갑자기 말총머리가 자리에서 벌떡 일어났다.

「에이 씨! 우리 형도 그렇게 죽었단 말이야 새꺄. 김치랑 밥 먹고
있는데 물이 들이닥쳐서 기양 밥 문 채 물고기가 되었단 말이야.
너 물에 불은 시체 본 적 있어? 팅팅 불고 시퍼러둥둥해져 갖고,
이씨, 물에 떠내려가는 그거 목에 줄 걸어서 끌어당기는데…….」
말총머리가 소맷부리로 눈가를 훔쳐 내며 외쳤다.

「역사? 질서? 씨발 난 좆도 안 믿어.」

「상처받은 양이여. 두려워 말라. 발에 밟혀 죽는 곤충이 허다하
고 문틈에 끼여 죽는 생명체가 수다하거늘, 어찌 생명체로 나서
괜히 죽는 꼴을 면할소냐. 너는 너라는 존재가 대체 실체이기는
할 거라고 믿니? 우리 눈에 보이는 것, 우리 눈이 그렇게 파악하
기 때문이야. 너의 오감으로 인한 모든 것, 너의 신체가 그렇게
느끼기 때문이야. 인간의 느낌 너머 세상은 다를 수 있어. 너나
나나 인생의 희비애락 모두가 허상일 수도 있어.」

「도사 같은 소리하네여. 혹세무민하지 마여. 그런 신비주의야말
로 세상을 더 혼란스럽게 하고 욕심쟁이들을 득세케 한다고 떠
들 땐 언제에여. 인간의 느낌이 실체를 느끼든 오해를 하든 인간
이 전쟁이나 기아를 아파하고 피를 흘리고 추워하고 있다면 그

걸 개선해야지 무슨 쥐똥 같은 소리에여? 당신이 원래 그런 걸 떠들고 다닌 위인 아니었나여?」

미지는 머리가 아파 왔다.

「인마, 난 네가 펼친 하드 코어 액션도 다 봤어. 지놈 배지에서 출렁거리는 벌건 창자를 꺼내 들고 길 가는 사람들한테 덤볐지 아마. 순진한 우리 동포들 사색이 되어서 달아날 때 네 배때기를 누가 걷어찼을걸? 그게 나야. 너는 움켜쥐고 있던 돼지 창자를 놓치지 않으려고 꽤나 버둥대더군. 그것도 무슨 철학적 결단이었냐? 덕분에 네가 얻은 거라곤 산전수전 다 겪은 식당 아줌마가 퍼준 돼지국밥 한 그릇이면서. 아줌마가 양재기로 니놈 머리통 때리면서 또 그따위 짓 하면 같이 잡아넣고 끓여 버릴 거라고 으르딱딱거리니까 감동받았는지 국밥 처먹으면서 우는 꼴이라니. 뭐? 자살이 꿈이야? 저 혼자만 생각하는 돼지 같은 놈.」

말총머리의 안색이 싸늘해졌다.

「민족 운운하고 다닌 당신은 뭐가 나아여? 그래 봤자. 당신 인생 요약하면 이 여자한테 차이면 저 여자한테 넘어가고 그러면서 먹고사는 일을 해결해 온 거잖아여. 당신이 품은 뜻이 거창하고 소아 희생적이면 머 해여? 결과적으로 이 사회 변화를 따라잡지 못해 도태된 인물 아녀여? 잘난 머리로 고작 엄마 아니면 여동생 아니면 마누라 등쳐 먹고 살아온 인생 아니냐구여?」

「두 분 서로 아세요?」

미지는 몹시 불쾌했다. 하룻밤의 유숙을 위해 짜고 들어온 불한
당들 같았다.

가죽 푸대가 담배를 피워 물었다.

「아가씨, 이상한 이야기 듣고 싶어요? 지루하고 기괴하고 때로
너무 무서운 이야기. 항용 그렇듯, 내 인생은 지겹도록 통속스럽
고 평범했다,로 이야기는 시작되죠. 생의 기쁨을 그런 상투성에
서 찾는다면 그런대로 행복할 수도 있는 가족이 있었어요. 그 가
족들은 모두 다 성실하고 착했죠. 그들은 그저 가난을 견디는 정
도가 인생의 숙제였던 사람들이에요. 근데 어느 하루 그 집안이
박살 났어요. 뭐 때문인 줄 아세요?」

「그건 수수께끼도 농담도 아니에여.」

「저 위층 여자에 대한 나의 상상을 들려주는 거야. 저 여자는 미
쳤어. 집에 들어가고 싶은데 못 들어가. 왜냐면 무서워서지. 그
런데 왜 떠나지는 못하느냐, 식구들의 안녕이 궁금해서야. 원래
저 여자는 가족이 싫어서 독립한 여자야. 하지만 따뜻하고 평범
한 괜찮은 여자야. 그런데 어느 날 저 집에 강도가 든 거야. 이놈
이 여자 엄마를 칼로 찔렀어. 여자의 오빠가 강도에게 달려들었
다가 쓰러졌지. 피로 온몸을 적시며 아들이 널브러지는 걸 보고
여자 엄마는 거의 실성을 했어. 불운은 언제나 매복해 있다가 소
리 없이 열리는 맨홀 같은 거지. 당한 사람만 소리 없이 빠져 골
로 가는 거야. 나머지는 모두 희망과 사랑과 인류 공통의 선량한

의지를 믿고 내일을 위해 행진 또 행진하는 거야. 강도가 잡히기 전에 수사가 종결된 후 여자의 집안은 풍비박산되었지. 엄마는 죽은 아들 위해 매일 기도한다고 산으로 절로 찾아다니는데 몸이 성치를 않아. 아버지는 자식들 팔자가 드센 것이 다 자기가 젊어서 방탕하게 산 죗값인 것 같아 매일 술 마시고 징징거려. 여자는 평범한 인생을 포기했지. 대신 여자는 예술을 얻었어. 그림을 그리지.」

가죽 푸대가 다시 담배를 피워 물었다.

「그런데 그 그림, 이게 아주 엽기라. 그런 흉악한 그림은 세상에 없어. 그림에다 벌겋게 칠한 아기 인형을 매달아 놓지 않나, 자기가 받은 고통을 그런 식으로 내뿜는 거야.」

미지는 고개 숙인 채 손가락 장난을 했다. 가죽 푸대의 상상력은 왠지 아주 불쾌했다. 말총머리도 몹시 창백해져 있었다.

그녀에게 필요한 것은 그런 이야기가 아니었다. 그녀에게 부족한 거라고는 한쪽 유방뿐이었다. 그들과 나눌 수 있는 이야기가 없었다. 그들 이야기는 다리가 아플 때 팔을 때리는 식이었다. 고통으로 고통을 잊기. 고행이란 것이 다 그렇지만 스스로 취한 육체적인 고통은 인간을 정화할지 몰라도 정신의 고통은 인간을 정화하지 않는다. 미지는 자리에서 일어났다.

「이야기 끝이 얼마 남지 않았어요.」

가죽 푸대 손에 있던 담배가 다 타들어 갔다. 마지막 한 모금을

황급히 빨고 가죽 푸대는 담배를 비벼 껐다.

「그런데 지금 저 여자는 정신 병원을 들락거리고 있어. 예술로도 풀지 못할 것에 여자는 고통스러워하는 거야. 저 여자는 문에 갇혔어. 가족들이 궁금해서 들어가고 싶은데 무서워서 들어갈 수 없는 문, 여자는 밤마다 문 앞에서 꼼짝 못하고 울고 섰지.」

「너무 전압이 센 생각은 하지 마세요. 뇌신경에 부하가 많이 걸리면 안 좋으니까.」

「그런데 그 가족에는 또 한 사람이 있어. 그는 집과 가족을 당분간 버렸죠. 그의 직장이 어디냐. 사회 변혁을 위한 모든 역사 현장이지. 그사이 집에 그런 일이 벌어진 거라. 유탄에 맞은 거지. 인생이 개똥 같아도 무슨 초지일관하는 게 있어야 하는 건데, 혹시 가치관의 붕괴, 뭐 이런 거 아세요? 그다음 그는 남들처럼 돈벌이를 하는 일개미가 되었지. 어쨌건 미친 동생을 살려야 했으니까. 하지만 그때부터 그의 정신이란 건 이미 혼탁한 액체가 되는 거야. 술 힘으로 살아가는 거야.」

「난 당신들에 비해 너무 행복하고 안일하게 살아온 것 같아요. 내가 아는 것이란 가난과 실연 정도니까. 내 그림의 새로운 세계관도 감이 잡힐 것 같아요. 열심히 그림 그려서요, 돈 모아 가슴 재건 수술을 하고요, 그리고 이제 정말 날 사랑하는 진실한 남자를 만나 결혼하겠어요.」

「공주님. 소원대로 행복해지기 바래요.」

「그 꿈이 부디 이루어지기를 우리가 진심으로 바란다는 걸 당신
은 알져?」

뻐꾸기시계가 세 번 울었다. 시침은 4시를 가리키고 있었다.

7

언제 잠이 들었을까. 미지는 층계에서 울리는 소음에 잠이 깼다.
비명에 가까운 웅성거림과 분주한 발소리들, 숨 가쁜 사이렌 소리
도 들렸다. 창밖은 새파랬다. 몇 시간을 잔 것인지, 지금 저 어슴푸
레한 박명이 밀려가는 어둠 때문인지 밀려오는 어둠 때문인지조차
구분이 가질 않았다. 소파에서 일어나려니 몸이 무겁고 온통 통증
으로 징징 울렸다. 미지는 현관문을 열었다. 아래층 계단에 사람들
이 모여 있었다. 아래층 여자는 아주 사색이었다.

「목 매달았대.」

길에 누운 사람이 그대로 얼어 죽을 수도 있을 만큼 사무쳤던 간
밤의 추위를 미지는 떠올렸다.

「누가요?」

「몰라. 미친년인가 봐. 글쎄 옥상 문손잡이에 목을 맨 채 계단을
달려 내려왔나 봐. 독하기도 하지 세상에, 맨 위층은 지금 난리
났어. 다리가 문 앞까지 뻗쳐 있더래잖아.」

아아, 난 이해해요. 얼마나 분하면 그랬겠어요. 이제 무정한 그
집 식구들 꿈속에 환각 속에 마구마구 나타날 테죠. 옆에서 거들어

주지 않은 동네 사람들 꿈속으로도, 눈앞으로도 마구 출몰해야죠.

「왜 거기서 그랬대요?」

「그걸 누가 알아. 반장 아줌마 말로는 이 동네 재개발하기 전에 달동네였잖아. 그때 산꼭대기 집에 살던 딸 같대. 그 집이 아들이 둘이었는데 똑똑한 큰아들은 만날 데모한다고 나가 살고 작은아들은 건달처럼 돌아다니다 무슨 사고로 흉하게 죽었대. 그 후로 큰아들도 머리가 돌아서 그랬는지 어쨌는지 자살했대. 집 철거하고 벌판 매립할 때 다 팔고 떠났었다는데. 아줌마는 그 집 딸이 틀림없다고 하는데 세상에 뭐 한다고 여기를 끄대 와서 목을 매?」

모여 있던 사람들이 하나 둘씩 흩어졌다. 미지는 가슴이 답답해 왔다. 온몸이 한낱 부품들로 분해되는 것 같았다. 기운은 흩어지는 연기처럼 희미해지고 정신은 흐려져 갔다. 바깥 공기를 쐬고 싶었다. 천천히 계단을 내려왔다. 계단의 층계참을 돌자 다시 어둠이었다. 어둠을 뚫고 다음 층의 불빛을 향해 내려가는데 뒤 머리털이 당겨지는 것 같았다. 자기 내부에서 요망스러운 말이 떠올랐다. 넌 왜 아직 안 죽었니. 너도 나처럼 추운 데서 목매고 죽어 봐. 계단을 뛰어 내려와 현관문을 밀고 아파트 광장으로 내려섰다. 일렬로 늘어선 계단 창들을 올려다보았다. 어느 층의 어둠 속에서 푸르스름하게 여자가 내려다보는 것도 같았다. 아, 여자는 정말 미쳤을까?

왜 죽은 걸까? 미지는 말총머리와 가죽 푸대에게 이 사실을 알리기 위해 엘리베이터로 뛰어 들어갔다. 층수 버튼은 두 줄로 나란했다. 마지막 숫자는 12였다.

8

문을 열자 집 안에서는 전화기 자동 응답기에 누군가가 음성을 남기고 있었다.

「제가 너무 일찍 전화드렸나 봐요? 미래의 책이에요. 급한 일이 있어요. 위에서 기획이 하나 떨어졌어요. 삶에 아름답고 건강한 희망과 용기를 불어넣어 줄 수 있는 에피소드 엮음집이에요. 각 분야에서 성공한 사람들이 한 꼭지씩 쓸 거예요. 콘티는 이메일로 보낼게요. 오십 컷, 시간은 일주일이에요. 미지 씨만 믿어요. 참, 그림 도로 가져가셨어요? 제가 경황이 없어서 그냥 가시게 됐나 봐요. 책 만들어야죠. 밝고 예쁜 그림은 언제든 유효한 거잖아요. 그게 세상의 기초니까요.」

아마 무척 기쁜 소식인가 보았다. 그러나 미지는 전화를 받을 엄두가 나지 않았다. 왠지 기분이 개운하지 않아서였다. 원인을 알 수 없는 불행한 느낌이 머리를 무겁게 지배했다. 집 안에 가죽 푸대와 말총머리가 없기 때문일지도 모른다고 어렴풋이 생각했다. 아침의 혼잡을 틈타 나간 것일까. 그러나 그들이 이곳에 있었다는 흔적은 없었다. 담배꽁초 하나 물 컵 하나, 하다못해 사과 껍질 하나도 남아 있지 않았다.

미지는 물을 마시기 위해 주방으로 갔다. 식기 건조대에 엎어진 물 컵에 빗물인지 설거지를 한 지 얼마 안 되는 자국인지 모를 검은 얼룩 하나가 맺혀 있었다. 밤새 비치고는 더러운 비가 왔고 창턱에 꽂힌 빗줄기가 열어 둔 창 틈새로 들어와 창턱의 먼지와 함께 유리컵으로 튀었을 것이다. 미지는 가죽 푸대와 말총머리가 빗방울이었는지도 모른다는 생각이 문득 들었다. 아니면 모든 것이 꿈인지 몰랐다. 꿈치고는 악몽이었다. 어디부터 어디까지가 꿈인가. 미지는 시간도 공간도 자신의 존재감도 그저 혼탁한 액체에 뜬 부유물인 것만 같았다.

거실 한편에 세워진 이젤이 눈에 들어왔다. 깨끗한 도화지가 빈 채로 붙어 있었다. 자신이 그림을 그리는 사람이고 밝고 아름다운 그림을 빨리 그려 낼 수 있고, 그리고 당장 할 일이 주어져 있는 사람이라는 건 분명했다.

미지는 커튼이 쳐진 조용한 방으로 들어왔다. 방 안에 무엇인지 서 있었다. 천을 덮어쓴 또 다른 이젤이었다. 미지는 서서히 천을 벗겨 냈다. 캔버스가 드러났다. 누런 젖가슴 하나가 달처럼 걸려 있었다. 닫힌 문이 하나 있고 문에는 아기 인형이 매달려 있었다. 온통 핏빛으로 칠해진 인형이었다.

미지는 떨리는 걸음으로 거울 앞으로 다가갔다. 윗도리를 벗고 바지를 벗었다. 양말을 벗고 팬티를 벗었다. 그러고는 천천히 속

셔츠를 벗어 올렸다. 내가 누구인가. 뭉개진 한쪽 젖가슴이 간절히 보고 싶었다. 조심스레 거울 앞으로 다가갔다. 거울 속에는 그러나 검은 물체 혹은 물질 같은 어둠뿐이었다. 그것은 들여다보면 들여다볼수록 어떤 존재라기보다는 공허한 공동 같았다. 으깨지지 않는, 으깨질 것도 없는 검은 덩어리였다.

물고기

첫사랑은 왜 이루어지지 않는지, 당신 혹시 아세요?

너무 어려서.

터져 버린 풍선 조각 같은 첫사랑의 기억을 쥐고 사람들은 가끔 회한에 가득한 눈으로 말하죠. 그때마다 난 정말 웃음이 나요. 우주의 까마득한 과거로부터 인간은 진화했지만 결코 사랑이 그만큼 쉬워진 건 아니기 때문이죠. 사랑을 잘하게 되는 현명한 지혜란 없어요. 덜 상처받을 수 있는 요령은 있겠지만요. 그거야, 작게 기대하고 쉽게 타협하는 거겠죠.

점심시간이에요. 삽시에 사람들이 사무실을 빠져나가요. 부우, 하며 끊임없이 몸을 떨던 컴퓨터와 형광등이 꺼지자 실내는 대낮인데도 빈 어항처럼 반투명하고 고요해져요. 내 컴퓨터 화면 가득한 검은 물속을 붕어 한 마리가 유영하고 있어요. 붕어는 옆으로 위로 아래로 헤엄치고 그때마다 초록빛 수초를 사사사 스쳐 가기도 하죠. 나는 얼른 아무 키나 눌러요. 오팔 빛의 붕어를 처음 보았을 때는 무척 아름답다고 느꼈어요. 홀린 듯, 그 유영을 30분 정도 지켜본 일이 있어요. 그런데 화면을 바라보면 바라볼수록 어쩌면 저 바다 속에는 아무도 없을까, 캄캄한 물속 세계가 이웃의 불 꺼진 창처럼 불길하고 공포스러웠어요.

혼자 있으면 하루 전부가 오전인 것처럼 정갈하고 고요하죠. 그러나 때로는 텅 빈 황야에서 붉은 흙바람을 맞으며 서 있는 것 같기도 해요. 가슴에 뜨거운 젓가락이라도 박힌 듯이 앙가슴으로 저릿저릿한 통증이 느껴져요. 하지만 오늘은 좋군요.

칸막이 너머에 아무도 없는 걸 확인하고는 도시락을 꺼내요. 파우치를 뜯어 비닐 팩 안의 국수에 양념 소스를 뿌려 비비면 되죠. 반조리된 한천 국수예요. 칼로리가 백 킬로칼로리도 되지 않아요. 난 다이어트 중이에요. 15년째죠. 여자들 중에는 거의 평생 다이어트를 하는 사람들이 있어요. 나도 아마 그럴 거예요. 얼마 전까지만 해도 난 점심때면 사람들과 몰려 밖으로 나가곤 했죠. 꼭 밥을 먹기 위해서는 아니었어요. 산소를 들이마시기 위해서였죠. 사무실에 진종일 있다 보면 납작한 벽걸이 어항에 갇힌 것 같거든요.

그러나 요즘은 그럴 수가 없어요. 밤마다 술을 마신 덕에 체중이 2킬로그램 불었거든요. 희고 반투명한 젤리 질의 면발은 아주 비현실적인 느낌이에요. 끔찍하게 생각하는 사람들이 있는지 모르지만 이 국수는 사실 아주 맛있어요. 일주일만 이렇게 하면 군살이 좀 들어갈 거예요. 오늘이 그 일주일의 마지막 날이고 난 내일 바닷가에 가요.

점심을 먹고 양치질을 하고 화장을 고치고 밖으로 나가요. 볕이 너무 뜨겁군요. 해 아래 오래도록 서 있으면 하얗고 깨끗한 햇살이 살갗을 뜨겁게 달구다 못해 한 땀씩 태우는 것처럼 느껴져요. 뜨거운 모래를 뿌리는 듯한 묘한 쾌감이 살갗을 파고들죠. 부유물 가득하던 의식이 멍징하게 개고 내 몸 어디쯤에는 푸른 호수가 점점 자리를 넓혀 가고 있다는 느낌이 들곤 해요. 잡념도 곰팡이처럼 음습한 곳을 좋아하나 봐요.

하지만 요즈음의 햇살은 너무 날카로워요. 맨살을 내놓으면 금세 피부가 토마토 껍질처럼 쭉 벗겨져 나갈 것 같아요. 여자의 드러난 어깨와 활짝 웃는 얼굴의 솜털을 빛나게 하는 낭만이란 결코 없죠.

은행의 검푸른 유리문은 차갑고 상쾌하네요. 자판기에서 블랙커피를 뽑아 자리에 앉아 잡지꽂이에서 책을 한 권 빼들었어요. 난 별자리점이나 혈액형점 같은 점성술 마니아예요. 인터넷의 모든 운세 서비스나 전화로 보는 사주팔자 해석 등은 섭렵한 지 오래죠. 자구 해석을 달리하는 명리학자의 경향까지 안다고 보면 돼요. 이 사람은 비관주의자구나, 이 사람은 불행을 예고하기보다는 마음의 준비를 시키려 드는구나. 난 명리학자보다는 진짜 용한 점쟁이를 찾고 있어요. 너무 궁금한 게 있어서요. 마음에 대해 묻고 싶거든요. 내 마음과, 내 마음이 불어 간 한 남자의 마음. 그 사람이 날 사랑하는 거 맞아요? 우리는 아마 헤어질 운명이겠죠? 그러나 그 사랑 때문에 인생이 망가지지는 않을까요? 독하게 마음먹고 헤어진다면 마음속에서도 그를 없앨 수 있을까요? 보이지는 않지만 내 마음속에 그가 오랫동안 살아 있는 건 아닐까요? 캄캄한 바다를 끝없이 헤엄치는 물고기처럼요.

잡지에 '그이의 사랑은 무슨 색깔? 무슨 타입?'이라는 제목의 문제가 나와 있네요. 나는 꽤나 차근차근 풀어 가요. 총점이 중요한데 거의 문제를 다 풀 즈음에는 암산이 뒤죽박죽되곤 하죠. 작은 점수 차이로도 내 사랑은 비극에서 그래도 좀 건전한 관계 쪽으로 선회할 수 있어요. 나는 지금 나의 첫사랑의 운명에 대해 점을 치고 있는 거예요. 결벽증 있는 사람은 이상하게 볼지 모르지만 이건 나의 일곱 번째 첫사랑이에요. 물론 아주 양심적으로 세어서 그런 거죠. 중학교 때 버스 같이 타고 다니면서 점점 마음에 들어 가까이 하려다가 그만 버스에서 머리를 서로 부딪친 남학생까지 센 거니까요.

어쨌든, 나 이게 나의 마지막 사랑일지도 모른다는 생각을 해요. 왜냐하면 그를 만났을 때 난 세상의 사랑이란 걸 믿지 않았고, 미혼이었고, 그리고 막 서른이 넘어 있었기 때문이에요. 혹시, 여자는 서른하나에 자기를 가장 화려하게 느낀다는 얘기를 들어 본 적 있으세요? 그가 처음 만난 내게 한 말이에요. 그 말을 들었을 때

나는 나의 빈 마당으로 기분 좋은 바람과 햇살이 환하게 내려앉는
것 같았어요. 봄볕 마당에 매어진 줄 그네에 올라탄 것처럼 나는
내 서른하나의 나이 위에 올라앉아 천천히 천천히 그네를 굴리기
시작했죠. 어떤 일이 일어날까. 설레기도 하고 체념도 되는 나이.
여신이라도 된 것처럼 아주 성숙한 느낌이 내 몸 안에서 환히 등불
을 밝힌 것 같았어요. 홍옥의 속살처럼 깨끗하고 노르쨍한 내 황인
종 피부는 수밀도처럼 촉촉하고 환했죠. 여자의 벗은 모습이 고혹
적인 것은 그 곡선 때문이 아니라 빛나는 살빛 때문이라고 생각해
본 적 없으세요?

　하지만 나는 지금 좀 어수선해요. 그때 시작된 사랑 때문이죠.
최후의 첫사랑, 그것이 그와 나의 공통점이자 딜레마예요. 나는 남
자를 믿지 않아요. 아니 사람을 믿지 않죠. 괴롭지만 이건 내가 인
생에서 느끼는 리얼리티예요. 무겁고 괴로워도 죽을 때까지 짊어
지고 가야 할 나의 척추 같은 거죠.

　그와 나는 보통의 무난한 관계라는군요. 우리 부모님들처럼 원
시적이고 생태적인 관계, 축생의 가족 관계라는 말일 테죠. 비장한
운명의 결합이 아니라면 난 차라리 파멸을 원해요. 편안한 사랑이
란 이상해요. 남녀 사이가 편안하다면 그들은 자기 주제 파악을 잘
해서 거래를 잘했다는 거예요. 바보가 바보를 만나고 얌체가 얌체
를 만나면 편안할 테죠.

　무슨 점이든 보고 나면 관자놀이가 아프도록 껌을 씹고 난 기분

이에요. 쓰고 신물이 나요. 잡지책을 던져 놓고 현금 출금기에서 돈을 찾았어요. 퇴근길에 내일 필요한 장을 봐 가지고 갈 생각이에요. 은행 문을 열고 나가자 빙판 같은 대리석 바닥에 실내의 조경수와 문들이 열 지어 비쳐요. 그 빙판 끝에 어, 그가 보여요. 멀리서도 그의 눈동자에 맺힌 내 모습이 보이는 것 같아요. 남들 앞에서 우리는 늘 소리 없이 해후를 하죠. 일부러 그의 사무실이 들어 있는 건물 안의 은행을 이용하곤 하지만 이런 만남은 흔하지 않아요. 그가 한 발짝씩 다가올 때마다 술렁이는 공기의 파장이 살갗을 간질여요. 나는 그가 타야 할 엘리베이터 앞에 서요. 그는 제법 심상한 얼굴을 할 줄 아네요. 순진한 사람이 저럴 때면 웃음이 나요. 문이 열리고 엘리베이터 안에는 그와 나만 들어가요. 쇠 접시 같은 엘리베이터가 고인 물 같은 한낮의 대기 속으로 쑤욱 올라가요. 창밖의 나무와 사람과 차들이 정수리를 드러내며 스쳐 갈 때 갑자기 그의 흰 목덜미, 생각보다 마른 턱 선이 눈에 들어와요. 팔을 뻗어 그의 목을 감고 재빨리 그의 턱과 목이 만나는 언저리, 아무도 보지 못했을 상앗빛 그늘이 고인 곳에 입술을 갖다 대죠. 그는 무척 당황하는 눈치예요. 그러나 어떻게 반응해야 할지 몰라 고개를 숙여 버리죠. 내 팔이 그의 목덜미를 채 떠나기 전에 문이 열리고 사람들이 들이닥쳤기 때문이에요. 대개 남자들은 여자가 어떤 행동을 할 때 그것이 어떤 신호인지 골똘히 해석하려 들어요. 이 여자가 왜 내 손을 잡을까, 나와 침대로 가고 싶다는 걸까. 이런 확대 해

석을 잘하는 남자일수록 여자한테 잘 차이죠. 그러니까 남자들은
가만히 고개 숙이고 궁리하는 거예요, 무슨 뜻일까?

　야구 모자에 반바지 차림의 여자가 유모차를 밀고 들어와요. 셀
룰로이드가 울퉁불퉁하게 불거진 허벅지를 허옇게 드러내 놓은 여
자예요. 그 뒤로, 스트레이트 파마를 한 긴 머리의 여자가 들어서
요. 군살 없이 날씬한 몸매의 여자는 자세히 보니 얼굴이 늙었네
요. 나이에 따라 빠져나간 볼 살 때문에 여자의 볼은 움푹 파이고
눈 아래와 입가에는 표정 주름의 흔적이 있어요. 당연히 긴 생머리
는 여자를 인디언처럼 보이게 하네요. 이 나이의 여자들 의외로 팔
이 짧고 굵죠. 거기에 가느다랗고 울퉁불퉁한 다리, 배와 허리에
대고 꿰맨 듯한 검정 타이트스커트는 여자가 완벽한 가분수라는
것까지 드러내고 있어요. 젊고 날씬하다는 것에 얽매여 나이를 비
껴가려는 여자의 노력이 비 맞은 머리칼처럼 쓸쓸하게 느껴져요.
나도 저렇게 나이 들어갈 테죠. 그러나 나는 다르게 늙어 갈 자신
이 있어요. 미래는 아직 닥치지 않은 시간이니까 나는 미리 궤도
수정을 할 수가 있다고 믿어요.

　그와 나는 둥근 유리창 쪽으로 물러섰어요. 그의 얼굴이 조금 빨
개지는 걸 나는 놓치지 않죠. 붉어지는 남자의 얼굴이 얼마나 매력
적으로 보이는지 남자들 자신은 잘 모르는 것 같아요. 그가 나른한
시선으로 나를 바라봐요. 뜨겁고 축축한 그의 손이 내 손가락 끝을
살짝 쥐었다 놓아요. 나는 갑자기 웃음이 폭발할 것만 같아요. 이

남자는 단순한 사람이에요. 우직한 사람은 믿을 만하죠. 그러나 바로 그 때문에 사람 마음을 더욱 모질게 아프게 하기도 해요. 이런 사람이라고 거짓말을 안 하는 건 아니거든요. 거짓말도 속이 너무 빤히 들여다보이게 해서 오히려 더 속상하게 하죠. 그에 비하면 나는 단순한 악녀예요. 나 때문에 누가 자살하는 걸 본대도 혼자 싹 길을 빠져나갈 수 있는 여자, 그러고는 환한 불빛 아래서 내가 지금 무슨 짓을 한 거지? 내가 그랬다는 것이 믿어지지 않아, 무서우니까 잊을래, 하는 종류죠.

아니 실은 그런 강자가 되고 싶어요. 실제의 나는 의기소침해서 혼자 어둠 속에서 손톱이나 물어뜯는 덜 큰 아이일 거예요. 복잡한 남자관계 때문에 고민하는 먼로처럼 머리를 흐트러뜨리고 있다가도, 아무도 날 좋아하지 않을 것 같아서 늘 사람이 무섭고 길이 무서운 아이죠.

그는 엘리베이터에서 내리면서 내게 순간적인 고갯짓을 보냈어요. 이제 나는 그대로 빈 통을 타고 내려와요. 잠깐 그를 따라가는 장난을 해본 거거든요. 짧게 지금이 꿈은 아닌지 생각해요.

새벽 5시, 자명종 소리에 눈을 떴어요. 왠지 생소하고 비현실적인 느낌이 서늘하고 축축하게 몸을 적셔 와요. 커튼을 열었어요. 앞 동을 광배처럼 두르고 있어야 할 맑은 오렌지빛이 보이지 않아요. 길이 무너져라 폭우가 내리꽂히고 있군요. 비는 밤새도록 쏟아진 모양이에요. 전혀 예상치 못한 일이에요. 나는 어제 가방을 챙기고 목욕을 하느라 거실을 오가며, 텔레비전의 일기 예보를 듣는다고 들었어요. 그러나 비 소식은 귀에 잡히지 않았어요. 장마도 다 끝나고 눈이 시릴 정도로 아스팔트가 하얗게 달궈지는 성하에, 무시해도 좋을 만큼의 비 소식은 그냥 젖은 머리칼 속의 귀를 넘어갔을 거예요.

「괜찮겠지?」

차에 올라타는 나에게 그가 묻는군요. 그도 걱정은 되나 봐요.

우리의 출항지는 동해예요. 우리도 고래를 잡을 거예요. 검고 통통하고 매끄러운 고래를 만져 보고 싶어요. 그와 나는 밥 먹고 자면서 이 닦고, 다섯 개의 발가락이 알알이 박힌 서로의 맨발을 보면서 우리 감정의 실체를 만져 볼 거예요. 그와 여행은 처음이에요. 그를 만나 온 세 해 동안 우리는 한 번도 같이 아침을 맞이한 적이 없어요.

「떠나기로 했으면 떠나야죠.」

벨트를 끼우며 나는 말했어요.

그러나 우리가 서울을 빠져나가는 동안 비는 점점 더 굵고 사나워져요. 라디오에서는 온통 길을 부술 듯한 비와 재해 소식으로 떠들썩해요. 눈앞의 세상도 물결로 넘실거리고 내리꽂히는 빗줄기에 눈앞이 뿌예요. 와이퍼는 지나간 자국조차 남지 않아요. 마치 거대한 폭포처럼, 비가 장벽이 되는 광경이란 난생처음이에요. 첫 여행인데, 누구도 우리를 도와주지 않는구나, 쓸쓸하고 추워지는 기분이에요.

차가 서울의 동쪽 끝을 벗어나 구리쯤에 이르렀을 때 비는 더욱 거세져 우리는 완전히 폭우의 복판에 갇혀 버렸어요. 길은 황해 같군요. 도저히 이 빗속을 달려 한계령을 넘을 수 있을 것 같지 않아요. 하지만 돌아가자니 누가 나를 구겨서 버리는 것 같아요.

「이대로 돌아갈 것인지 아니면 고속도로를 타고 전진할 것인지 결정해야겠는데.」

그가 침통하게 말하는군요.

그러나 온 삼라만상이 물바다가 되어 버렸다 해도 도로 돌아갈 수는 없어요. 차라리 이 자리에 정박하고 싶어요. 어디 허름한 모텔에라도 들어가 젖은 머리를 말리고 그와 종일 텔레비전을 보거나 낮술을 마시면 어때요. 그러나 그는 그럴 생각이 절대 아닌 것 같아요.

그가 주유소 안으로 차를 몰았어요. 차를 댈 수 있는 유일한 공간이기 때문이에요. 주황색 옷을 입고 다가온 주유원 소년이 그의 손짓에 물러가요.

「돌아가는 것도 쉽지 않아. 서울 지금 물바다야. 엔진도 나갈 수 있어.」

그가 창을 내리며 말했어요. 빗소리에 그의 목소리는 아주 높은데도 잘 들리지 않아요. 두두두두 다다다다 유리로, 차체로 떨어지는 빗발은 너무 거칠어요. 한계령 쪽으로 전진한다 해도 아무 보장이 없죠. 우리는 우중고혼이 될지 몰라요. 나는 신기한 일을 즐기는 편이지만 그는 나와 함께 그 지경이 되는 것을 원치는 않아요. 우리가 나란히 죽는다면 배신감을 느낄 사람들이 너무 많거든요.

우리의 웃기는 여름 한 날이 없었다면 이 여행은 계획되지 않았을 거예요. 칠월이었어요. 늙은 지구는 맹렬한 더위로 사람들을 달궈 댔어요. 기운 없는 노인들의 혼이 폭서에 증발되어 버리기도 했지요. 우리는 한 달 만에 만나는 거였어요. 21세기가 이룩한 개인 통신 장비를 거의 모두 갖추고 있지만 우리의 교신은 늘 어렵죠. 우리는 늘 만나곤 하던 카페에서 만나기로 했어요. 지난겨울 우리가 뒷골목에서 우연히 찾아냈던 곳이에요. 순댓국집 골목 틈에 박힌 카페에 들어선 순간, 우리는 탄성을 올렸어요. 우리가 카페를 고르는 첫 번째 요건은 안락하고 독립적인 좌석이에요. 그곳에는 밀실도 세 개나 있었어요. 더구나 천장에는 온통 솜으로 만들어진 흰 눈이 가득 붙어 있었어요. 눈의 천국에 들어온 것 같았지요. 우리는 그런 호사까지는 기대도 하지 않았거든요.

그런데 칠월 카페의 천장에도 눈은 여전히 매달려 있더군요. 겨울로 착각해 보라는 장치라고 생각했어요. 나는 우리가 애용하던 밀실에 설레는 마음으로 앉았어요. 밀실은 냉방도 따로 되지 않았어요. 얇은 패널 틈으로 찬 기운이 조금 새어 들어올 뿐이었죠. 브래지어가 내 몸을 조이고 있다는 것이 새삼 느껴졌어요. 뒷목을 살짝 덮은 머리카락 때문에 뒷목에 뜨거운 파스라도 대고 있는 것 같았죠. 그러나 홀로 나갈 수는 없었어요. 탁 트인 자리에 앉아 있으면 그가 서운해할 것 같았어요. 그런 장소는 오랜만에 만난 우리 사랑에 방해가 될 테니까요.

그는 30분을 늦게 왔어요. 급히 달려왔나 봐요. 땀을 흘리며 서류 가방을 의자에 내려놓더니 말했어요.

「야, 좀 더 시원한 데는 없냐?」

그 골목엔 노래방과 순댓국집뿐이라는 걸 그도 잘 알아요. 나는 너무 더워하는 그가 좀 안되어서 그냥 조그맣게 웃었어요.

「회사가 바쁜가 봐요.」

「음, 요새 그래. 기다릴 거였으면 장소를 다른 데로 옮기지 그랬냐.」

그가 양복 재킷을 벗고는 넥타이를 느슨하게 늘여 빼더니 셔츠 앞자락을 손으로 펄렁펄렁 들썩여 댔어요. 내 앙가슴으로도 미세한 땀이 번지는 것 같더군요.

「천천히 오지 그랬어요. 너무 더워하시네요.」

더위 때문에 그는 정신이 하나도 없는 것 같았어요. 나까지 심란해질 지경이었어요.

「아, 진짜 너무 덥다. 근데 이 집은 아직도 저 눈을 매달아 놓았냐? 아직 난방도 하고 있는 거 아냐?」

나도 천장을 보았어요. 작은 솜뭉치가 콧구멍을 막는 것 같더군요.

「야, 이 선수 말이야. 약속 장소 고르는 센스가 없는 거야, 성의가 없는 거야?」

그가 흘러내리는 머리칼을 쓸어 올렸어요. 날이 너무 더우니까 별 말도 안 되는 트집을 다 잡데요. 난 그가 점점 우스워 보였어요.

「뭐 하실래요?」

머리를 하나로 묶은 여자 애가 차림표를 내밀고는 뚱하고 서 있기에 내가 그에게 물었어요.

「아가씨, 여기 에어컨 안 틀었어요?」

그는 아예 넥타이를 풀어 가방에 뚤뚤 말아 넣으며 뚱한 여자 애에게 물었어요.

「저 밖은 시원해요.」

여자 애가 천연의 부은 표정으로 말하더군요.

「식사하셔야죠?」

내가 다시 그에게 물었어요. 밖에는 어차피 좌석도 남아 있지 않았거든요. 그도 그걸 알았어요.

「이 선수 말이야, 미리 왔으면 시원한 자리를 탁 잡아 놓지 않고 선 말이야.」

그때 내 앙가슴으로 땀 한 줄기가 간지럽게 흘러내렸어요. 하지만 난 더위를 잊어 보려고 했어요. 나는 우리가 그쯤은 이겨야 한다고 생각했죠.

「난 사이다 주세요.」

내가 여자 애에게 말했어요. 그의 눈이 동그래지더군요.

「야, 왜? 밥을 먹어야지.」

「더운데요, 뭘.」

나는 거기까지만 말했어요. 내 말은 잠깐 만나고 가자는 소리일 수도 있고, 더울 때는 밥도 가볍게 먹는다는 말로 들릴 수도 있었 겠죠. 그는 내게 더는 밥을 권하지 않더니 자기는 김치볶음밥을 시 켰어요.

여자 애가 가자 그가 내 눈치를 보며 묻더군요.

「금방 갈려구?」

「좋으실 대로 하세요.」

나는 비웃어 주고 싶을 만큼 그가 미웠어요.

「오랜만에 보는 건데, 만나자마자 그런 소리 하냐?」

그가 셔츠 단추 하나를 풀었어요.

「부채 없냐?」

「없어요.」

여자는 무언가에 의지하려는 마음 때문에 가방 없인 외출을 못 한다는 속설이 있는 모양이지만 나는 가방 들고 다니기도 귀찮아 요. 부채는 원래 쓰지도 않죠. 꼼짝 않고 있는 것, 절대 움직이지 않 는 것, 이게 나의 피서법이거든요.

「손수건 좀 줘라.」

「없어요.」

「넌, 무슨 여자가 그런 것도 안 갖고 다니냐?」

그는 식탁 위에 꽂힌 표백된 냅킨을 집어 땀을 닦았어요. 저러다 얼굴에 실밥처럼 냅킨이 묻어나지 않을까, 그러면 내 기분이 땀에 젖은 휴지처럼 너절해질 것 같아 조마조마했어요. 나는 손수건을 쓰지 않아요. 손수건으로는 립스틱을 찍어 낼 수도, 화장실에서 쓸 수도, 코를 풀 수도 없기 때문이죠. 그러나 그의 말을 듣자니 내가 좀 기본이 안 된 여자라는 생각이 들었어요. 갈라지고 더러운 발뒤꿈치를 들킨 것처럼 갑자기 내 존재가 비루하게 그 앞에 널리는 기분이었죠. 하지만 나는 가벼운 반발을 느끼기도 했어요. 왜 그는 나를 깎아내리지? 더위 때문이라는데 그게 말이 되나? 순전히 사랑이 식은 때문일 수도 있잖아요.

나는 덥고 배고픈 그가 밥을 다 먹기를 조용히 앉아 기다렸어요. 절대로 우울한 얼굴을 하지는 않았어요. 그가 화내는 것으로 해석할까 봐서였죠. 그가 더위와 배고픔을 느낀다는 것에 화를 낼 수는 없잖아요. 그런 것과 싸운다면 나는 영원히 사라지지 않을 적과 영원히 승리할 수 없는 싸움을 하는 비참한 바보가 될 거예요. 내게 그런 적이 있다는 걸 그날에서야 깨달은 건 순전한 나의 잘못이죠.

하지만 그날 결국 우리는 마치 싸운 사람들처럼 헤어졌어요. 그는 좀 머쓱해하더군요. 하지만 너무 더워서 모든 걸 뒤로 미루는 것 같았어요. 좀 시원해지면 만나자, 그러고 가더군요. 좀 더 한가해지면 만나자, 여건이 좀 나아지면, 좀 더 행복해지면……. 우리의 만남의 조건은 실제로 언제나 완벽한 건 아니었어요.

그와 헤어져 돌아오는데 씁쓸함과 분노를 구별키 어렵더군요. 배가 고파서인지 더 초라하고 비감스러웠어요. 나는 그를 위해 죽는다거나 하는 무서운 생각을 한 적은 없어요. 그러나 그와 나만 남고 다른 사람들이 죽으면 어떨까, 하는 더 끔찍한 상상은 여러 차례 했어요. 내 목숨은 아니지만 어쨌든 사람의 목숨을 건 사인데, 왜 이렇게 싱거운 거죠? 사선을 함께 넘은 순간, 하필 그제야 여자의 얼굴 주근깨가 개미 떼같이 보이디? 속으로 욕을 하는데 갑자기 웃음이 터지려 했어요. 그가 유치해서, 우리 관계라는 것이 너절해서 마구 뭉개 주고 싶은 기분이었어요.

그러나 책임 물을 사람이 아무도 없더군요. 내 문제를 책임질 수 있는 사람은 신과 나밖에 없어요. 어쩌면 우리는 아직도 장애물 너머에 있는 건지 몰라요. 수천 개의 장애물이 더 남아 있는 건지도 모르죠. 여름에는 사랑도 차가운 게 좋은 거구나. 돌아가는 전동차 안에서 깨달았어요.

나는 날이 시원해지기까지 그를 잊기로 했어요. 연락을 전혀 하지 않았죠. 그는 좀 달라지더군요. 낮잠에서 깨어나 갑자기 맨손 체조를 하는 사람처럼 나와 만날 일을 위해 부지런을 떨었죠. 하루 종일 켜두었던 컴퓨터의 열기가 내 몸을 서서히 덮어 가던 어느 날 오후 그가 전화를 해왔어요.

「우리 바다 가자, 바다 보고 싶지 않냐?」

순간, 현란한 초록과 파랑을 마구 뒤섞어 놓은 것 같은 태고의 푸름이 내 주변을 빙 도는 것 같더군요. 그러나 별로 감격스럽지는 않았어요. 나라는 여자를 가능껏 즐겨 보고 싶구나, 그가 날 더 이상은 아끼지 않는 것 같달까요. 어쩐지 우리 관계가 막바지에 이른 느낌이었어요.

그러나 나는 바다행을 결심했어요. 늘 그의 알몸을 그려 보고 싶었거든요. 새파란 바다를 배경으로 누워 있는 그의 창백한 알몸. 넥타이 차림의 남자들은 대개 속살이 슬플 정도로 희죠.

「가보자. 고속도로는 배수 사정이 나으니까 이보다는 좋을 거야.」

애당초 그는 돌아갈 마음은 없었나 봐요. 나는 이 근처 어디 마땅한 곳을 찾아보자는 말을 할 수가 없어요. 변두리의 허름한 모텔에서 휴가를 다 보낸다는 것은 그에게는 눈송이가 달린 카페보다 견딜 수 없는 일일 거예요.

「좋아, 가죠.」

그는 기어를 당기네요. 후회하면서 살기에는 우린 이미 너무 많은 강을 건넜어요.

고속도로로 들어서자 정말 시야가 조금 개어요. 차가 동쪽으로 동쪽으로 갈수록 빗발은 성글어져요. 그리고 어느새, 앞 유리에는 이슬 같은 물방울 몇 점이 몸을 떨며 실려 가요.

「이야호!」

눈앞이 연록으로 환하게 펼쳐지는 순간 그와 나는 동시에 환호

했어요.

동해 하늘은 계란 속껍질같이 얇은 막을 씌운 듯 부드럽고 밝아요. 마치 우리가 비의 나라에서 기적적으로 탈출한 것 같아요.

나는 이곳에 그의 사랑을 확인하고 싶어서 왔어요. 그러나 그는 바다에 환호하느라 벗은 내 몸이 모델처럼 아름답지 않다는 사실에도 금방 타협을 해버리네요. 그는 뭍에 처음 오른 해중국의 자라처럼 뽀송거리는 햇살과 모래를 맨살로 느끼며 하루 종일 바닷가에서 지내요. 수영도 하고 모래찜질도 하고 파도도 타고, 그는 목에서 단내가 날 정도로 숨이 턱에 차오르도록 진하게 바닷가를 느끼고 싶은가 봐요. 나는 그늘막에 앉아서 햇빛을 막아 주는 로션을 바르며 노는 그를 바라봐요. 가끔 그늘막으로 돌아온 그는 왕성한 식욕으로 음식들을 먹어 치우고 남의 눈도 아랑곳하지 않고 내 몸을 만지기도 하네요.

우리가 만난 이후 처음으로 같이 맞는 아침이에요. 눈을 떠보니 그가 없어요. 나는 햇살을 두 눈 사이에 물고 잠들어 있는 그의 얼굴을 바라보고 싶었는데요. 일어나려는데 그가 밖에서 돌아와요.

「일출은 못 봤어.」

그가 말하네요. 날이 흐리지는 않지만 그렇게 밝은 날씨도 아니에요. 하늘에 흰 광목천을 대 놓은 것 같달까, 빛은 밝고 부드럽지만 오늘도 청쾌한 날씨는 아니거든요.

그는 화장이 지워지고 눈이 부은 내 얼굴을 조금 낯설게 바라보아요. 하지만 우리가 이렇게 같이 있을 수 있다는 사실이 갑자기 감격스러웠나 봐요. 감격에 겨워 우리는 새삼 사랑을 나누었어요.

하지만 밝은 해 아래서 그와 사랑을 나누려니 좀 서글픈 기분이 들었어요. 그는 바다에 와서 누릴 수 있는 건 모두 만끽하려는 것처럼 나도 그렇게 대하는 것 같았거든요. 기회를 놓치지 않으려는 것처럼 보였죠. 난 왠지 모든 게 허무하다는 느낌이었어요. 너무 멀리 와 버려서 다시는 돌아갈 수 없는 지경이 되어 버린 것도 같구요.

오후에는 그의 맨살이 드러난 등에 얼굴을 대고 기대앉아 바다를 바라보며 이야기를 나누고 싶었어요. 어린 시절 이야기나 여태 아무에게도 해보지 않은 자기만의 상처 같은 것들. 서로의 몸 말고 영혼 깊숙한 곳을 들여다보고 싶은 거죠. 여자는 결코 남자의 몸만 사랑할 수는 없어요. 사실 이건 함정이에요. 빠지면 나만 손해인데 어쩔 수 없이 나는 자꾸 그에게 나의 영혼 같은 걸 바치고 싶어져요.

그러나 그는 바다만 바라보고 있네요. 무슨 생각을 하는 걸까. 우리의 곤혹스러운 관계 때문이 아니라도 때로 골똘해질 수밖에 없는 나이, 우리는 인생의 중반 고갯마루에 서 있거든요. 어느 길로 내려가야 하나, 내리막길은 더욱 가파른데, 노을이 지기 전에 나는 어디까지 가 있을까. 그의 등에 붙은 모래알이 황금빛으로 말라가요. 그의 바닷가에서 나는 필요 없는 듯해요. 비타민 C나 피로 회복제처럼 지쳤을 때 가끔 생각나는 정도 같아요.

　단둘만의 휴가의 이틀째이자 마지막 밤이 깊어 가고 있어요. 그와 나는 내일 아침 서울로 떠나요. 삽시에 바다가 황량한 폐허처럼 느껴지는군요. 어둠 속에는 발치로 밀려와 부서지는 한 줄기 흰 파도와 두 귀를 가득 메운 바람 소리, 촤르르 걷혀 가고 밀려오는 파도 소리밖에는 없어요. 난 거칠게 술에 취하고 싶어요. 밤이 되자 그는 한 번이라도 날 더 안아 보려 해요. 하지만 난 그와 말이 하고 싶어요. 격렬하게 싸우고 싶어요.

「왜 나와 결혼하자고 하지 않죠?」

　나는 좀 취했어요. 그는 대답하지 않는군요. 대답할 필요가 없다는 걸 안다는 생각인가 본데 그거야말로 그의 착각이에요. 누구든지 인간에게는 원시의 꿈이 있어요. 나는 더 자유롭고 행복해지는 결혼이 아닌 한 결혼하지 않을 생각이에요. 무조건, 결혼을 하지 않겠다는 것과는 천국과 지옥만큼이나 멀죠.

「날 아주 사랑하지는 않는 모양이죠?」

　나는 그의 숙여진 어깨를 흔들어요.

「결혼은 사랑하기에 좋은 조건이 아니야.」

　그는 겨우 한마디 했어요.

「결혼하지 않았다면 그 사람, 나보다 더 사랑할 수도 있었겠죠?」

　해서는 안 될 말까지 해요. 그가 화를 낼까 봐 두렵기는 하지만 묘한 흥분이 내 등을 밀어요. 그런데 쳐들어진 그의 얼굴에는 의외의 웃음이 번져 있어요. 그의 팔이 내 등을 싸안으려 해요. 난 소리를 쳐요.

「이러지 마. 난 지금 투정을 부리고 있는 게 아니야.」

시비를 거는 거죠. 그가 날 물끄러미 바라보더니 바다 쪽으로 고개를 돌려요. 나는 그를 잡고 미친 듯이 흔들어 대고 싶어요.

남자는 나이를 먹어도 그의 사랑의 대상은 나이를 먹지 않을지도 모른다는 생각을 하게 되었어요. 영원히, 젊고 탐스러운 모습에 반하게 되어 있다는 생각을 하곤 하죠. 그는 아니라고 하지만 나는 그가 요즘 다른 젊은 여자들에게 취해 다니는 게 느껴져요. 물론 아직은 불특정 다수를 향해 있죠. 그러나 곧 그 대상은 특별한 소수로, 그리고 결국 하나로 초점이 모아질 거예요. 그가 그 사랑에 실패하든 성공하든, 그 관계와 지금 우리의 관계가 똑같든 말든 나는 그가 경멸스러워요. 물론 그는 아니라고 하지만. 아무 일도 일어나지 않았고, 일어나지 않을 거라고 하지만.

바다로 향했던 그의 고개가 단호히 돌려져요.

「너 남자 생겼냐?」

난 웃음이 터지는군요.

「속이려 들지 마. 나는 너를 알 만큼은 알아.」

「내가 어떤데? 너를 좋아한다는 사실 때문에 나를 우습게보지 마.」

「그건 내가 하고 싶은 말이다.」

「그래서, 억울해? 하지만, 당신은 너무 편안하게 산다고 생각하지 않아? 나 때문에 고민해 본 적 있어?」

「네가 그렇게 말하면 할 말이 없다. 잘해 주지 못해서 미안하다. 너, 좋아하는 사람 생기면 언제든지 결혼해라. 하지만 결혼 안 하고 그냥 만나는 관계는 안 돼. 그리고 지금 우리는 나쁘지 않아. 다 생각하기 나름이야.」

「그렇게 생각하는 건 당신 편리야.」

「좋아 그래. 하지만 이건 처음부터 우리가 알고 있던 거잖아.」

「단지 그것 때문이었는지도 모르겠네. 내가 합의가 이루어지는 드문 상대였다는 거.」

「너, 왜 그러니?」

「왜 그러는 것 같아?」

「지겹구나.」

「……그럴지도 모르겠군.」

그는 아무 말도 하지 않아요. 한참 그냥 앉아 있네요. 그의 등 너머로 검은 밤바다가 보이고 귓가에는 한 겹씩 밀려드는 파도 소리밖에는 없어요.

「들어가자.」

그가 내 어깨에 자기 셔츠를 걸쳐 주었어요. 나는 그를 따라 묵묵히 걸어요. 그의 뒷모습이 쓸쓸해 보여요. 나는 그가 나와 더 이야기하지 않는 것이 슬퍼요. 나는 말하고 싶은데, 너무 멀리까지 온 것 같아 두렵다고. 당신은 두렵지 않냐고. 우리는 언젠가는 돌

아가야 하는 거냐고, 그리고 그때는 각자 혼자서 길을 찾아가는 거
냐고.

대개의 관계가 그렇듯이 우리는 아는 사람의 아는 사람의 아는
사람인 관계로 만났어요. 시작은 우연한 만남이었는데 묘하게 그
우연이 참 자주 일어났어요. 나는 그가 기혼인지 미혼인지도 알지
못했어요. 그런 걸 묻는다는 게 내가 그를 이성으로 대하는 것처럼
보일 것 같아서였죠. 나는 이성 관계 말고라도 사람들을 더 폭넓게
다양하게 만나고 싶고 그것이 가능하다고 믿어요. 세상에는 여자
와 남자가 있는 게 아니고 차라리, 나의 친구와 남의 친구가 있는
거라고 생각하죠. 우리는 많은 면에서 편안한 동질감을 느끼곤 했
어요. 그와 나는 세상에 대해 의혹에 가득 찬 눈으로 바라본다는
공통점이 있었죠. 적개심에 가까운 결벽증, 그리고 진실한 사랑 같
은 것은 거의 존재하지 않는다는 조소 어린 회의였죠. 다른 것이
있다면 나는 더 이상은 세상에 속지 않을 것처럼 약아빠진 얼굴로
비아냥거린다는 것이고 그는 늘 정색을 하고 있다는 거였어요. 나
는 그의 차갑고 하얀 얼굴과 식물처럼 싱싱하고 풋풋한 성품이 좋
았어요. 어느 날이었어요. 술좌석에서 우리는 우연히 둘이 남게 되
었죠. 그가 술잔을 빙빙빙빙 돌려 댔어요. 그러다 술잔이 멈춘 순
간, 불쑥 말하더군요.

「전 결혼했거든요.」

우울하고 수줍은 목소리였어요. 나는 그의 수줍음이 호감의 다

른 표현이라는 걸 알아챘죠. 나는 남자 마음을 알 만큼은 안다고 믿었어요. 그리고 그를 향한 내 마음은 깨끗했죠.

나는 웃으며 대답했어요.

「누가 결혼하재요?」

철없이, 그는 내 말에 아주 기뻐했어요. 조금 부끄러워하기도 했지만.

그 일로 그를 특별히 피하려고도, 특별히 만나려고도 하지 않았죠. 나는 그와 가까워지지 않을 자신은 있었지만 그에게 호감을 느끼고 있는 건 분명했어요.

나에게는 원초적인 금기 같은 건 없어요. 나는 이미 두 차례 사랑을 잃은 적이 있어요. 내 정식 첫사랑이었던 첫 번째 남자는 다른 여자에게 떠나갔어요. 그를 용서하는 일로 나는 인생의 반쯤을 탕진했을 거예요. 신실했던 두 번째 첫사랑은 집안의 반대에 부딪치자 무참히 깨지더군요. 아무도 상상할 수 없었던 무늬의 파편이 산산조각되어 날았죠. 분명히 말하지만 그 두 번의 사랑이 첫사랑만 아니었어도 나를 밀어뜨린 바람이 그토록 거칠지는 않았을 거예요. 그 후 주위 사람들, 친구들이나 가족들은 내가 후천적인 독신주의자가 됐다고 믿는 눈치였어요.

사랑에 대한 강한 부정은 강한 희구의 다른 얼굴이죠. 나 자신도 잘 몰랐지만 정작 나는 장애를 뛰어넘고라도 내게로 올 수 있는 강렬한 사랑을 꿈꾸었을지 몰라요. 어떤 장애나 금기를 뛰어넘는 것,

혹은 실존의 자유를 인정하는 관계, 절체절명의 관계가 아니면 사랑이 아니라고 생각했을 거예요. 그것이 어쩌면 불구의 사랑, 병든 사랑을 도발할 수 있는 기질이었는지 몰라요. 인생을 속지 않을 만큼은 안다고 자신하는 여자는 대개 위험한 사랑을 겁내지 않아요.

그를 만나면서 언제부터인가 내 마음속에는 작은 물고기가 살게 되었어요. 솟구쳐 오르고 지느러미를 살랑이고 파르르 몸을 흔들며 헤엄치는 물고기. 그러나 내 마음속에 가두어 기르기에는 물고기는 너무 생명력이 넘쳤어요. 결국 물고기는 어느 날 나를 화드득 뛰쳐나가 물살을 헤치며 헤엄쳐 갔어요. 사랑이었죠. 나는, 아니 우리는 물고기의 생명력을 감당할 수 없었어요. 운명일지도 몰라, 물고기의 힘찬 유영에 망연자실했어요.

「참아 보려고 했는데 살 날이 아주 짧을 수도 있다는 생각이 들었어.」

우리가 처음 포옹을 나누었을 때 그는 말했어요.

「믿어지지 않아, 너무 기쁘다. 누굴 이렇게 사랑한 적은 처음이야.」

나는 드디어 내 사랑을 찾았다는 확신이 들었어요. 이 사람은 어떤 조건을 따지거나 거기에 걸려 넘어지지 않고 순수한 나 자신을 사랑하는 것 같았어요. 결혼을 전제할 수 없기 때문에 오히려 우리 관계는 맑다,고 난 믿었어요. 너무 늦게 만난 첫사랑, 그리고 누군가를 아프게 하면서 지속시켜야 할 첫사랑은 슬펐죠. 슬펐기 때문에 우리는 순간마다 간절했어요.

　그러나 시간은 모든 것을 부식시켜요. 나 역시도 예외는 아니더군요. 나도 시간과 함께 산화되어 가는 세포로 이루어진 생물에 불과하니까요. 우리 사이에는 빗물이 새어 들기 시작했어요. 우리의 관계 속에 안정을 찾아가는 그가 뻔뻔스럽게 느껴지기 시작한 거예요. 더럽고 졸렬한 인성이 저 사람의 피에는 있다, 사랑하면서도 신뢰하지 않는, 아니 신뢰하지 않으면서도 사랑하는 이상한 관계가 된 거죠. 그가 자기 아내를 사랑하고 아주 근사한 여자라고 생각한다는 것도 그 무렵 알게 되었어요. 그는 자기 아내와 물경 8년을 연애했다더군요.

「중간에 나 군대 가고, 한 1년쯤 떨어져 있고 해서 실제로 만난 기간은 길지 않아. 연애 감정은 아주 뒤늦게 싹튼 거고, 그냥 오래된 친구랄까.」

　나와 밥을 먹으면서 가끔 그는 아내 이야기를 했어요. 물론 내가 물어서죠. 나는 그가 사랑하는 모든 사람, 관계하는 모든 것들을 사랑해요. 그의 체취가 묻어나기 때문이죠. 그래서 가끔 그의 아내에 대해서 묻곤 했어요. 그때마다 나는 점점 깨달아 갔어요. 그는 아내가 싫어진 것이 아니라 단지 지루해졌을 뿐이라는걸.

　그의 아내는 요부와는 거리가 있을지 몰라요. 그러나 사람은 늙으면 혀가 무뎌져서 자꾸만 더 자극적인 걸 찾게 돼요. 나는 성선설을 믿지는 않지만 그래도 나이가 사람을 넓고 깊게 해준다는 것에는 결단코 동의하지 않아요. 세월은 그 자체가 때예요. 나이 들어 우화등선하는 건 선인의 이야기죠. 평범한 남자의 바람기는 그래서 대개 노화 현상이에요.

나는 그가 추하게 느껴지기 시작했어요. 그가 나를 향해 오기 위해 타 넘어온 것은 아주 치사하고 경멸스러운 욕망일 뿐이었죠. 그런 걸 알면서도 그와의 관계를 풀지 못하는 나도 미웠어요. 이젠 별짓을 다하는구나, 그만 죽어 버려야 되지 않을까, 계속 살아간다면 나중에는 무슨 짓을 저지를지 몰라. 점점 곤란한 사랑을 하다가 미쳐 버리지 않을까. 혼란스러웠어요.

그의 아내에 대해서 들은 어느 하루, 술에 취해 집에 돌아왔을 때, 그가 차 한 잔을 기다리며 내 방에서 팬플룻을 듣고 있을 동안, 나는 어떤 견딜 수 없는 격정에 휘말려 부엌 선반에 놓인 커다란 식도의 칼날을 손으로 꽉 그러쥐었어요. 눈물이 나는 건 손이 아프기 때문이라고 나는 나를 달랬어요. 난 그와 더 이상 가까워지면 안 된다고 생각했어요.

왜 사랑을 하게 되면 감기약에 취한 것처럼 내 몸과 마음이 통제되지 않는 걸까요. 사랑이란 그런 거더군요. 긴긴 끈으로 지구의 이쪽과 저쪽에서 서로 당기는 힘 같은 것, 나는 그에게 이끌리고 마는 운명의 힘 같은 것을 느꼈어요. 그러나 그에게 닿기 전에 죽을 수 있을 줄 알았어요. 그 칼로 이번에는 내 손목을 그을 수 있을 것 같았어요. 육체의 고통이 정신의 고통을 잊게 해준다면, 정말 그렇다면 나는 기차 레일 위에서 잠을 잘 수도 있을 것 같았어요.

난 용기 있으니까, 그리고 더 이상 비참한 이별은 싫으니까.

그러나 난 그의 그윽한 눈을 향해 여기까지 떠밀리듯 왔군요. 여러 금기를 깨고도 한심하기만 한 우리의 관계. 많은 것을 밟고도 절체절명의 사랑이 아닌 이 비린내 나는 통속으로요.

그러나 실연의 경험이 없지 않은 나로서는 되도록 가벼운 이별을 하고 싶었어요. 자연스럽게 소원해질 때가 올 거야. 그때, 서로 싫어하게 되었을 때, 지리멸렬하게 끝내는 것이 상처를 받지 않는 방법이죠. 그를 만나고 싶은 때까지 만나도록 나를 용서해 주기로 했어요. 그런데 그것이 이 밤 뜻대로 안 되는 거예요.

밤이 깊어 가요. 나는 점점 난폭해지는 격정에 사로잡혀요. 나를 버리고 싶고 자해하고 싶어요.

「우리는 죽으면 지옥에 가겠지?」

바람이 불어 닥쳐 머리칼이 얼굴을 덮어요.

「아냐. 하나님도 용서하실 거야.」

「하나님은 용서해도 인간이 용서하지 못할 거야. 아니, 인간이 쏟은 눈물이 우리를 저주할 거야.」

「……무슨 말이 하고 싶은 거니?」

「우리가 벌레라는 사실. 아주 더럽게 살아가는 벌레 말이야.」

「…….」

그가 담배를 꺼내 물어요. 바람이 자꾸 불을 꺼뜨리네요.

「그런데 당신은 자신을 인간으로 착각하고 있어.」

「……그래. 나 나쁜 놈이야.」

그가 담배를 깊이 빨아요.

「……각오가 돼 있어? 저주를 받을 텐데?」

난 괜히 눈물이 고여요. 술 탓일 거예요.

「닥치면 감당하겠지. 그런데 너는 저주받을 일 없을 거야. 내가
증언해 줄게, 넌 나 사랑하지 않았다고.」

드디어 조용히 눈물이 흘러내려요. 그는 모르고 있는 것 같아요,
이것이 우리가 사랑이라는 화두로 나누는 지상에서의 마지막 대화
라는걸.

「앞으로는 다른 누구도 사랑하면 안 돼. 그런데 그럴 자신이 진
짜 있어?」

내가 그에게 물어요.

「네가 날 사랑하면.」

그는 흥정을 하는 걸까요.

「내가 아무리 노력해도 세월은 어쩔 수 없지. 잘 알다시피 난 별
로 미인도 아니고 나이도 이미 충분히 많아.」

그가 지겹다는 듯이 말하네요.

「사람을 아주 개 취급하는군. 너나 조심해. 너는 소질이 아주 다
분해.」

그가 담배를 던져 버려요. 우리는 서로의 눈을 잠시 들여다보았
어요. 감추고 있는 말이 눈동자에 떠다니거든요.

나와 이런 관계를 맺은 거 보면 너는 원래 이런 인간이었을 거야. 잠시 네 인생에 바람이 불었지. 그래서 잠깐 나를 바라보게 되었지. 인생에서 바람은 끝나지 않아. 네게 언제 어떤 바람이 불어 닥칠지 너도 알 수 없어. 너 그때 바람에 불어 가지 않을 수 있니? 눈떠 보면 이미 다른 데 가 있을 거야. 가슴 아프지만 넌 원래 그런 인간이거든.

난 조금 울었어요. 자기의 사랑이 식을 때 사람들은 상대의 약속을 환기시키려 하죠. 정말 사랑한댔잖아, 이상한 집착이에요. 그는 몰랐겠지만 나는 그가 나를 그런 눈으로 볼 때, 알아 버렸어요. 이 사람의 사랑은 확실히 식어 가는구나, 나처럼.

그런데도 관계의 집착은 남아서 헤어지는 생각을 하면 견딜 수 없는 심정이 돼 버려요. 함께 밥 먹고 산책하고 돌아다닌 지 이틀 만에, 그는 내 몸의 일부가 되어 버린 것 같아요. 마지막 날이라고 생각하니까, 그를 내게서 풀어 주어야 한다고 생각하니까 너무 살이 아파요. 미친 것 같지만 그는 나의 첫사랑이거든요. 내 감정이 복잡하다면 그건 세상이 복잡해서예요.

미리 손가방을 싸요. 유서를 접는 것처럼 마음이 아리네요. 우리가 풀어 놓은 물고기는 어쩌면 살아 있지 않을지도 모른다는 생각을 한 적이 있어요. 서로를 사랑하면서도 서로를 믿지 못하는, 착한 사람으로 믿지 못하고, 서로를 사랑한다는 바로 그 이유 때문에 서로를 추잡스럽게 생각하고 경멸하니까요.

사랑은 뭍에 올려진 물고기처럼 시간이 지나면 절명하죠. 맛있는 생선이라도 된다면 구워서 함께 뜯어 먹으며 그 사랑을 추억하는 게 결혼일 거예요.

술 때문인지 흘린 눈물 때문인지 아침에 일어나 보니 눈이 부어 있어요. 머리도 조금 아프고, 그런 눈에 환한 햇살은 언제나 너무 부셔요. 그러나 다행일까요. 일어나 보니 온통 하늘이 검어요. 우중 천막인 듯 실내는 뒤숭숭한 어둠과 빗소리로 가득 차 있어요. 그는 텔레비전 뉴스를 보고 있어요. 계속되는 폭우와 비 피해 소식을 알리는 격앙된 음성이 쏟아져 나오고 있어요. 화면 가득 부서진 가옥들이 보이네요. 무너진 담벼락 사이로 내비치는 쪼개진 자개장과 불그죽죽한 이불, 오래된 솥단지와 소소하고 낡은 부엌살림들. 일상의 모습들일 뿐인데 무너져 내린 벽 사이로 보이는 일상은 마치 감춰졌던 인생의 온갖 남루 같군요. 너무 사실적인 광경이 왜 불쌍해 보이는 건지요.

이곳 영동과 영서, 그리고 우리가 거쳐 가야 하는 충북과 서울, 경기 전역에 걸쳐 호우 주의보와 경보가 내렸다는 소식이 전해지네요. 맹렬한 더위와 부술 듯한 폭우는 혹시 지구가 궤도를 조금 벗어난 때문은 아닐까요. 사람들의 관계가 종전의 질서를 많이 벗어난 것처럼요. 삽시에 발치로 물이 축축이 고일 것 같아요. 물속에서 살아 나가자면 아가미라도 있어야 되지 않을까, 헤어진다는 것만으로도 슬픈데 눈앞에 필연적인 불행이 버티고 선 것만 같아요.

　그는 밥을 많이 먹어 둬야 한다며 부지런히 밥을 먹어요. 나는 어째도 좋다는 생각이에요. 무사히 간대도 어차피 힘에 겨운 일이 기다리고 있을 뿐이니까요.

　이번만은 비를 피해 볼 도리가 없을 것 같아요. 다행히 우리가 가는 길은 아직 비가 많이 오지 않아요. 분명 벗어날 수 없는 호우주의보 발령 지역인데도 비는 가냘프고 투명해서 서정적이기까지 해요. 폭우를 만나지 않는 요행이 주어지기를 비는데 길가에 멈춰 선 차가 눈을 화다닥 파고들어요. 찌그러진 채 빗속에 황폐하게 멈춰 선 붉은 차예요. 삽시에 마음이 차고 검은 구름으로 깜깜해져요. 우리는 끝이 어디인지 어디로 갈지 알 수 없는 황토물 속을 표류하고 있으니까요. 지금은 그와 내가 동승하고 있지만 언제 혼자만 남을지, 강물에 빠져 허우적대며 입으로 코로 물을 들이켜며 머리와 배 가득 물을 채우고 버둥거리게 될지 알지 못하니까요. 참담한 이별을 맞거나, 세상에 우리 관계가 알려져 돌을 맞게 되거나 할 수도 있어요. 인생에 있을 수 있는 엄정한 비극들이 아직은 우리의 등을 적시지 않았어요. 그러나 어차피 나와 그는 이 비를 피할 곳이 없어요. 우리 관계가 안착할 땅이란 없죠. 설령 있다 해도 스스로 폭발할 운명일 거예요.

「사람과 사랑은 한집에 살기 어렵죠. 하나가 들어오면 하나가 나가니까요. 집은 사랑의 공간이 아니라 생활의 공간이기 때문이죠.」

언젠가 그에게 한 말이에요.

그를 집 안으로 들이지 않는 한은 어쩌면 조금씩 싱거워질지라도 이 고단한 사랑을 계속하는 일이 그렇게 불가능할 것 같지는 않아요. 그러나 내게 과연 그렇게 살아갈 용기가 있을까요. 세상이 두렵다기보다 서로의 신뢰 속에, 세월 속에 안심하고 썩어 문드러질 우리 관계의 형해가 두려운 거예요.

이 여행의 끝이 다행히 무사하다면 그는 단지 머리가 좀 젖은 채로 불 켜진 자기 아파트로 돌아가겠죠.

「별일 없었니?」

현관에서 신을 벗으며 으레 그러하듯 물으면 그의 착한 아내는 섬유 린스 향기가 나는 수건을 가져와 그를 닦아 주고 늦은 저녁을 차려 주겠죠. 머리가 채 마르기도 전에 그는 일상의 따뜻함 속에, 졸음에 겨워 할 거예요. 나는 이미 그의 아내가 우리 관계를 안다고 믿어요. 그러나 사려 깊은 그녀는 용서할 거예요. 내 생각처럼 그녀도 자기 남편이 사는 데 잠깐 싫증이 났을 뿐이라고, 늙어 가는 쓸쓸함을 못 이긴 때문이라고 생각할 거예요. 별거 아니라고, 그냥 서른 중반, 인생의 정오 햇살에 지친 한 사람이 잠시 바람에 몸을 맡겨 보았을 뿐이라고 믿을 거예요. 내가 절망하는 이유가 그녀에게는 그나마 위로가 되겠죠.

차 문을 열었어요. 우산 없이 밖으로 나서요. 비 맞을 용기가 있는지 봐야겠어요. 비는, 차갑고 시원하군요. 그리고 조금씩 아주 조금씩 살이 아파 와요. 저만치 앞길은 황토물 거칠게 출렁이는 강이 되어 버렸군요.

「어디 가니?」

그가 소리쳐요. 그러나 나는 이 빗속을 좀 걸어 보겠어요. 이 비에도, 세월 속에서도 그의 옆 자리는 안전하지 않으니까요.

이번 생에서 어쩌면 내 첫사랑은 끝내 이루어지지 않을 것만 같아요. 나는 이제 그를, 아니 그를 향한 내 사랑을 저 물속으로 흘려보내야 할까 봐요.

그가 아직도 나를 부를까요? 빗소리에 아무것도 들리지 않아요.

빨간 물고기 한 마리가 황토 빛 물살을 헤치고 쏜살같이 강으로 헤엄쳐 가네요.

새파란 거짓말

16년 전에 내놓은 집

청록의 양철 대문을 열쇠로 따는 순간, 어떤 냄새가 진의 코를 막는다. 비릿하고 쓴, 풀과 나무의 냄새. 진의 오래된 기억을 일깨우는, 한때 너무나 익숙했던 냄새다.

과연 뜰은 밀림이다. 무성하게 뻗은 나뭇가지들을 헤쳐 안으로 걸어 들어가는데 무언가가 느닷없이 눈을 찌른다. 손으로 쳐내고 보니 목련이다. 푸르른 그늘 속에 만개한 목련의 상앗빛은 흰빛보다 더 현란하다. 진은 손을 휘둘러 목련 꽃잎을 내리친다. 꽃잎이 발치에 떨어진다. 목련 나뭇가지가 경련하듯 몸을 떤다. 잡초가 이끼 밭처럼 새파란 보도블록 위에 떨어진 꽃잎을 집어 든다. 거기서 뜰을 돌아 서른 걸음쯤을 걸어야 현관이다. 현관문은 잠기지 않은 채다. 녹이 까맣게 앉은 금속 손잡이를 돌리다 진의 눈이 목련 꽃잎에 얹힌다. 그녀가 서른 걸음을 옮기는 사이 희디희던 꽃잎에는 밤색 실금이 번져 있다. 마치, 죽은 실핏줄 같다. 진은 꽃잎을 후둑, 떨어낸다.

「집에 가봐라. 엄마가 네게 맡긴 유품이 있다. 그것만이라도 네가 정리해야지.」

진의 외삼촌은 신신당부했다. 젊어서 깡패였다던 그는 그 계통에서 성공을 못했는지 환갑이 지나자 치킨 집 주인이 되어 있었다. 소싯적에 불려 둔 그의 어깻살은 죽은 닭들을 토막 치는 데 요긴하게 쓰였다.

현관문을 열자 집 안에는 먼지들만이 고요히 잠들어 있다. 대청 위로 올라선다. 노쇠한 마룻장이 이이익, 하는 소리를 내며 밟힌다. 작은 진동에도 먼지들은 잠에서 깨어나 부유할 것 같다. 진은 대청의 문들을 죄 열어젖힌다. 햇살에 수런거리는 나뭇잎들 소리가 쏴아, 하고 파도처럼 밀려든다. 미세한 먼지들을 밟으며 진은 방문들을 하나하나 열어 본다. 분합문이 달린 쪽마루를 타고 쭉 들어선 방 중 첫 번째 방이 진의 엄마 명화가 쓰던 방이다. 방문 앞에 등꽃이 만발해 있다. 등나무의 기둥이 되어 준 것은 층층나무다. 그러나 죽은 지 오래되었다. 등나무는 마치 바구니를 짜듯 몸을 꼬며 층층나무를 말아 올라 이제는 아주 튼튼한 교각처럼 서 있다.

갑자기, 요란한 기계 음이 숲을 흔든다. 진은 소리의 정체를 알아채는 데 약간 지체한다. 소리의 발생지는 전화기다. 진은 먼지가 하얗게 앉은 둔한 곡선의 수화기를 들어 올린다. 비어 있던 이 집에서 전화기는 혼자서도 가끔 운 적이 있을까.

「계셨군요?」

전화 속의 남자는 진이 자기의 목소리에 별 대답이 없자, 부동산이에요, 한다.

「집 보러 가도 되죠?」

전화를 끊고 나서야 너무나 오래 기다렸던 전화가 왔다는 깨달음이 진을 깨워 놓는다.

이 집을 내놓은 건 얼마나 되었을까. 6개월, 6년, 아니 16년? 전화벨 소리에 깬 집 안의 모든 먼지가 진의 마음처럼 어수선하게 웅성거리기 시작한다. 저 먼지들을 잡아야 하는데, 집을 좀 정리해야 하는데, 진은 경황이 없어진다. 그러나 어디부터 치워야 할지 순서가 잡히지 않는다. 기껏해야 탁자 위에 올려져 있던 책들을 서랍장 위로 옮겨 놓고 자기 가방을 방 안쪽으로 끌어다 두었을 뿐이다. 그리고 닫힌 창들을 마저 모두 연다. 마루 뒷문까지 열리자 집 안 전체에 구멍이 숭숭 뚫린 듯하다. 문이 닫혀 있는 것이 아늑하게라도 보이지 않을까 해서 도로 닫는다. 그러나 뒷문이 닫힌 대청은 너무 어둡고 낡아 보인다. 도로 문을 열고 주전자 물을 올린다. 집에는 그 흔한 원두커피 메이커도 없다. 찾아보니 커피 병 속에 냉동 커피 가루가 검고 단단하게 굳어 있다. 진은 그것을 숟가락으로 깨 한 숟갈 주전자에 넣는다. 커피 향기가 나면 좀 더 집이 따뜻하게 느껴지지 않을까 해서다. 그러고는 전정가위를 들고 뜰로 내려

선다. 나뭇가지들이 얼굴을 할퀴는 집이라면 인상이 좋지 않을 것 같다. 돌보는 사람 없는 뜰은 자기들 마음대로 야생의 숲을 이루고 있다. 진은 감나무와 귤나무, 대추나무의 가지를 구분하지 않고 사람이 다닐 수 있을 만큼 잘라 내기 시작한다.

드디어 대문의 초인종이 울린다. 진은 서둘러 뛰어나간다. 그때 무언가가 진의 팔을 날카롭게 긁는다. 귤나무의 굵은 가시다. 돗바늘만 한 초록빛 가시는 줄기 사이에 숨어 있다. 피가 배어 나오는 것을 손으로 막고 진은 대문을 연다. 모시 남방 차림의 남자에 이어 중년의 부부가 들어선다. 진은 그들이 집을 둘러보는 사이 대청으로 우당탕 뛰어오른다. 팔을 소독하기도 해야 했지만 올려놓은 물주전자의 물기가 말라 쉭, 쉭 소리를 내며 타들어 가고 있기 때문이다. 이 집이 드디어 팔릴지도 모른다는 생각에 머릿속의 모든 문이 열린 듯하다. 집을 내놓아도 아무도 보러 오지도 않는다고 했다. 진이 주전자의 불을 끄고, 팔에 약을 바르고 밴드를 하나 붙이고 나자, 밖에서 그만 가보겠노라는 목소리가 들린다.

그리고, 뜰에는 아무도 없다. 마치 아무도 오지 않았던 것 같다. 진은 사람들이 열어 둔 채 나간 대문을 쿵, 하고 밀어 닫는다. 귤나무 이파리가 다시 진의 피부를 긁는다. 진은 신경질적으로 이파리들을 걷어 낸다. 귤나무에는 아주 큰 이파리들이 섞여 있다. 보통 잎보다 거의 세 배쯤 큰 것도 있다. 큰 이파리들은 빛깔도, 윤기 나는 청록빛이 아닌 연둣빛으로 묽디묽다. 숲의 그늘이 깊어지자 햇빛을 받으려고 몸을 늘인 것이다.

「무슨 나무들이 다 장승처럼 서 있어, 흉가같이. 초상난 집이에요?」

「세상에 사람 죽지 않은 아랫목 있나요? 나무야 쳐내면 되죠.」

담장을 돌아가는 사람들의 말소리가 들린다. 그래도 누군가가 오기는 왔었구나, 그런데 저들은 무엇을 보고 눈치를 챈 걸까.

이 집은 지난 스무 해 동안 네 구의 시신이 나갔다. 방 앞의 툇마루에 달린 유리문 너머로 모과나무가 비친다. 모과나무는 분홍빛 꽃이 한창이다. 진은 유리문 너머의 모과나무를 적이 쳐다본다. 이것은 착시가 아닐까. 저 나무는 정말 살아 있는 것일까.

원래 움직이지 못하는 것들은

「집 안에 큰 나무가 잘못 들면 동티 난다. 지기도 빼앗기고 벌레가 끓어. 그럼 살림이 곤해지기두 하구 사람이 할 일이 없어져서 멀건 백수겉이 되기두 한단다.」

진의 할머니 정례는 나무들을 자식처럼 돌보았다.

「숲 속 통나무집에 사는 사람들은 그럼 다 망했겠네요.」

어린 진은 물었다.

「그런 사람이 어디 세상과 섞여 사는 사람이니. 다람쥐나 청설모처럼 나무에 의신해서 숨어 사는 건데 더 곤해질 것두 한가해질 것두 뭐 있겠니.」

정례는 나무 들을까 봐 나쁜 소리도 귀엣말로 했다.

「나무는 사람보다 오래 산다. 나무 있는 데서 말도 함부로 하지 마라. 나무가 아무리 영물이래도 지가 말 안 하면 모르지 뭐. 말 안 하면 귀신도 모르는 거거든.」

그러면서 무슨 은밀한 쾌재라도 만난 양 진과 같이 클클대기도 했다.

나무가 유난히 잘되는 집이었다. 뜰에는 철철이 꽃이 피어났다. 봄이면, 명자나무에 다홍 꽃이 알알이 맺히고 양달에는 모란과 흰 목련이, 응달에는 천리향과 수선화가 해사하게 벌었다. 담장가로 벚꽃이 만발하면 돌 틈으로는 흰 철쭉이 밝았다. 영산홍이 거짓말 같은 꽃을 달고 등꽃이 포도송이처럼 늘어지고 수수꽃다리의 향기가 한창 짙어질 즈음이면, 모과꽃과 살구꽃이 향기를 날리고 작약이 탐스럽게 피어났으며, 대문 위로 줄장미가 얼크러졌다. 줄장미 꽃잎이 갈빛으로 말라 떨어지고 나면, 노르께한 살구 알이 뜰에 뒹굴고, 한련과 능소화가 환하게 맺히는 한여름이었다. 날이 더워지면서 대청 앞 연못가에 수국이 하얗게 피어나 그 빛깔이 물색으로 변했다가 다시 연분홍빛으로 변하면 뒤뜰에는 감이 맺히고, 모과가 익고 단풍이 선홍으로 붉었다. 그사이 주목은 주목대로 사철나무는 사철나무대로 벚나무와 소나무와 향나무와 감나무와 단풍나무와 층층나무와 모과나무와 더불어 무성하여지고, 잎을 떨구고, 눈꽃을 덮쓰고 섰다가, 등불 같은 새 눈 틔우기를 거듭했다.

「북향에 등받이처럼 언덕이 있으면 풍수상 좋아. 하지만 뒤 언덕이 없을 때는 능금과 살구를 심는 거다. 앞뜰에 개울이나 연못이 없으면 대신 대추와 매화를 심지, 서쪽에는 치자와 느릅나무를 심고, 동쪽에는 복사와 버드나무를 심어 가꾸면 좋아. 향나무는 귀신도 쫓고 공기도 맑게 하니까 심으면 좋긴 한데 집에 향나무가 있으면 유실수들이 잘 안 돼. 향이 너무 강해서 벌 나비가 안 온다던데 나무 성정이 너무 깨끗해서인가 몰라. 물도 너무 맑으면 고기가 없다잖니. 아무튼 향나무는 배나무에게는 잎이 빨개지는 병을 옮기는 중매쟁이 역할도 하니까 배나무랑은 한집에서 못 키운다.」

정례는 작은 체구에 언제나 머리를 구름처럼 말아 올리고 집에서도 곱게 화장을 하는 어른이었다. 배움이라고는 초등학교 중퇴가 전부였지만, 나무 가꾸는 것이나 몸단장이 깔끔해서 환갑이 가까운 나이에도 배꽃처럼 고운 기품이 있었다. 어쩌면 그럴 수밖에 없었을지도 모른다. 그는 일평생 손가락에 양념 묻혀 가며 음식을 만들지도, 얼음물을 깨뜨려 가며 처덕처덕 빨래를 해댄 사람도 아니었기 때문이다. 안마당에서 애보개와 식모를 거느리고 지내며 평생 장사치들과 직접 흥정해 본 일 없이 화초처럼 산 사람이었다.

아니, 아예 시장에 갈 필요도 없었다. 부엌 뒷문 밖으로는 철마다 콩이며 참깨, 파, 아욱, 상추, 고추, 호박, 가지, 오이, 열무, 배추 들이 넌출거리며 자라났다. 1년에 제사만 열 번이었지만 그때마다 제수

거리는 진의 할아버지 황씨가 사람을 시켜 집으로 배달을 시켰다. 그 열 번의 제사를 지내고 나면 다른 반찬을 준비할 필요도 없었다. 평소 살림에 필요한 것이라야 할아버지의 막걸리나 국 끓일 양지머리, 장조림할 홍두깨살이나 잔 조기를 사들이는 일이 전부였다.

정례의 친정아버지는 나무일 하는 사람이었다. 작은 체구에 조용한 성격이어서 집에 있어도 그다지 표 나는 사람이 아니었지만 외지 일이 많아서 그는 보름이고 한 달이고 집을 비우기 일쑤였다. 남편이 없는 동안 점점 말라 가는 살림을 견디기 위해 정례의 어머니는 문간방을 소제하고 직접 벽지를 발라 하숙방으로 내놓았다. 그 방으로 하숙을 든 이가 북에서 월남한 청년 황씨였다. 혈혈단신 내려온 처지이지만 그는 번다한 종갓집 장손이자 삼대독자였고 전문학교까지 나온 '인텔리'였다.

하지만 정례네 집에 그토록 나무가 많지 않았다면 그들의 인연은 비껴갔을지도 모른다. 정례네의 마당은 잔디가 깔리고 향나무가 동그랗게 단장을 한 정원은 아니었지만 나무들이 자연스럽게 살아가며 숲을 이룬 편안한 뜨락이었다. 그 호젓한 숲을 거닐며 황씨는 마음의 병이 되고 만 북향의 그리움을 삭이곤 했다.

북으로 돌아갈 희망을 버려야 한다는 걸 이성으로 알아챈 무렵, 그는 띠동갑의 정례와 혼인을 했다. 그리고 몇 해 뒤 서울 변두리에 자신의 명패를 붙인 집을 마련한 때부터 그는 뜰에 나무와 꽃을 심기 시작했다. 집터를 명당으로 가꾸기 위해 방위를 따져 나무를 심는 것이 아니었다. 되도록이면 고향집 마당과 그 산천에서 보았던 나무와 풀을 옮겨 오려 했다. 살림이 자리가 잡히고 정례의 마님 행세도 전생부터 이어져 왔던 것처럼 무르익었을 때 황씨네 뜰에도 조촐한 숲이 이루어졌다. 그 녹색의 정원에 명화가 처음 문을 밀고 들어온 날, 정원은 그녀에게 꿈을 심어 놓았다.

「처음 인사를 드리려고 네 아빠를 따라왔을 때, 담장을 두른 붉은 줄장미랑 마당 가득한 꽃들이 무척 환한 거야. 우리가 행복한 집, 이라고 할 때 떠오르는 그런 집 있잖아. 동화 속에 나오는 아름다운 비원을 내 눈으로 보는 것 같았어.」

생활력이 강한 아버지와 지극히 여성스러운 어머니, 그리고 수많은 꽃이 피어나는 집, 명화의 눈에 그 집은 완벽한 가정의 표상이었다.

명화는 키가 헌칠하고 이목구비가 시원하게 잘생긴 처녀였다. 게다가 신붓감으로는 일등이라는 명문대 출신의 초등학교 교사였다. 하지만 그녀에게는 자기 힘으로는 채울 도리가 없는 결핍이 있었다. 아름다운 뜨락의 집은 그 결핍을 다 채워 주고도 남을 듯했다.

하지만 둘은 점잖은 반대에 부딪히고 말았다. 후손의 외양이나 머리를 생각해서라도 탐을 낼 만한 며느릿감을 정례가 조용하지만 단호하게 거부한 것이었다.

「많이 배운 여자는 티를 내서 안 된다. 집안을 지키려 들겠니.」

정례의 표면상의 반대 이유였다. 하지만 정작 이유는 딴 데 있었

다. 그것은, 명화의 오빠가 깡패고, 난봉꾼이었다는 아버지는 그나
마 일찍 죽었으며, 과수댁이 된 엄마는 막걸리를 반주로 내놓는 국
밥집 주인 여자이기 때문이었다.

명화는 정례의 반대를 당연하게 받아들였다. 자기는 어디로 시
집을 가든 이런 고비를 맞게 되리라는 것을 일찌감치 각오하고 있
었다. 하지만 우직한 진의 아버지는 자기 부모들이 직업의 귀천을
따지는 어른들은 아니라고 굳게 믿었다. 표면상의 이유가 반대하
는 까닭의 전부라고 믿었다.

과연, 그 후에는 좀 다른 반대가 가로막고 나섰다.

「이 큰살림을 바깥일 하는 애가 건사하겠니. 우리는 제사만 해도
열 번 아니니. 훈장질하는 며느리는 시부모까지 학생으로 안다
는데…… . 종갓집 지킬 맏며느리감이라야 저도 감당이 될 거
다.」

반대의 이유가 진정 그것뿐이라면 문제가 되는 바깥일을 그만두
면 될 것이었다. 남자는 그렇게만 믿었다. 물론 명화로서는 쉽지
않은 일이었다. 이대로, 직장 하나 믿고 가난한 집안의 딸로 살아
갈 것인지, 자존심을 접고 결혼함으로써 불운한 신분을 한꺼번에
날려 버릴지. 명화는 망설이고 또 망설였다. 그런 명화의 등을 떠
민 것은 친정어머니였다.

「너 좋다는 사람 따라가라. 그만한 혼처 또 없다. 너도 자꾸 나이
먹어 가는데, 비쌀 때 비싸게 팔려 가야 그나마 호강한다. 여자

행복 딴 데 있는 줄 아니? 그저 몸 아껴 주는 남자 위해서 된장찌
개 보글보글 끓이는 부엌에 있는 거야. 여자 능력 있다고 좋아하
는 남자보다 그깟 거 우습게 아는 남자가 난 더 좋구나. 직장이
야 나중에라도 가질 수 있지만 여자 결혼은 미룰수록 불리해지
는 거야.」

명화가 어릴 적부터 키워 왔던 교사의 꿈을 이룬 지 다섯 해 만
이었다. 명화는 생각했을 것이다. 인생에는 한번에 이루어지는 일
은 없을지 몰라. 지금까지 그래 왔듯이 징검다리를 하나씩 건너가
야 하나 봐. 모범적으로 시집살이를 하고 나면 다시 자유를 얻을
수 있겠지. 나의 행복을 위해서라면 충직함을 다 보이겠다는 그 남
자가 그 정도는 도와줄 거야.

명화는 학교에서 퇴근한 후 가끔씩 황씨의 집에 들렀다. 배운 티
내지 않는 며느릿감이라는 것을 보여 주려 집안일을 거들며 화초
에 대해 이것저것 묻는 붙임성을 보이곤 했다. 그러던 어느 날 정
례가 안방으로 명화를 불렀다.

「소나무는 살아가기가 힘들면 유독 솔방울을 많이 매단다. 그게
생명의 본능이야. 나는 아마도 너무 복이 많아서 자식이 귀한 모
양이다. 너는 부디 손을 많이 두는 복까지 가지거라.」

그리하여 명화는 교단을 내려와 아름다운 정원이 딸린 집으로
들어갔다.

명화는 새벽에 일어나 새벽에 잠자리에 들었다. 대학을 나왔는

지 교사 출신인지 수굿하게 일만 하는 모습으로는 짐작하기 어려웠다. 집안 살림쯤은 국밥집 딸내미답게 시원시원 해치웠다. 어린 진의 기억에 명화는 쉬지 않는 사람이었다. 바느질하고 수놓고, 손가락에 참기름, 고춧가루 묻혀 가며 반찬도 하고 채마밭의 잡초도 뽑고 음식 쓰레기를 흙에 묻어 두었다 퇴비를 만들고 계분을 손으로 부숴 가며 나무 뿌리께에 흩뿌려 주기도 했다.

진은 명화가 결혼한 지 3년 만에 태어났다.

「배냇저고리를 빨려다가 옷을 코에 대고 냄새를 맡아. 곰곰한 아기 땀내가 좋아서.」

명화는 가끔 그 시절의 이야기를 하곤 했다. 그때만 해도 아름다운 뜰과, 조용하고 말 없는 시아버지, 인형같이 곱기만 한 시어머니가 모두 자기의 짐이라고는 생각지 못했을 것이다.

도시에 공장이 들어서면서 식모를 구하기가 힘들어졌다. 밥만 먹여 준대도 서로 오려 하던 시골 처녀들이 중학교를 보내 준대도 월급도 주고 철마다 옷을 사준대도, 나중에는 일요일에 쉬게 해준대도 구하기가 어려워졌다. 진이 세 살이 될 무렵 집에는 이제 더 이상 식모도, 가끔씩 정원을 돌봐 주러 오는 사람이나 운전수도 없었다. 명화는 진종일 뜰과 부엌을 오가며 살았다. 이제 누가 보아도 명화는 줄장미가 만발한 집 안의 손색없는 새 안주인이었다.

방문 앞에 등꽃이 만발한 이 방은 원래 대문 앞에 앉은 사랑이었다. 그러나 대문 밖의 길이 대로로 확장되면서 차들이 짐승 소리를 내며 달리기 시작했다.

「대문이 너무 큰길가로 나니까 집안사람들이 죄 산만해져요. 복을 주던 도깨비도, 조왕신도 정신이 시끄러워서 복이고 뭐고 다 데리고 떠날 거 같아요.」

정례는 안방 문을 꽁꽁 처닫았다. 그러자 할아버지는 대문을 잠가 버리고 그 앞에 층층나무를 심었다. 대신, 길 안쪽 삼거리로 나 있던 쪽문을 두 짝으로 확장해 대문으로 새로 냈다. 그 후 사랑방은 가장 은밀한 뒷방이 되었다.

「이 나무는 너무 빨리 자라. 옆으로도 너무 퍼지구.」

정례는 층층나무가 마땅찮았다. 그러나 하루라도 빨리 대문을 가리려면 쑥쑥 자라는 나무가 좋다고 판단한 황씨의 의견에 조용히 따랐다. 층층나무는 여름이면 잎들이 캉캉 치마처럼 단을 이루어 무성해져, 넌출넌출 꽃을 달았다. 황씨는 그 앞에 평상을 놓았다. 그 평상에서 진의 아버지는 휴일이면 잠이 들었다. 명화는 빨래를 널러 뒤란으로 갔다 오는 길에 건장한 남편의 구레나룻을 슬쩍 만져 보곤 했다.

그 시절, 명화는 정갈하고 시원스러웠다. 하지만 이따금씩 그 얼굴에 맑은 날 마당 위로 지나가는 먹장구름의 그림자 같은 그늘이 스쳐 갔다. 잠깐 접어 두었던 무언가가 꼬깃꼬깃한 몸을 뒤틀며 펴지는 듯이, 잘 알아듣지도 못하는 진을 붙들고 혼잣말처럼 이야기하곤 했다.

「우리 진이는 이다음에 뭐 될래? 엄마는 선생님 되고 싶었는데. 엄마 원래 학교 선생님이었어. 풍금 치며 노래도 하고 칠판에 산수 문제 적어 놓고 막대기로 당당 치면서 애들 가르치고. 거짓말 같지?」

어린 진은 웃으며 고개를 끄덕였다.

남쪽에 내려와 사는 시간이 길어져 갈수록 황씨는 술에 취해 낮잠에 빠지는 날이 늘어 갔다. 건강의 불균형이 온 후로는 진의 아버지에게 가게와 구옥과 나무들을 물려주고 집 안에 틀어박혔다. 진의 아버지는 물려받은 재산과 함께 종가를 이어야 할 의무를 자기 책가방처럼 짊어졌다. 하지만 그는 자기 아버지만큼 생활력이 있지도, 수완이 뛰어나지도 않았다. 그저 생긴 대로 우직하게, 서울에 백 평에 이르는 땅을 깔고 앉아, 대문 앞으로 대로가 뚫리고 차들이 매연을 뿜으며 달리고 드디어 육교가 대문을 가리며 들어서고 그 건너편에 아파트가 들어서고 주변 다른 집들의 키가 삼층으로 사층으로 높아지고 있는 동안, 나무를 키우고 착실히 살아가는 것밖에는 몰랐다. 육교가 들어선 바람에 맹지같이 되어 버린 집은 누가 사자고 나서는 사람이 없기도 했다.

꽃이 지고 피는 세월의 흐름 따라 진이 조금씩 자라고 어른들이 조금씩 늙어 간다는 것 외에 변화란 없는 집이었다. 하다못해 진의 동생조차 생기지 않았다. 사대독자여도 시원찮을 진이 터를 팔지 못하자 근심과 기다림은 컸겠지만 진의 기억에 누구도 그런 말을 입 밖으로 내지는 않았다.

성정이 고운 정례는 며느리에게 싫은 소리를 하는 사람이 아니었다. 그는 평소에도 큰소리를 내는 법이 없었다. 세상 사는 일이란 자기가 마음을 곱게 먹으면 곱게 지나간다고 믿는 사람이었다. 대청 그늘에 앉아 이모할머니와 무슨 이야기인가를 하던 정례가 곱고 높은 소리로 웃던 모습이 떠오른다. 깨끗한 모시 저고리 덕인지 나이 탓에 더 창백해진 얼굴을 가늘어진 손목으로 가리며 웃는 모습은 청아하기까지 했다. 진의 입에도 웃음이 전염되려는 찰나, 쇠기 전에 뜯어낸 여름 채소를 한 바구니 다듬던 명화가 웅얼거렸다.

「원래 움직이지 못하는 것들은 남을 부려 먹을 신묘한 재주를 타고 나는 법이야.」

오래된 흙담에서 흙이 부서져 내리는 것처럼, 그때 명화의 내부에 이미 가늘고 조용한 균열이 일고 있었는지 모른다.

진의 귀에 아직도 커엉, 하고 닫힌 대문 소리의 긴 공명음이 울리는 것 같다. 무엇을 보고 낯선 사람들은 흉가라는 인상을 받은 걸까. 진은 마당의 나무들과 툇마루와 대청과 뒷문과 완자무늬 격자로 짜여진 부엌의 쪽문과 그 위의 다락 창과 회칠을 한 서까래와 다시 마당의 나무들까지 휘 둘러본다. 정례는 나무들이 집을 향해 오망하게 모여 자라면 그 집터가 명당이요, 가세가 흴할 조짐이랬다. 지금 뜰의 나무들은 우주의 정기라도 받으려는 것처럼 가지들을 사방으로 뻗치고 마구잡이로 자라나 있다. 훈김을 쬐려고 집을 향해 모여드는 것이 아니라 집을 집어삼키려고 수그렸다가 다 먹어 버리고 다른 먹이를 찾아 고개를 드는 것 같다. 모과나무 이파리가 후둑, 눈앞으로 다가오는 것 같다. 진은 모과나무가 실재하는 것인지 확인하려는 듯이 모과 나뭇잎을 한 장 따서 손에 비벼 본다.

숲 속 공주는 잠들지 않았다

손에서 딸기향 같은 다디단 모과나무 향내가 퍼진다. 황씨가 저 세상으로 가고 나자 사랑은 진의 아버지의 서재가 되었다. 그 후 명화가 이 구석방으로 이부자리를 옮겨 온 것은 진의 아버지가 죽은 후였다. 모과나무는 진의 아버지가 유난히 좋아했던 나무다. 하지만 명화는 모과나무를 미워했다.

「이 나무는 누가 심었어요?」

어린 진은 별로 관심도 두지 않고 정례에게 물었었다.

「느이 애비가 심었다. 원래 정자나 사랑 옆에는 모과가 있는 법이거든.」

「언제요?」

「열세 살 때던가?」

「애개? 겨우 6학년이었겠네?」

「그래 그때만 해도 째그만했어. 누가 그 나이로 보지도 않았다. 그러니까 모과를 심게 됐지.」

「왜요? 모과 심으면 많이 큰대요?」

「그게 아니라 젊은 사람이 모과나무를 심으면 일찍 죽는다는 말이 있는 걸 모르구 할아버지가 모과를 심으시잖니, 가뜩이나 아홉수가 든 해여서 조심하고 있는데. 그래서 내가 삽을 뺏어서 심으려니 딴에 사내라구 제가 덤비더구나.」

그때는 이미 진의 할아버지가 불귀의 객이 된 지 3년이 지나 있었다. 진의 할아버지는 당시의 평균 수명을 넘긴 일흔여섯의 나이에 돌아가셨다. 진은 모과나무 이야기를 명화에게 조랑조랑 전했다. 명화가 쓰게 코웃음을 쳤다.

그러고 채 한 달이 지나지 않았을 때였다. 진이 마당에 따로 지어진 목욕탕에서 세수를 하고 있을 때였다. 욕실 창으로 뜰의 수돗물 소리가 줄기차게 넘어왔다. 누가 물을 틀어 놓고 잠그지 않은 것 같았다. 얼굴의 물기를 닦으며 뜰을 내다보았을 때 뜰에는 정례가 호스를 든 채 서 있었다. 정례는 물을 주려던 것도, 수도를 잠그는 것도 잊은 채 그대로 망연자실 서 있었다. 진이 뜰에 나가 정례의 팔을 살짝 흔들었다. 그리고 정례의 눈동자가 향한 곳을 쫓아갔다. 모과나무가 축 늘어져 있었다. 모과나무뿐이 아니었다. 시야 가득 들어찬 집 안의 나무와 풀이 온통 시들어 있었다.

「할머니, 나무들이 왜……?」

정례가 진의 입을 막았다. 그러고는 아무 설명도 해주지 않았다. 정례는 파리한 얼굴로 아침 내내 말없이 염주 알을 굴렸다. 집은 어느 때보다 조용했다. 그리고 점심때가 채 되지 않았을 때였다. 전화벨이 마룻장 깨질 듯 울렸다. 진의 아버지가 쓰러져서 병원 응급실로 실려 갔다는 소식이었다. 뇌출혈이었다. 그리고 닷새 뒤 진의 아버지는 유언 한마디 없이 저승의 문지방을 넘었다. 진의 나이열 살 때였다.

설마 그것이 모과나무를 심은 동티라고는 누구도 생각지 않았다. 할아버지에게 물려받은 가게가 운영난에 빠지면서 과로가 겹쳤을 거라고들 생각했다. 그러나, 마흔아홉의 남편이 죽을까 봐 열세 살짜리 아들에게 삽을 넘겼었다는 이야기는, 누구든 붙들고 포악이라도 부리고 싶은 명화를 폭발시켰다.

「직장에 다니겠어요.」

명화는 그림자처럼 기미가 어린 얼굴로 다부지게 말했다.

「네가 굳이 나가 벌지 않아도 진이 하나쯤은 교육시킬 수 있다.」

남편 잃은 지 3년 만에 삼대독자인 아들을 잃은 세상에서 가장 불쌍한 여자의 얼굴로 정례가 기신기신 말했다.

「그래도 곶감 꼬치 빼먹듯 하며 살 수는 없어요.」

「살림이야 줄이면 되잖니. 안주인이 나가면 집 꼴은 뭐가 되라구?」

「그럼 저 살림 내주세요. 진이 데리고 독립하겠어요. 그게 살림을 줄이는 가장 좋은 방법 아닌가요?」

「얘, 넌 맏며느리다. 시어미 혼자 두고 나가다니?」

「그럼, 집을 파세요.」

「네가 아무리 우습게 알아도 이 집은 종택이다. 이제 씨라고는 진이 하나 남았는데 종택마저 없애란 말이냐?」

「꽃처럼 지내시는 어머니 수발하고 집구석 화단 치장하자고 제가 이렇게 살 순 없어요!」

「망측해라! 그럼 네가 빈 몸으로 혼자 나가라! 이런 날 대비하려고 애 안 낳을 온갖 궁리를 다 했던 게로구나.」

자신의 말을 부정조차 하지 않는 명화에게 대고 정례는 악을 썼다.

「이런, 의뭉한 것, 산천초목이 다 본다!」

조신하고 고운 목소리로만 이야기하던 정례가 아니었다. 진은 정례가 겉으로는 꽃이고 속으로는 흉측한 목질의 나무일지 모른다고 생각했다. 진은 정례가 두려워졌다. 자기와 엄마를 떼어 놓을 것만 같았다.

진의 할아버지는 북에 있을 때 이미 딸이 둘이나 딸린 기혼자였다. 그 때문에 정례는 누가 자기를 첩으로 보지나 않을지 남편에게 가끔 강짜를 부리곤 했다. 그러나 정작 남편과 대를 이을 아들, 그리고 남편이 나무 심어 가꾼 집의 안주인은 북의 아내가 아니라 자신이라고 자부했다.

명화는 부쩍 말수가 줄어들었다. 큰 키에 긴 머리를 틀어 올려 핀으로 묶은 모습, 그늘진 얼굴은 슬프고 어두웠다. 꽃잎이 다 떨어진 해바라기 같았다. 진의 눈에는 명화가 말없이 일만 하는 모습이나 조용히 노래를 부르는 것, 별에 대해 이야기하는 것까지 다 슬픈 사람의 특징처럼 보였다.

하지만 진과 단둘이 있을 때 명화는 여전히 부드럽고 따뜻했다. 진이 이불 속에서 명화 얼굴을 어루만지며 물었다.

「엄마, 나무나 꽃도 우리 집을 좋아할까?」

「글쎄……?」

진은 명화가 자기 일을 찾아 밖으로 나가는 것은 싫었다. 하지만 집에 있는 것이 명화를 슬프게 한다면 명화에게 밖으로 나가는 비밀의 문이라도 알려 주고 싶었다. 명화의 행복이 곧 진의 행복이었으니까. 차라리 엄마가 얼른 남자 동생을 낳아 버렸더라면 지금 직장에 다니는 걸 할머니도 허락하지 않았을까, 이미 땅바닥으로 녹아 내린 아이스크림을 내려다보듯 진은 생각했다. 하지만 어린 진의 머릿속으로 부엌일하고 아이 기르는 정례의 모습은 상상이 되질 않았다.

「나무랑 꽃도 답답하겠다, 갇혀 살아서, 그치?」

「쟤들 멀리 여행할 수 있어.」

「어떻게?」

「단풍나무 씨는 바람이 조금만 불어도 씨가 멀리 날아가. 망초나 버들도 그러구. 도깨비풀처럼 사람이나 짐승 몸에 달라붙어서 옮겨 가는 것도 있고. 찔레 같은 건 새가 삼켜서 멀리멀리 가게 된대. 새가 열매를 통째로 삼키고 나서 똥을 누면 거기서 소화 안 된 씨가 나온대. 제비꽃처럼 씨를 통! 튕겨 내는 것들도 있고.」

명화도 식물 박사가 되어 있었다. 어린 진은 놀랐다. 처음 시집 왔을 때는 진달래와 철쭉도 구분 못해서 진달래 화전에 독이 있는 철쭉을 붙였다가 흉깨나 잡혔다는 사람이었다.

「엄마, 우린 언제 이 집 밖으로 멀리 날아가지?」

「진이는 이다음에 커서 시집가면 되지!」

「난 혼자 시집 안 가. 엄마 데리고 갈 거야. 작고 예쁜 집에서 엄마랑 같이 살 거야. 그때까지 우리는 숲에 갇혀 있는 거라구. 내가 헨젤이야, 엄마는 그레텔이고. 내가 없으면 엄마는 안 돼. 나만 따라다니는 거야. 알겠지?」

「그래. 요렇게 이쁜 헨젤을 어떻게 안 따라다녀. 눈에 넣어도 안 아플 텐데.」

「에이 거짓말!」

「거짓말 아냐. 엄마 눈동자를 잘 들여다봐. 누가 보이니?」

진은 명화의 눈동자를 가만히 바라보았다. 눈부처가 보였다. 진 자신이었다.

「진짜!」

「그렇지? 우리 진이는 엄마 눈동자야.」

해,해,해, 진은 웃었다. 명화는 자기 볼을 진의 볼에 비벼 댔다.

그 후 진과 명화는 뜰에서 숨바꼭질을 할 때마다 헨젤과 그레텔이 되었다.

「엄마, 조기가 마귀할멈 과자집이야. 속으면 안 돼, 알겠지?」

진은 손가락으로 안방을 가리켜 보였다. 명화는, 그럼 못써, 하고 눈썹을 찌푸렸지만 입만은 웃고 있었다. 명화가 웃으면 진이는 행복했다. 키득캐득, 고소한 웃음이 입 안에서 쏟아졌다.

그 무렵, 명화는 두꺼운 책을 보기 시작했다. 무슨 공부를 시작한 모양이었다. 그러나 명화의 얼굴은 점점 어두워져 가고 뜰에서의 숨바꼭질도 점차 시들해져 갔다.

「징그러워. 집안일도 많은데, 뜰에도 돌봐야 될 것들 천지야. 웬수 같은 나무들.」

명화는 그릇들을 와랑와랑 홀부시며 혼잣소리를 하곤 했다.

어느 날 진이 학교를 마치고 막 대문을 열고 들어섰을 때였다. 작업복 차림의 아저씨들이 뜰에 있었다. 나무를 베러 온 사람들이었다. 그들이 톱날을 모과나무에 박았다. 이래도 되는 걸까. 어린 진은 왠지 두려웠다. 안방에서는 아무 기척이 없었다. 그러나 톱날이 두어 번 그어졌을 때 대문이 열리더니 정례가 목욕 바구니를 들고 나타났다. 마당으로 들어선 정례는 마당 풍경에 눈을 횅하게 뜬 채 한동안 말을 못했다.

「어쩐지 집에 도로 오고 싶더라니. 집안을 망해 먹으려고 환장을 했니. 나무 함부로 베면 동티 난다.」

그러고는 마루에 털썩 앉았다. 금방이라도 쓰러질 것 같았다. 정례 서슬에 일꾼들이 톱날을 다시 종이에 싸들고 가버렸다. 정례는 명화에게 떡 한 그릇과 막걸리를 나무 발치에 붓고 용서를 빌게 했다. 진은 명화가 속으로 무슨 주문을 욀지 궁금했다.

어쨌든 모과나무는 그 후로도 정례의 지지를 얻고 시퍼렇게 자라 올랐다. 명화의 얼굴에는 나무 그늘 같은 기미가 짙어져 갔다.

그해 초겨울이었다. 정례에게 이상한 조짐이 나타나기 시작했다. 가끔씩 말이 어눌해진다 싶더니 어떤 때는 아이처럼 말을 했다. 그럴 때는 표정도 착하다 못해 멍해졌다. 이상하다고 생각하는 사이 겨울이 지나갔다. 봄에 병원에 갔을 때는 이미 병이 한참 진행된 상태였다. 약을 쓰는데도 정례의 병은 차도가 없었다. 차도는 커녕 차츰 오른쪽 팔과 다리가 무거워지더니 나중에는 굳어져 버리기까지 했다. 이상하게도 말까지 사라져 버렸다. 뇌혈관이 막히면서 몸이 마비되고 실어증이 생긴 거라고 의사는 설명했다. 말 연습을 하고 열심히 운동을 해야 한다고 했다.

그러나 정례는 몸을 움직일 생각도, 말을 하고 싶은 생각도 없는 듯했다. 이제는 아예 식물이 되기로 한 듯 아무 소리도 움직임도 없었다. 의사 말에 의하면 정례는 말을 못할 뿐, 남의 말은 다 알아듣는다고 했다. 이제 명화는 밤마다 책을 보지도 않았다. 명화가 보던 책은 책장 구석에 가로로 뉘어져 먼지만 쌓여 가더니 나중에는 어디 갔는지 보이지도 않았다.

명화는 정례의 속옷을 빨며 중얼거렸다.

「저 나무들이 나를 잡아먹고 말 거야.」

진도 정례가 미워지기 시작했다. 엄마를 더욱 힘들게 하는 할머니가 차라리 죽었으면, 싶었다. 진은 자기가 어서 자라야겠다고 결심했다. 밥을 많이 먹으면 엄마가 기뻐할 것 같아 배가 아플 때까지 먹기도 했고, 공부할 때 졸리면 눈을 손가락으로 벌려 가면서 졸음을 쫓으려 애를 썼다.

겨우 서른 날

진은 고개를 흔든다. 그러나 떠오르기 시작한 기억은 스스로의 속도로 머릿속을 휘저으며 질주한다.

진은 서서히 달라졌던 명화, 나중에는 도저히 자기 엄마라고 믿기 어려워졌던 여자를 기억한다. 정례가 이상해진 것이 완연해지면서 명화는 딴생각에 빠져 있을 때가 많았다. 전처럼 손이 쉴 새 없이 움직이는 대신 손동작이 느려지고 이따금 멈춰지고 생략하는 일들이 늘어 갔다. 제사는 지극히 간략해졌고 더러 건너뛰기도 했다. 그리고 마침내, 숲 속 모두에게 자유를 주기 시작했다. 진에게도 정례나 숲에게도 그리고 자기 자신에게조차도. 진도 이제 혼자 자야 한다면서 명화는 사랑으로 자기 이불을 옮겨 버렸다. 남자들이 쓰던 방에 들어간다고 이모할머니는 그것이 무슨 젊은 과수댁의 냄새나는 짓거리냐고 구시렁댔지만 명화가 우울하고 심란한 빛이어서 앞에 대놓고 말하지는 못하는 것 같았다. 그 무렵 명화는 가끔 정장 투피스를 입고 외출하는 일도 있었다.

「엄마 어디 가?」

진이 물으면 진을 새삼스레 앉혀 놓고 물었다.

「엄마 만약 다시 학교 나가더라도 진이 잘할 수 있지?」

그럴 때 명화의 얼굴에는 두려움과 설레임이 같이 어른댔다. 곧 어떤 새로운 변화가 시작될 것 같은 긴장감이 느껴졌다. 하지만 집에 돌아올 때의 명화는 그저 피로해 보일 뿐이었다. 바깥바람에 화장이 흐려진 얼굴에는 푸른 그늘만 짙어 오래된 투피스까지 더욱 낡아 보였다.

명화는 차츰 채마밭조차도 가꾸지 않았다. 고추고 오이고 기둥이 없어 쓰러진 채 바닥을 기고, 무 장다리꽃이 흐드러지도록 꽃을 따지 않아 무에는 심이 박혔다. 파도 모두 대에 흰 꽃을 피우고 쇠 버렸다.

외출할 때 명화의 화장이 차츰 짙어지고, 돌아오는 시간이 늦어지는가 싶더니 파리했던 피로 대신 설레임 같은 술기운이 어리는 날이 차츰 늘어간다는 것을 진이 느낄 때였다. 채마밭에서 기른 채소가 뚝배기에 된장과 함께 보글거리는 대신 집에는 핏물이 뚝뚝 흐르는 붉은 살코기와 검은 내장에서 비린내를 풍기는 생선들이 사들여지기 시작했다. 진도 처음에는 명화를 따라 고기를 먹었다. 고기를 먹어야 많이 큰다고 명화가 일러 주었기 때문이다. 그러나 입에서 비린내가 나도록 날생선을 아귀아귀 먹고 살점이 덜렁거리는 육회를 집어먹는 명화의 식성이 진은 어쩐지 두려워졌다. 명화는 출렁거리는 붉은 살코기 덩어리를 도마 위에 올려놓고 한 손으로 그 물컹거리는 살덩어리를 누른 채 다른 손으로 어깨부터 힘을 주어 한 점씩 썰었다. 그때마다 겉은 붉고 속은 약간 검은 살덩어리가 칼끝의 힘에 밀려 조금씩 움찔거렸다. 진의 눈에는 그 붉은 살덩어리가 마치 살아 있는 어린아이의 넓적다리 같았다.

그 여름날이었다. 외출했다가 화장이 다 지워진 명화는 입가가 유난히 번질거리는 얼굴로 돌아왔다. 몸에서 개 냄새가 났다. 진은 그 후 고기가 싫어졌다. 고기 삶는 냄새에서 풍기는 사체의 냄새를 참기 어려웠다.

명화가 자유를 준 사이 뜰의 나무들은 야성적으로 자라 올라, 드디어 지붕을 넘고 담장을 넘어 드센 기운으로 뻗쳐올랐다. 마치 모든 갈기와 손톱과 머리칼을 들이세운 것 같았다. 집 안은 더욱 어두컴컴한 그늘에 묻혔다. 상가가 없는 큰 길은 차들만 내달릴 뿐 인적이 뜸해서 육교를 이용하는 사람도 많지 않았지만 육교에 올라선다 해도 나무들에 가려 집 안이 들여다보이지 않을 정도였다.

그 밀림에 이상한 기운이 돌기 시작했다. 어느 날 진의 눈에 뒷대문을 가리고 섰던 층층나무가 커다란 고무 화분에 옮겨진 것이 눈에 띈 것이다. 병든 노인과 어린아이만 집에 두고 진종일 나가서 뭘 하고 다니느냐며 이모할머니가 명화를 훈계한 뒤였다. 화분은 짚으로 둘러져 있어 언뜻 눈에 띄지도 않았다. 자세히 보니 화분 밑으로 바퀴도 보였다. 바퀴 달린 작은 널빤지 위에 화분이 올려져 있는 것이었다. 얽히고설킨 뿌리만 해도 굉장한 나무를 어떻게 화분에 옮겼는지 그렇게까지 해야 했던 이유가 무엇이었을지 진은 왠지 불안했다. 진은 그 바퀴가 어디로 굴러가는 것인지 신경 쓰였다. 진은 나무 주변을 샅샅이 더듬으며 훑어보았다. 굳게 닫혀 있던 뒷대문 돌쩌귀의 녹이 벗겨져 검은 쇳덩이가 드러나 있었다. 누군가 문을 연 흔적이었다. 하지만 한집에 사는 귀가 어두워진 정례도, 어린 진도 처음에는 더 이상의 이상한 변화를 눈치 채기 어려웠다.

그 후로 진은 자기도 모르게 명화의 방 앞에 몰래 쭈그려 앉곤 했다. 그러던 어느 날이었다. 적막한 오후, 명화의 방에서 이상한 소리가 구취처럼 풍겨 나왔다. 진의 귓살이 꼿꼿하게 당겨 올라갔다. 뒹구는 소리, 이상하게 숨죽인 웃음. 그리고 이어지던 이상하게 집요한 침묵, 그리고 퉁, 하고 부딪히던 창호지 소리, 수상한 뒤척임. 그때마다 뜰의 벗나무가 단풍이 모과나무가 파초 잎이 몸을 떨었다. 진은 어쩐지 슬프고 무서운 기분이었다. 하지만 진이 할 수 있는 일은 아무것도 없었다. 단지, 정례가 얼른 그 방문 쪽을 한 번 바라봐 주었으면, 하고 간절히 바랄 뿐이었다. 그러나 정말 그런 일이 일어날까 봐 걸음이 걸리지도 않았다. 뜰의 빼곡한 숲은 명화의 이상한 방문을 가려 주었고, 나무들이 바람에 수런거리는 소리 역시 방 안의 이상한 수런거림을 감춰 버렸다.

그리고 며칠이 지나서였다. 진이 학교에서 단축 수업을 한 날이었다. 진은 동네 친구 집에서 놀다가 집으로 갔다. 그날 집을 향해 가던 진의 눈에 온통 대문이 열어젖혀진 집의 광경이 들어찼다. 열린 뒷대문과 앞대문에는 동네 사람들이 붙어 서서 집 안을 기웃거렸다. 집은 공기조차도 온통 찢어지고 그 틈으로 피할 수 없이 따가운 햇살과 소음이 비집고 들어오는 것 같았다. 이모할머니가 와 있었다. 얼굴이 붉어 무서운 형상이었다. 명화가 맨발로 뜰에 주저앉아 있었다. 머리와 옷이 헝클어져 있었다. 마당에는 층층나무가 쓰러져 있고 사랑방 앞의 분합문 유리창이 날카롭게 깨져 있었다. 진의 눈에 마루에 깔린 유리 파편들과 명화 방의 창호지가 길게 찢어진 자리가 보였다. 진은 그 풍경의 무서움을 본능적으로 알았다. 그러나 명화를 도울 수 없다는 것 역시도 알았다. 명화에게 다가가지 못한 채 진은 울음을 터뜨렸다.

부산으로 시집가서 부산 사람이 되어 버린 이모할머니는 친척 어른 중 왕이었다. 키가 크고 콧부리가 억센 그는 아들네를 따라 서울로 올라온 후 집에 자주 나타났다. 분을 보얗게 바른 얼굴로 양산을 받쳐 쓰고 와서는 왠지 명화를 꼬나보고, 샅샅이 훑어보기도 했다. 진의 아버지가 살아 계실 때는 물론 그러지 않았다.

이모할머니가 천지가 다 듣게 소리쳤다.

「세상에 시어미 밥에 침을 뱉는 기 사람이가?」

울던 진의 가슴에서 딸꾹질이 올라왔다.

등허리를 꼬부린 채 입술을 깨무는 명화의 얼굴에서 독기가 뚝뚝 떨어졌다. 정례는 마루 끝에 오래된 백자 항아리처럼 앉아 있었다. 진은 그런 정례가 미웠다. 마치 정례가 눈으로 이모할머니에게 명령을 하는 것 같았다. 저년 사지를 못 쓰게 분질러 놔. 머리털을 수세미로 만들어 놔.

뜰의 자귀나무와 나팔꽃의 이파리가 조용히 접혀 있던 그 밤이었다. 무슨 느낌 때문이었을까. 어린 진은 새벽녘에 문득 눈이 떠졌다. 화장실에 갔다가 오는데 괜히 명화의 방문을 열어 보고 싶었다. 그런데 방 안에는 명화가 없었다. 이부자리조차 없이 말끔했다. 진은 얼른 자기 방으로 돌아와 이불을 덮고 눈을 꼭 감았다. 이건 현실이 아니야. 나는 깨어난 게 아니야. 지금 못된 꿈을 꾸고 있는 거야. 아침에 눈을 떠 보면 여느 날처럼 마당을 서성이는 한기 도는 바람 속에서 명화가 부산스레 움직이는 기척이 느껴질 거야. 진은 완강히 눈을 감았다.

하지만 날이 밝자, 악몽은 이미 현실이 되어 있었다. 진은 자리에서 일어날 수가 없었다. 몸이 끝없이 추락하는 듯한 어지럼증을 느꼈다.

「엄마, 어디 갔어. 내가 매일 이쁜 짓하고, 시험도 백 점 받고 비누로 엄마 얼굴도 이렇게 예쁘게 조각하고 스케치북마다 옷 갈아입은 엄마를 얼마나 많이 그렸는데.」

비 오는 날 같이 뜰을 내다보며 노래 부르다, 부침개를 부쳐 올 때 들떠 있던 명화의 소박한 웃음이 떠올랐다. 명화와 같이 들인

봉숭아 물도 아직 진의 손톱 끝에 남아 있었다. 자매처럼 같이 밥도 비벼서 먹고 목욕도 하고, 같이 끌어안고 잠이 들던 명화. 이쁜 옷을 진의 몸에 대보며 언제 커서 이 옷 물려 입을래, 하던 명화의 모습이 생각났다.

진에게 숲은 이내 칠흑의 어둠이 되었고, 아무런 길도 보이지 않았다. 어둠 속에서 혼자 진저리를 쳤다. 눈동자마저 빼 버리고 그레텔은 어디 갔을까. 할멈은 야위어 가고 갇힌 헨젤의 손가락은 점점 굵어지는데 진처럼 어린 헨젤은 이 숲의 출구를 모른다고 생각한 걸까. 진은 눈물이 미어져 숨조차 쉬어지지 않았다.

「요망스레 와 우노. 니 엄마, 지 좋을 데 갔는데, 이제 그마 잊어뻬라. 궁디에 바람 든 년 팔자 몬 고친다. 머리끄댕이를 서까래에 묶어나 바라. 머리털도 다 뽑아 뿔고 내뻴기다. 홍, 자식이 머로? 눈에 비나? 천하에 *꼬꼬잡년* 같으이.」

이모할머니는 진이 혼자 훌쩍거리는 것이 눈에 띌 때마다 매서운 눈으로 할퀴듯 쳐다보았다. 이모할머니는 명화가 사라진 날 속옷 보따리를 싸들고 진이네 집으로 왔다. 그러고는 뜰에서 곧장 대청으로 올라와 흙발로 쿵쿵대며 돌아다녔다. 밥을 나르고 정례 머리를 감기면서도 명화를 욕했다. 그러더니 며칠이 지나지 않아 무릎 관절염이 도졌네, 허리가 부러지네, 하고 앓는 소리를 했다. 욕은 더욱 사나워졌다.

「시어머니캉 자식캉 있는 년이 대낮에 그기 뭐고. 그런 년들은 밑구녕을 흙으로 메와 버려야 한다. 옛날 같으마 모강지가 신작로에 걸릴 일이다.」

진은 피가 나도록 귀를 후벼 팠다. 제발 정례가 이모할머니 입을 막아 주기 바랬다. 그러나 정례는 낯색조차 변하지 않았다. 말귀는 다 알아듣는다는 정례가 진은 너무나 미웠다. 대청 끝에 앉은 정례를 확 떠밀어 버리고 싶었다. 그러나 정례가 없어진다고 해서 명화가 돌아올지 확신할 수 없었다. 자기 자신보다 더 믿었던 엄마가 이제는 온통 수수께끼였으니까.

진은 밥을 먹으면 헛구역질이 났다. 몸의 모든 물기가 말라서 침도 눈물도 나지 않았다. 힘이 없어서 걸음이 걸리지도 않았다. 귀도 눈도 점점 멍해지는 것 같았다. 진은 그때 사람보다 나무가 훨씬 강한 존재라고 느꼈다. 나무가 풀이, 빈 집이 온통 두려움의 대상이었기 때문이다. 밤마다 진은 생각했다. 어서 자라 이 집을 떠나겠다고, 그래서 결코 다시는 돌아오지 않겠다고.

진이 그렇게 지낸 것은 삼만 일에 가까운 진의 일생에서 단 서른 날이었다.

착한 지렁이

명화는 서른 날 만에, 자기 오빠를 따라 집에 들어섰다. 명화의 등 뒤로 진의 외할머니가 따라 들어섰다.

어두운 마당에서 전등 빛에 눈자위가 우묵해진 얼굴로 선 명화가 실재하는 인물인지, 이것이 혹시 꿈은 아닐지, 진은 분간을 할 수 없었다. 어쩐지 명화가 서먹하게 느껴져 다가갈 수도 없었다. 진은 어른들에 의해 방으로 쫓겨 들어갔다. 명화를 마당에 둔 채 어른들은 안방으로 들어갔다. 명화는 마당 의자에 앉은 채 어둠 속의 나무들만 바라보았다. 진은 문틈으로 안방과 명화가 앉은 마당을 번갈아 보았다.

한여름에 양복을 입고 나타난 외삼촌은 무릎을 꿇고 앉아 정례와 이모할머니에게 인간적, 도의적, 전통적, 가족적,이라는 '적' 자가 많이 붙은 단어를 써가며 말을 했다.

이모할머니가 방바닥을 손으로 쳐대며 하는 말소리가 들려왔다.

「그 일은 저 아가 몸 못 움직이는 시어머이 복장 터쳐 죽일라꼬 부러 벌인 일입니다. 시쳇말로 이노무 집구석 엿 먹어 봐라 이카면서 침 뱉은기다 이 말입니다.」

머리를 조아린 채 아무 말이 없던 외할머니는 밖으로 나오자 명화를 어둠 속으로 밀어붙이더니 낮게 윽박질렀다.

「니 오래비가 사람처럼만 살아도 내가 너를 도망시킨다. 이 악물고 살어. 어차피 늙은이들 죽는 날은 온다.」

명화는 피가 완전히 빠진 사람의 몰골로 안방에 들어섰다. 이모할머니의 울음소리가 터져 나왔다.

「아이고 야야 니 꼴이 그기 머고? 그래, 니도 목구멍으로 밥이 넘어갔겠나? 니 속 모린다 생각 마라. 다들 얼마나 니를 대단타고 칭찬해 온 줄 아나. 사램이 한 번 실수는 있는 기다. 너거 셋 다 혼자된 사람 아이가. 서로 불쌍타 생각하고 살아라.」

정례도 명화를 보며 눈물을 흘렸다. 명화와 진의 눈에서도 눈물이 났다.

다음 날 이모할머니는 사람들을 불러, 분에 있던 층층나무를 다시 땅에 옮겨 심게 했다. 뒷대문이 있던 자리는 블록으로 메워지고 시멘트가 발라졌다. 마치 담장이 붕대를 감고 있는 것처럼 대문 자리는 흉하게 도드라졌다. 이모할머니는 난데없이 전자동 세탁기를 새로 들여놓아 주고 진이에게 용돈을 주고는 총총 사라졌다. 그 후로는 서울 아들네 집에도 안 오는지 다시는 진이네에 나타나지 않았다.

진은 밤이면 베개를 들고 명화의 방에 스며들었다. 명화는 더 이상 아기는 아니었다. 그러나 밤마다 엄마가 사라질지 모른다는 불안을 견딜 만한 나이도 아니었다. 진은 명화 품에 들어서도 전처럼 명화가 따뜻하게 느껴지지 않았다. 잠이 들기 전까지 명화의 숨이 고른지, 혹시 다른 생각이나 잠꼬대를 하지는 않는지, 팔베개를 풀고 아픈 팔을 신경질적으로 두드리지는 않는지 신경 쓰느라 등이 뻣뻣해질 지경이었다. 그리고 가끔 꿈을 꾸었다. 명화가 어두운 숲에 자기만을 혼자 세워 두고 사라지는 꿈이었다. 꿈속의 어둡고 축축한 숲에서는 젖은 나뭇잎과 날카로운 가시들, 거칠고 딱딱한 나무둥치들이 진의 얼굴과 팔다리를 따갑게 쓸고 할퀴었다. 그때마다 진은 일어나 앉아 등을 떨었다. 자기 일생에 겨우 서른 날에 불과했던, 명화의 부재가 진의 척추를 흔들었던 날 밤과 똑같은 기분이었다.

다시 겨울이 오자 정례는 병세가 더욱 악화되어 똥까지 흘리는 지경이 되어 버렸다. 명화는 정례의 똥 궁둥이를 씻기고 죽을 끓이고 마룻장을 닦았다. 다시 진의 머리도 정성껏 빗기고 블라우스의 프릴을 꼼꼼히 다려 입혔다. 그러나 전처럼 진의 눈을 들여다보며 눈웃음을 짓거나 간지럼을 태우지 않았다. 진이 자기를 믿지 않는다는 것을 아는 것 같았다. 진 앞에서 미세하게 떨리던 명화의 볼 살에서 진은 그런 것을 느꼈다. 이제 각자 숲 속을 따로따로 걸어가는 것 같았다.

하지만 그것은 낮 동안의 명화였다. 너무나 가정적이고 조용하고 헌신적이던 명화는 나무가 깊은 잠에 빠질 무렵이면, 집을 비우곤 했다. 그것이 대체 언제부터 몸에 밴 것인지 알 수도 없었다. 진이 어느 날 문득 눈치 챘을 때는 이미 명화는 그런 생활에 흠뻑 젖은 채였다. 아마도 다시 집 안에서 사련을 들키고 싶지 않았겠지만, 무엇보다 진이 컸다는 것이 마음에 걸렸을 것이다. 이제 정례 따위를 두려워하는 것 같지는 않았다. 이모할머니는 자기의 맹활약이 명화의 가출을 부를지 모른다는 두려움 때문인지 다시 오지 않았다.

이제 진은 밤마다 명화의 방으로 오는 것이 어색스럽게 느껴졌다. 비어 있는 방들을 놔두고 명화와 한 칸 방을 공유하기에는 자신의 몸집이 너무 크게 느껴졌다. 진은 명화가 밤이면 집을 비우곤 한다는 것을 알게 된 후로 밤잠에서 자주 깨곤 했다. 진은 어둠이 무서우면서도 명화의 부재를 확인하고 싶은 호기심 같은 열망에 밤마다 그 방으로 가보곤 했다. 그때마다 명화의 방은 비어 있었다. 분합문 창으로 나무 그림자들이 사람처럼 어른거리고 대청마루 건너에서는 정례의 잠자는 소리가 들려왔다. 혹시 엄마가 이대로 사라져 버린 것은 아닐까. 진은 몸이 스스로 녹초가 되어 잠에 떨어질 때까지 잠들 수 없었다.

명화는 집을 비운 밤이면 늘 술에 취해 돌아왔다. 엉망으로 술에 취해 새벽 3시에 양말을 벗다가 진이 발칵 연 문소리에 놀라 눈을 홉떠 보이던 명화의 붉은 눈. 명화는 그때 온몸의 세포를 다 동원해 술 취하지 않은 척했다.

「왜, 여태 안 자고 나오니. 공부했어? 뭐 좀 만들어 줄까?」

가늘게 건들거리던 어깨.

명화가 애쓰는 걸 보자니 오히려 비참한 기분이 들었다. 물론 명화가 다시 돌아온 것에 깊이 안도했지만, 이모할머니가 말한 대로 남자 없이는 못 사는 여자처럼 보였다. 집 안의 화초도 그때는 더러 술을 마셨다. 남은 술을 뿌리께에 쏟으며 진은 뜻도 모를 저주를 했다. 죽어. 죽어 버려.

그 여름, 비가 억수로 쏟아지던 밤이었다. 밖에서 이상한 소리가 자꾸 들렸다. 눈을 떠 보았다. 명화가 또 방에 없었다. 진은 터지려는 울음을 손으로 가리고 뜰로 향한 문을 열었다. 하늘이 쿠르릉거리고 이따금 섬광이 내리꽂혔다. 층층나무에 누군가가 매달려 있었다. 비에 젖은 명화였다. 명화는 층층나무에 톱질을 하고 있었다. 번개가 날카롭게 뜰에 꽂힌다 싶은 순간, 명화가 아악, 짧은 비명을 내지르고는 뒤로 나자빠졌다. 톱질하던 손을 싸쥔 채였다. 그제야 진은 입을 틀어막은 채 참았던 눈물을 흘렸다.

비가 가늘어진 다음 날 아침, 층층나무는 반쯤이 잘려 세게 밀어 버리면 그대로 넘어갈 것도 같았다. 명화는 손을 가끔 주무를 뿐, 다친 흔적은 없었다. 학교에 갔다 오자 비는 개어 있었고 뜰의 나무들은 한껏 푸르고 싱싱했다. 층층나무는 몸에 기둥을 덧댄 채 칭칭 동여매져 있었다. 오른쪽 팔다리를 질질 끌고 다니는 정례의 솜씨였다. 진은 정례가 몸의 반쪽이나마 둔중하게라도 움직일 수 있다는 사실에 새삼 배신감이 들었다.

「저거 봐. 저렇게 움직이면서!」

정례가 명화를 집에 붙들어 두기 위해 일부러 똥을 싸고 말을 안 하는 거라는 생각까지 들었다.

하지만 지금 층층나무는 죽어 있다. 나무도 옮겨 심은 지 3년 동안은 몸을 앓는다. 그러나 층층나무가 죽은 이유는 옆에 심은 등나무가 그악스레 감고 오른 때문이다. 목이 졸려 생명 활동을 할 수 없어진 층층나무는 서서히 굶어 죽은 것이다. 등나무를 심은 사람은 명화였다.

생식

점심때가 지난 지 한참이다. 허기가 느껴지는데도 전혀 식욕이 일지 않는다. 찬장을 열어 보니 용케도 쌀이 있고 채마밭에는 저절로 떨어진 씨로 컸는지 상추와 깻잎이 있다. 진은 상추와 깻잎과 풋고추로 점심상을 차린다. 입 안이 깔깔하다. 쌈을 싸서 입 안에 넣는다. 한때 채식주의자였던 진은 매일 이렇게 먹었던 적이 있었다. 그러나 어쩐지 입 안에 감도는 풀의 느낌들이 생경하다. 깻잎의 도드라진 잎새와 까칠한 느낌, 상추의 미끈거림이 입 안에서 겉돈다.

진은 대학에 가면서 이제는 자기가 명화를 버린다는 흥분을 느꼈다. 진은 바다가 보이는 아주 먼 곳으로 대학을 갔다. 바다가 보이는 곳에서 대학을 나와 바다가 보이는 곳에서 직장을 갖고, 그리고 바다가 보이는 집에서 살고 싶었다. 정례는 일그러지지 않은 한쪽 눈으로 진을 바라보았다. 진은 그 눈에서 가득한 열망을 읽었다. 그러나 무시하고 싶었다. 정례는 이미 바보였다. 명화는 진에게 아무것도 요구하지 않았지만 가끔 마루 끝에 앉아 한숨을 뱉곤 했다.

진이 대학에 간 후 첫 여름 방학 때였다. 집에 오자 명화는 진을 위해 대청에 점심을 차렸다. 뜰에서 매미가 쐐아 추르르르 하고 울어 댔다. 쇠고기 중에서도 가장 귀한 살치 살이 구워져 올라왔다. 하지만 진은 거들떠보지 않았다. 혼자 밥을 먹기 시작하면서 진은 채식을 결심했다. 어쩐지 육식은 육욕과 관련된 것 같아서 혐오스러웠다. 식물만 먹기로 결심했기 때문에 달걀도 마요네즈도 먹지 않으려고 애쓰던 때였다. 상추쌈과 오이만 먹는 진을 쳐다보다 명화가 입술을 일그러뜨리고 웃었다.

「너는 생식을 하는구나. 살아 있는 걸 먹다니 징그럽지도 않니.」

「저는 조금 먹기 위해서, 자연을 덜 훼손하기 위해서 채식을 해요.」

진은 즉각 대답했다.

「식물은 조금 죽어 줘도 괜찮다는 것 같구나.」

「가지를 쳐주는 거나 솎아 주는 것은 식물에게도 좋잖아요.」

「식물 스스로가 갖지 못한 절제와 도덕성을 인간이 대신해 준다는 거니? 인구 억제를 위해 낙태도 불사하겠다고 말해라. 식물도 잘려 나가는 아픔을 안다. 시금치는 데쳐질 때 진저리 쳐. 사람이 가위를 갖고 다가갈 때 나무는 몸을 떤다더라. 식물도 자연 그대로, 생명력 뻗치는 대로 살기를 바라는 거야.」

「식물들은 조화를 알아요. 식물들의 습성을 배우는 것이 인류의 미래를 구원할 거예요.」

「조화? 생명이 있는 것들은 모두 선과 악을 가지고 있어. 왜 식물만이 조화롭고 선량한 생명을 갖고 있을 거라고 믿니? 쐐기풀처럼 촘촘한 뿌리 그물로 땅을 악착같이 점령해 버리는 것도 있고 아카시나무처럼 햇빛을 독차지하는 나무나, 그 큰 나무에게 빼앗긴 햇빛을 되찾기 위해 나무를 타고 올라 결국 굶겨 죽이는 교살 무화과 같은 식물도 있어. 다른 나뭇가지에 자기 뿌리를 내리고 열매까지 맺는 겨우살이도 있잖니. 모든 생명은 경쟁해. 식물도 마찬가지야.」

「무슨 말을 하고 싶으신 건데요?」

「착각하지 말란 말이야. 식물도 고통을 느끼고 피 흘려. 그리고 때로 사악해. 너희 할머니처럼.」

진의 눈이 정례에게 건너갔다. 그 무렵 정례는 자리보전을 하고 누워 겨우 목구멍으로 깔딱 숨만 쉬는 식물인간이었다. 몹시 야위어 있었다. 진의 눈빛을 명화가 읽은 듯 변명처럼 말했다.

「사람은 죽을 때는 결국 굶어 죽는 거야.」

명화 역시도 창백하고 수척해서 병색이 완연했다. 그녀의 밥은 쌀죽에 참기름과 깨소금을 뿌린 왜간장 한 종지였다. 무엇을 삼키고 살았는지 식도부터 위장과 십이지장과 대장에 이르기까지 모든 장관이 다 상해 있었던 것이다. 진은 수저로 간장을 살짝 찍어 혀에 대는 명화를 보며 말했다.

「그래도 동물을 마구 잡아먹는 탐욕보다는 나아요.」

말은 그렇게 했지만 진은 그날 손에 밴 풀즙에서 식물의 피비린내를 맡았다. 채식만 하겠다는 것도 억지가 아닐까. 진은 채식주의마저도 포기했다. 할 수만 있다면 아무것도 먹고 싶지 않았다.

진은 바닷가에서 대학을 마치고 젊은 날의 명화처럼 교단에 섰다. 바다가 진은 좋았다. 황홀한 일탈과 충동을 부르는 축축한 항구 도시의 대기가 진의 가슴을 세차게 뛰게 했다. 살아 있는 것 같고, 이유 없이 고통스럽고, 행복했다.

그러나 바다에도 익숙해지고, 아이들과의 생활도 3년을 마쳐 갈 즈음, 분필이 칠판을 삑 긁을 때마다 진은 생각했다. 바다도 어느덧 자신을 가로막는 또 다른 장벽이 아닐까, 이대로 바다에 가로막혀 죽어 버리는 것은 아닐까, 그때마다 가늘게 귀가 찢어지는 듯한 내밀한 붕괴를 겪어야 했다. 결국 진은 자신이 더 멀고 낯선 곳을 꿈꾸고 있다는 것을 깨달았다. 아무리 낯선 곳을 떠돌아도 풀리지 않는 이 갑갑증은 무얼까. 그해 겨울 진은 휴직계를 냈다. 사랑에 대한 열망과 뒤섞인 성적 욕구가 인생의 함정이 될 수도 있는 나이 스물일곱, 명화가 행복한 뜰을 택했던 나이였다.

진은 항구를 쏘다니다 파도 소리가 말소리를 잡아먹는 겨울 바닷가에서 명화에게 전화를 했다.

「저 여행 가요. 시간이 좀 걸려요. 가서 연락드릴게요.」

명화는 대답 대신 아프다고만 했다. 그리고 막 봄이 올 무렵 진은 비행기를 타고 바다를 건넜다. 그러나 진이 타국에 도착하자마자 정례의 부음이 전해졌다. 정례가 아침잠에서 끝내 깨어나지 않았다는 것이었다.

「나무에 물 기운이 오르면 기운 없는 노인들이 쓰러진다. 초목이 우주의 정기를 다 앗아 가서야. 인간은 결국 굶어 죽는 거라니까.」

진은 그때도 명화가 그 말을 했다고 기억한다.

어둠이 오려는지 나뭇잎들이 청록으로 진해지고 이파리 사이마다 드러난 여백이 새파래진다. 진의 마음도 어수선해진다. 진은 산책 삼아 밖으로 나간다. 다섯 군데의 부동산 중개소에 들러 집을 내놓는다.

「저기 나무 많은 집, 내놓은 거 아시죠?」

알고 있다면서도 새삼스레 노트에 떨리는 손으로 적는 복덕방 노인도 있고, 요새는 단독 주택들이 시세가 없다고만 대답하는 곳도 있다. 큰길가의 좀 번듯한 부동산 중개소에서는, 꼭 팔 생각이면 열쇠를 맡기라고도 한다. 진은 집이 팔려야 자기 인생의 거추장스럽고 음습한 부분이 정리될 거라 믿지만 그렇다고 이 집을 팔기 위해 여기 머물고 싶지도, 남에게 열쇠를 맡겨 함부로 이 집에 드나들게 하고 싶지도 않다.

전면에 유리문이 달린 식당에서 저녁 거리를 내다보며 밥을 먹고는 일부러 집에서 멀리 떨어진 편의점에 들러 맥주를 산다. 바로 집 앞에 가게가 있지만 자기 얼굴을 아는 안주인을 만나게 될 일이

성가시기 때문이다.

비가 오려는지 어디선가 습한 바람이 불어온다. 오래전에 마지막 작동을 멈추었을 텔레비전을 켜놓고 맥주를 마시는 기분은 그런대로 괜찮다. 바람에 나무들이 쓸리며 창문을 긁어 댄다. 흙냄새가 올라온다. 확실히 비가 오려는 조짐이다.

맥주가 떨어졌는데도 잠이 오지 않는다. 진은 다시 밖으로 나가 맥주를 사 들고 온다. 비닐봉지에 든 유리병끼리 부딪치는 소리가 어쩐지 희극적이라고 느껴진다. 문을 열쇠로 연다. 순간, 집 안을 가득 메운 나무와 풀들이 열린 문으로 울컥 쏟아져 나온다. 문 안에서 토해지듯 퉁겨져 나온 줄기들은 진의 머리채를 잡아챈다. 얼굴과 팔을 할퀴고 머리칼에 엉겨 붙으며 허리와 목을 감는다. 진은 몸부림친다. 구원처럼, 눈이 떠진다. 꿈이다.

창문 가득 나무 그림자가 어려 있다. 바람에 가느다란 가지들이 창을 긁는다. 마치 문을 열라고 두드리는 것 같다. 어떤 미세한 존재의 흔적이라도 감지해 내서 기어이 자기 생명의 지지대로 삼는 덩굴손, 붙들 것을 찾기 위해 원을 그리고, 찾아낸 것이 너무 미끄러우면 그냥 놓아 버린다는 세상에서 가장 민감한 손이라는 식물의 앙상한 손가락이 진을 찾느라 벽을 더듬는 것 같다. 금세라도 유리창을 깨고 자라 들어올 것 같다. 공포가 어깨와 등으로 흙처럼 쏟아져 내린다.

진은 일어나 집 안을 달린다. 달리며 집 안의 모든 불을 켠다.

나무는 인간보다 오래 살지

명화가 이 숲에서 혼자 죽어 갈 때 진은 명화의 지구상에 존재하지 않았다. 명화의 임종을 보지 못한 진을 사람들은 극단적으로 불쌍해하거나 과장되게 욕했다. 진도 자기가 타국의 황야를 돌아다니고 있을 때, 명화가 혼자 죽었다는 사실이 받아들여지지 않았다. 그것은 진이 바라던 결과는 아니었다. 진은 그것보다는 좀 더 다른 관계를 맺을 기회가 오리라고 생각했다. 실컷 외지를 떠돌다 보면, 한때 자신을 버리고 방치했던 그 서른 날 동안의 기억이 아무렇지도 않은 지난 일로 풍화되어 버릴 거라고 생각했다. 그때가 되면 자신도 이 집과 명화가 그리울 거라고.

그러나 명화의 몸은 이미 죽었고 시신도 빈껍데기뿐이었다. 명화는 암으로 썩어 버린 위와 십이지장과 무슨 기억으로 가득 찼을지 알 수 없는 뇌를 빼고, 거의 모든 장기와 각막까지 다 기증했다. 그녀의 몸은 그렇게 숲을 탈출했다.

「내 딸이 나를 뿌려 주기 바래요. 자기가 가장 좋아하는 곳에.」

그녀의 유언이었다고 외삼촌은 닭을 내리치며 전했다.

진은 집 안을 휘 둘러본다. 명화의 유골함을 찾기 위해서다. 실은 이미 유골함을 알아보았다. 그것은 누구의 눈에라도 띌 자리에 놓여 있었다. 빈집을 지키고 있었던 듯 유골함은 대청 한가운데 자리 잡은 반닫이 위에 올려져 있다. 이 반닫이는 명화가 시집올 때 해왔다는 유일한 세간이다. 이불 한 채도 없이, 쓸데없는 대학 졸업장 하나만 달랑 들고 왔다는 그녀의 전 재산이 거기 모여 있는 셈이다.

내가 가장 좋아하는 장소…….

진은 그곳이 떠오르지 않는다. 오직 떠나기만 했을 뿐, 아무 곳에도 뿌리를 내린 기억이 없다. 세상을 떠도는 영혼에는 두 종류가 있다. 낯선 곳이 무턱대고 좋거나, 세상의 어느 곳도 마음에 들지 않거나. 진은 아직까지 안주할 곳을 찾지 못했다.

진은 유골함을 내려놓은 채 대청문에 기대앉는다. 어둠이 푸르게 얼룩지며 벗겨지고 있다. 새벽이 밝아 온다. 처마에 매달린 빗방울이 투명하다. 젖은 나뭇잎들은 한결 선명하게 푸르다. 나뭇잎에 매달려 있던 물방울 하나가 또르르 미끄러져 빗물이 고인 웅덩이로 쫑, 하고 떨어진다. 눈부신 검정 양복의 아버지가 출근을 하고, 아버지가 마시고 난 미숫가루가 서서히 밑으로 가라앉는 유리컵을 통해, 뜰이 보이고 그 뜰에서 정례가 나뭇잎들을 결결이 닦는 모습이 보이고, 흰 모시 옷을 입은 할아버지가 사랑에서 얇은 한지로 묶인 책을 스사삭, 넘기는 소리가 들릴 때, 진은 나무 그늘에 앉아 명화에게 머리가 잡힌 채 머리단장을 하고 있었다. 명화가 머리를 세게 잡아당겨 방울로 묶을 때마다 딸려 움직이던 진의 시야 가득, 뜰의 녹색과 풍요로운 행복이 찰랑, 빛을 발했다.

진은 유골함을 열고 보드라운 뼛가루를 집어 든다. 이 뜰은 진의 행복했던 한때를 고스란히 기억하고 있다. 뼛가루가 흩뿌려진다.

먼지처럼 흩어져 나뭇잎에 얹힌다. 이제 땅속의 단세포 생물들에 의해 뼛가루는 빠르게 부식되어 갈 것이다. 그리하여 뜰에 무기질이 풍부한 동물성 비료가 되어 줄 것이다. 몸을 동물처럼 빠르게 움직일 수 없는 식물들은 이런 식으로 동물성 먹이를 얻는 것이다. 아주 느린 생명의 활동 시간에 기준을 세워 세상을 보면, 모든 동물은 하루살이에 지나지 않는다. 식물이 세상을 열고 지배하며 모든 동물을 먹여 기르는 것은 결국 자기들 먹이로 삼기 위해서다. 먹이를 사육하기 위해 사랑하게 하고 번식하게 하고 방황하고 암투하고 병들어 죽게 하는지 모른다. 명화는 진이 자기 몸을 나무들에게 줘 버릴 줄 알고 자기 몸의 중요 부분들을 모두 세상으로 빼냈을까.

정례가 죽은 후 소원이던 나무도 다 베어 없애고 집도 팔면 될 것을 웬일인지 명화는 아무 의욕을 보이지 않았다. 꼭 몸이 쇠약해진 탓만은 아닌 듯했다.

「이젠 나무 그림자라도 어려야 잠이 온다. 이제는 내가 재들을 기르는 것이 아니라 재들이 나를 데리고 사는 것 같다.」

진이 집으로 돌아오기를 바란다는 말 같았다. 전정가위를 집어 들었다가 자신의 틀어 올렸던 머리만 잘라 냈다는 말을 흘리기도 했다. 날고기를 먹고 전정가위로 자기 머리털을 잘라 대는 여자, 진이 같이 차를 마시고 수제비를 띄워 먹으며 도란거리기에 여자는 너무나 멀어진 존재 같았다. 그러던 하루 한밤중에 전화가 왔다.

「저것들 비명이 들려서 못 살겠다. 내 고막에서 피가 나는 것 같

아. 아무도 모를 거야. 답답하지, 인간들이 왜 저 소리를 못 듣는지. 머리가 파열되는 것 같다.」

그리고 그녀는 마구 울었다. 그녀답지 않은 행동이었다. 그녀는 무엇을 그렇게 두려워한 걸까.

진은 뼛가루가 얹힌 나뭇잎들을 손으로 가만히 쓸어내린다.

「엄마에게 죄가 있다면 아무 짓도 하지 않은 것뿐이야. 이미 식물이 되어 버린 할머니를 식물 그대로 놔둔 것뿐이야.」

순간, 불던 바람이 일시에 멎는다. 나뭇잎들이 일제히 수런거림을 멈춘다. 마치 진을 노려보는 것 같다. 나뭇잎을 쓸던 진의 손으로 살아 있는 짐승의 피부를 만지는 느낌이 전해진다. 손이 반사적으로 오므라든다. 징그럽다. 나무가 자신을 감각하고, 자기에게 적의를 갖고 있다는 것이 뜨겁게 만져진다.

거짓말 하지 마! 다 보았어!

나무들이 외치는 것 같다. 살의에 가까운 독기를 뿜어내는 것 같다.

진의 눈썹이 치켜 올라간다.

그랬다. 진은 타국으로 떠나던 봄, 비행기를 타기 전날 집에 들렀었다. 열쇠로 열고 들어선 집 안에는 푸나무들이 제멋대로 자라고 온통 어질러진 채, 악취가 진동했다. 명화는 대청에 쓰러진 채 잠들어 있었다. 주변에는 술병들이 나뒹굴었다. 그러나 악취의 진원지는 정례였다. 정례는 해골처럼 말라 입도 다물어지지 않고 감은 눈도 떠들썩한 채였다. 팔에 늘 꽂혀 있던 링거액 바늘도 빠져 있었다. 엉덩이에 똥이 뭉개진 채 말라붙어 가는 중이었다. 언제부터 그렇게 방치되어 있었는지 짐작조차 어려웠다.

진은 정례의 코에 귀를 대 보았다. 생명의 기척이라기에는 너무나 옅고 거친 숨결이 느껴질 뿐이었다. 이대로라면 몇 시간 견디지도 못할 것 같았다. 조금만 더 방치해 두면 여든이 넘은 정례는 스스로 절명할 것 같았다. 진은 명화를 돌아보았다. 깨어날까 봐 두려웠다. 진은 명화가 깨어나기 전에 정례의 목이라도 조르고 싶었다. 아, 조금만 조금만 더 자. 부디 명화가 그 전에 깨어나지 않기만을 바랐다. 진은 소리 없이 집을 빠져나왔다.

그런데, 어쩌면 정례의 영혼이 저 나무들을 사주해서 명화를 병들게 했을지 모른다는 생각이 하얗게 진의 머리를 덮는다. 나뭇잎들이 소리 없이 웃는 것 같다. 스사사사사 웃음소리가 거짓말같이 새파란 하늘까지 퍼진다. 하늘이 빙글거리며 돌아간다. 진은 미친 듯이 광으로 뛰어 들어가 도끼를 잡는다. 자신이 명화를 죄책감에 빠져 죽게 한 것도 실은 나무들의 종용 탓이었을지 모른다. 진은 힘껏 도끼를 휘둘러 나무들을 마구 찍는다. 겨우 열한 살 때 얼굴이 빨개지도록 용을 써, 층층나무를 넘어뜨리고 달아났던 것처럼.

헐거운 자루에서 빠진 날카로운 도끼날이 나무둥치에 튕겨져 진에게로 날아온다.

그레텔은 다시 그 숲에 갔을까

나무를 베러 온 사람들은 얼굴이 검은 이방인들이다. 중국계와 남방계 같다.

「이렇게 오래된 나무들은 아무도 안 건드리려고 해요.」

십장이 슬며시 웃으며 변명 같은 소리를 한다. 그가 나무둥치에 막걸리 한 병을 쏟아 붓고 절을 하고 나서 자리를 피하자 나무의 영 따위를 믿지 않는, 아니 동티가 나 봤자 더 나빠질 것도 없는 이방의 바닥 인생들이 나무에 용감하게 전기톱을 들이댄다. 집 전체에 전기톱의 소음과 나뭇진과 풀잎 내가 진동한다. 나무들은 무생물처럼 아무 저항 없이 물리적인 힘 앞에 복종하고 있다. 이거 봐요, 우리는 순진한 존재들이에요. 우리는 아무 힘이 없어요. 진은 고개를 돌린다. 나무들이 다 잘리고 뿌리까지 뽑힌 뜰은 갈아엎어져 시멘트로 하얗게 덮인다.

타국의 여관에서, 집이 팔렸다는 소식을 전화로 듣는 동안, 진은 눈앞의 바다가 너무 넓다는 생각을 하고 있었다. 머리가 텅 비어버리는 느낌이다. 어디선가 비릿하고 쓴 냄새가 풍겨 온다. 뜰에 녹색이 찬란하였던 시절이 앙가슴을 억세게 누르며 눈앞으로 휘몰아쳐 온다.

진은 여행 가방을 챙겨 든다. 자신이 밀폐시켜 버린 마당에도 무슨 싹인가가 돋아나 있을까. 시멘트가 덜 발라진 뜰 귀퉁이 한 점

시멘트 조각이 들썽거리는 것 같아 치워 보았더니 콩 싹이 올라오고 있더라는 믿기지 않는 장면을 보여 주던 식물 예찬론자의 사진이 떠오른다. 육교 아래 마당에도 이름 모를 싹이 햇빛에 드러나는 순간이 있을지 모르겠다. 우주 전체가 그 생명의 저의에 고요하겠지.

세상 도처에는 이미 육교 아래 어두운 나무 집에 대한 기억을 유전자로 물려받은 식물의 씨앗들이 멀리멀리 퍼져 있을 것이다. 언젠가 그들을 다시 만나기도 하겠지. 그들의 거름이 되는 날이 오더라도 어쨌건 살아 볼 것이다.

되도록 멀리 갈 생각이다.

저 까마귀 떼

1

드디어, 실버들 빛 강이 펼쳐졌다. 마치 바다 같았다. 대기는 푸르고 축축했다. 차는 강 둘레에 늘어선 건물 앞에서 멈추었다. 매표소와 선착장이 있을 법한 건물이었다. 차 문을 열자 차가운 바람이 부우 옷깃을 날렸다. 배는 8시 반 출항이었다. 5분이 남아 있었다. 눈앞의 건물에서 표를 산 후 커피 한 잔만 빼들면 승선 준비는 완료였다. 5분이면 약간의 여유가 있었다. 느긋한 걸음으로 건물 안으로 들어갔다. 한데 그 안에는 간이식당과 휴게실만 있을 뿐 매표소는 없었다. 좀 뜻밖이었지만 반사적으로 걸음을 옆 건물 쪽으로 옮겼다. 허나 입구에 들어서기도 전에 그곳 역시 단순한 매점뿐이란 걸 알았다. 아주 엷으나마 당황스러웠다. 강 입구가 어디일까, 휘 둘러보았다. 선착장이나 매표소라고 써 붙인 곳은 눈에 띄지 않았다. 화살표 그어진 안내판 하나도 없었다. 강가에 와서 배 못 탈까 봐 안달이냐는 강 마을 사람들의 느긋함일 것이었다. 아마도 선착장은 너무 뻔한 곳에 있는 모양이었다. 너무 뻔한 것은 오히려 찾기 어렵다.

남들은 다 본능적으로 찾아가는 곳을 혼자 못 찾아서 쩔쩔매는 나를 마을 전체가 숨죽이며 살피고 있는 듯, 강가는 고요하기만 했다. 왜 그렇게 조급해하느냐고 스스로를 슬쩍 질책했다. 하지만 재각대는 시곗바늘에 머리칼이 걸린 듯한 느낌은 어쩔 수 없었다.

미리에 들어가는 배는 하루에 두 번 있었다. 아침 배를 놓치면 해거름에나 배를 탈 수 있었다. 마을에는 저물녘에 닿을 것이다. 어둠 속에서 낯선 집을 찾는 것도 쉽지 않지만 저녁 수저 놓기 무섭게 잠드는 사람들을 깨운다면 좀 수상쩍게 보이고 말 것이었다. 수선스런 등장은 피하고 싶었다. 그저 물처럼 스며들어 고여 있고 싶었다.

시에 도착한 것은 전날 오후였다. 첫사랑의 연인끼리 들르는 서울 근교의 관광단지다. 서울로 돌아가기에는 얼핏 멀게도 느껴지지만 돌아가자고 마음먹으면 분명히 돌아갈 수 있는 거리에 도시는 있다. 사랑을 확인하고 싶을 때 택할 만한 여행지로서는 최적의 거리랄까. 오랜만에 들른 도시는, 화장 안 한 여자의 얼굴 같은 촌스럽지만 청순하고 투명한 느낌이 많이 사라져 있었다. 입춘이 멀지 않았지만 날씨는 아직도 영하였다. 그러나 햇살만큼은 명치가 아플 정도로 날카롭고 밝았다. 물색 바랜 바지와 검정 슈트의 희끗

거리는 잡티가 추레하게 드러났다. 지루한 오후였다. 결혼을 하려면 아직 시간이 너무 많이 남아 있으므로 분명 헤어지고 말 여자와 남자가 쌍쌍이 놀러 오는 관광단지 특유의 고무풍선 같은 분위기, 파스텔 색조가 탁하고 숨이 막혔다. 21세기에도 여자와 남자가 불편하고 어색하게 손끝을 잡은 채 걸으며 무슨 색깔을 좋아하세요? 따위를 묻는다는 게 신기하다. 인간의 진화가 그토록 느리다는 것이 인류 존속의 비밀인지는 모르겠다. 어쨌건 아침 배를 놓치면 다시 그들 틈에 섞여야 했다. 생각만으로도 신발이 콜타르에 붙어 버린 듯했다.

길에는 아무도 없었다. 무작정 언덕을 걸어 내려갔다. 아래쪽에 푸른 옷을 입은 작은 체구의 남자가 길을 쓸고 있는 것이 보였다. 배 어디서 타요? 나는 그를 향해 소리를 날렸다. 남자의 얼굴이 쳐들어졌다. 내 말이 잘 안 들리는지 그의 얼굴이 찡그려졌다. 그가 무어라고 높은 소리로 말했다. 나 역시 그의 말이 들리지 않았다. 그러나 묻고 대답할 내용이란 뻔했다. 내 말이 어떻게 들렸건 그는 선착장을 알려 주었을 것이다. 나도 그의 찡그린 얼굴 주름만으로 말을 알아들었다. 이미 저만치 아래에, 강으로 꼬리처럼 빠진 길 끝 위로 회색 건물이 보였기 때문이다. 언뜻 등대나 혹은 수용 시설 입구처럼 보이기도 하는 껌수레한 시멘트 덩어리는 누가 뭐래도 선착장일 수밖에 없었다. 꽤 멀었으므로 내리막길을 달려 내려갔다. 선착장에는 배들이 예닐곱 척 모여 있었다. 움직임이 없어서인지 배들은 잠든 물고기 떼처럼 보였다.

길 중간쯤을 내려갈 무렵이었다. 배 한 척이 을밋거리는가 싶더니 서서히 물을 밀고 나아가기 시작했다. 지금 떠나는 배라면 미리에 가는 배일 것이었다. 시계를 쳐다보았다. 아직 1분이 남아 있었다. 얼마든지 생길 수 있는 오차였다. 눈앞에서 기다리던 배를 그저 놓치고 말다니 황당하고 바보 된 기분이었다. 소용이 있을지 알수 없었지만, 잠깐만요, 나는 마구 뛰어가며 소리쳤다. 그러나 내 목소리는 너른 강변 대기 속에 가늘고 흐릿하게 흩어져 버렸다. 배는 내 음성을 듣지도 나의 팔짓을 보지도 못하는 것이 분명했다. 고요한 수면 위를 무심히 밀고 갈 뿐이었다.

뭔가 잘못된 꿈을 꾸는 것 같았다. 순식간에 벌어진 상황이 믿어지지 않았다. 그대로 돌아선다는 것이 허망하기도 하고 창피스럽기도 했다. 관성적으로 마저 길을 달렸다. 시멘트 건물 안에 역시 매표소와 선착장이 있었다. 안으로 뛰어들었다. 바닥에 깔린 철판이 징징 울렸다. 다른 배 하나가 갑판을 열어 놓고 있었다.

「아저씨 저거 미리 가는 배죠?」

바지를 경중 당겨 올려 입은 남자에게 멀어지는 배를 가리키며 물었다. 남아 있는 1분을 무시하고 배가 떠난 것을 누구에게라도 따져 묻고 싶었다.

내 다급한 빛이 당황스러웠는지 잠이 덜 깬 것 같던 남자의 눈, 코, 입이 경황없이 깨었다.

「아니, 미리는 이 배가 가는데?」

나는 어눌한 그를 믿을 수가 없었다.

「저 배 아니구요? 8시 반에 떠나는 첫 배 저거 아니에요? 아직 시간이 되지도 않았는데 가버리는 배도 있어요? 그럼 저건 어디 가는 배예요?」

남자 눈이 뿌예지는 것 같았다. 너무 어렵고 복잡한 걸 묻는다는 얼굴이었다.

「거기가 다 거긴데, 그래두 아무튼 미리는 이 배가 가요.」

나는 그의 말이 끝나기 무섭게 배에 뛰어올랐다. 표를 먼저 사야 하는 절차 따위는 중요하지 않았다. 그제야, 너무 암담한 일이 실제로 일어나기란 확률상 무척 힘들다는 생각이 들었다. 조금 달린 때문인지 폐 속으로 신선하고 차가운 산소가 흠씬 들어찬 것 같았다. 나를 숨차게 한 짧은 착각에 몸이 새롭게 깨어났다.

강을 건너는 사람은 거의 없었다. 배의 정원은 72명이었지만 선실에는 다섯 사람이 있을 뿐 텅 빈 채였다. 드문드문 앉은 사람들은 앉은 채 졸거나 어디 땅금이 얼마라는 등 하는 말을 주고받았다. 나는 바로 앞의 자리에 앉았다. 옆 사람과 허벅지가 닿을 만큼 가까이 앉게 되었다. 앞으로 마주칠 일이 많을 텐데 처음부터 살찬 인상을 주고 싶지는 않아서 빈자리로 일부러 찾아가지 않은 것이었다. 그러나 바로 옆에 앉았음에도 그들의 말은 또렷하게 들리지 않았다. 엄청난 엔진 소리 때문이었다. 사람이 없어서 허옇게 드러난 선실 창밖으로 연둣빛 강물과 안개가 가득했다. 안개 사이로 금 귤 색 햇살이 물살처럼 퍼졌다. 일출 후 한 시간이 지났지만 유난한 안개 때문에 강은 이제야 아침을 맞고 있었다. 갑판으로 나갔다. 배가 밀려가면 안개는 마지못한 듯 길을 조금 내주고는 다시 몰려들었다. 습기가 옷섶을 적실 듯했다. 비현실 속으로 들어온 기분이었다.

배가 나아갈 때마다 한 겹씩 펼쳐지는 산과 강에서 나는 되도록 일탈적인 느낌, 전설 같은 기분을 느껴 보려고 몰두했다. 선실 사람들은 엎드려 잠을 청했다. 만날 보아 온 고요한 강, 뿌연 안개, 귀청을 때리는 엔진 음, 무엇 하나 그들의 관심을 끌 만하지 못한 모양이었다. 한 시간 넘도록 비슷한 풍경을 보자 솔직히 나도, 한자리를 맴도는 기분이었다.

뿌연 풍광과 아침의 나른함에 어지간히 지쳐 있을 때 배가 강 둔덕에 닿았다. 한 시간 반이 지나 있었다. 둔덕에는 작은 가방을 옆구리에 낀 초로의 남자가 서 있다가 배가 닿자 달랑 올라섰다. 그와 어깨를 스치듯 하며 내가 배에서 내리자마자 배는 이내 강심을 향해 밀려갔다. 혹시 언덕을 허겁지겁 내려올 사람이 있을까 기다리는 기색 같은 건 전혀 없었다. 작고 궁벽한 마을의 선착장이라고는 해도 황량하기 이를 데 없었다. 햇볕을 가릴 검정 우산이나 낡은 철제 의자는 고사하고 선착장이라는 표지판이나, 쉬운 대로 꽂아 둘 수 있는 붉은 깃대 하나 보이지 않았다. 그저 흙 알갱이 부서지는 강가의 한 기슭에 누가 나와 선 곳이 선착장인 모양이었다.

풍차가 돌고 네온이 벅적대고 도시 사람들이 몰려와 밀월의 축제를 벌이는 이름 높은 관광 도시 건너편에 마치 잊혀진 곳처럼 쓸쓸한 땅이 있다는 것은 믿기 어려웠다. 그나마 배가 아니라면 그곳은 그냥 땅에서 떨어져 나가 안개에 묻힌 채 맑은 날에나 자취가 헤아려질 곳인지 몰랐다. 온몸으로 관계의 전파가 뚫고 지나는 듯한 인간계 너머의 피안 같다고나 할까. 턱밑의 어둠처럼 문명 세계 안의 오지라는 것이 내가 그곳을 택한 이유이기도 했다. 방 안의 병풍 그림이나 거울 속으로 사라져 버리듯, 가장 감쪽같은 도피의 길은 그토록 가까웠다.

배가 안개 속으로 아련히 멀어질 때 머릿속에 낮고 조용한 울림이 일었다.

드디어, 갇혔다.

당분간 그곳에서 나올 수 있는 방법은 자살밖에 없었다. 그러면 타의에 의해 내 시신이라도 그곳에서 나오게 될지 몰랐다.

올려다 보이는 산언덕에는 길도, 사람도 보이지 않았다. 돌들이 삐죽 솟고 더러 구르기도 하는 너덜겅이었다. 오르자니 저절로 허리가 굽었다. 굴착기가 형질을 조금 변형시켜 놓은 황폐한 땅이 눈에 붉게 들어찼다. 내가 나를 유배시킨 곳, 나를 방관할 곳, 미리의 흙이었다.

2

「그래? 난 또 아부지나 어머니 고향이라도 된다고.」

그곳의 산과 강이 좋아서 왔다는 내 말에 노인들은 놀랐다. 그중 몇은 길을 오가다 인사도 건네고 몇 마디 말도 주고받은 사이였다. 나에 대해 참았던 궁금증이 물처럼 내 자리로 고여 들었다.

「판사 공부 허시나?」

나는 그냥 웃었다.

「뭔 큰 공부를 허시는가 보네.」

나는 공부라는 표현이 민망해서 둘러쳤다.

「그냥 책이나 보는 겁니다.」

그러나 지금은 웃는 낯이어도 내 뒤통수가 보일 무렵에는 뭐라고 쑥덕거릴지 알 수 없었다. 좀 성의 있게 대답해야겠다 싶었다.

「공기 좋은 데서 머리 쉼 좀 하려고 왔어요.」

방이라야 딱 장롱만 해서 대여섯 명이 모여 앉으니 무릎이 닿을 지경이었다. 문이 열린 윗방에는 아주머니네들이 있는 모양이었다. 방문에 사람 그림자가 나이 먹은 여자들의 퉁스럽고 낮은 저음에 따라 흔들렸다.

자신을 이장이라고 소개한 노인이 무릎을 탁 쳤다.

「아무튼 장소는 잘 택했네. 여기가 천자가 나온 명당자리여. 천자도 우리나라 천자가 아니구 중국 천자여.」

삶은 달걀에서 닭이 홰를 치고 나온 명당자리가 있단다. 한 머슴이 스님들 말을 엿듣고 아비를 묻었더니 그의 아들이 천자가 되더라는 이야기였다. 한천자만 우리나라 태생인가. 주천자를 배출했다고 믿는 고을도 있다. 고을마다 큰 인물을 낸 명당이 한두 군데가 아니지만 한천자를 낸 명당을 품고 있다는 것, 그것이 마을의 유일한 자랑인가 보았다.

부엌 쪽에서 멸치 국물 냄새가 구수하게 퍼져 왔다.

「그게 문헌에도 나와 있나요?」

나는 과학과 근거를 중시하는 이성적인 사람답게 물었다.

「내가 일전에 중국 대사관에다가 물어는 봤거든. 그런데 중국에는 그런 기록은 없대.」

천자의 고향 정도는 당연히 대사관에서 알 것으로 생각한 노인이 시외 전화를 했던 모양이다. 순진함이 놀라울 정도였다.

「중국의 천자를 낳은 땅이라면 대단하게 성역화할 법도 했을 텐데요? 자기들 고향에 한 번 다녀가지도 않았대요?」

내 딴에는 신빙할 거리를 찾느라고 더 캐물었다. 그러나 왠지 비아냥대는 소리로 비칠까 봐 조심스러웠다.

「글쎄.」

노인들은 입맛을 쩍쩍 다셨다.

머리털이 병아리 털처럼 노란 노인이 몸을 좌우로 흔들며 말했다.

「한번 다녀는 갔다는 거 같지. 그런데 그 묏자리를 못 찾았대여.」

「그래, 그 자리가 여간 눈으론 안 뵈거던.」

중국에서 온 사신들을 마치 만나 본 것 같은 투였으므로 나는 다시 묻지 않을 수 없었다.

「언제 다녀갔는데요?」

「한 5백 년 됐다든가.」

그 묏자리의 석곽 같은 바위에는 사람의 유해를 누임 직한 홈이 패어 있다는데, 마을에 재앙이 닥칠 때면 흙에 쓸려 덮여 있는 그곳부터 파 본다고 했다. 그러면 틀림없이 누군가가 그곳에 도둑 시신을 모셔 놨다는 것이었다. 어느 마을이고 명산에는 묘를 못 쓰게 되어 있다. 가뭄이 들면 마을 사람들은 동네 명산에 떼 지어 올라 혹시 무덤들이 있나 파헤쳐 본다. 그러다 유골이 발견되면 사람들이 그걸 던져 버려도, 조상의 동그란 해골을 보듬고 갈 뿐 누구도 항의를 못한다는 이야기도 들은 바 있었다. 계급은 무덤 자리에도 있는 것이다.

「최근에도 그런 일이 있었나요?」

「그럼. 온 마을에 가뭄이 하도 심해서 거 산에 올라가 파 봤지. 그런데 누가 지 아버지 머리만 갖다 묻었더라고.」

조상 묻고 금시발복했다니까 누가 간혹 그러기도 하는 모양이었다. 사업 부도난 남자가 소주병처럼 들고 온 봉지를 부스럭거려 안에서 유골 하나를 꺼내 몰래 묻는 광경이 그려졌다.

「그게 언제에요?」

「한 30년 전이지, 아마?」

시간의 개념이 나와는 다른 사람들이었다.

　미리는 행정 지명으로 따지자면 강원도에 속했지만 경기도 접경 지역이었고 충청북도도 멀지 않았다. 그 때문인지 마을 사람들의 말투도 독특했다. 어느 지역 말인지 알 수 없는 순한 촌말인가 싶으면 강원도만의 구수한 억양도 들리고 충청도가 멀지 않아 그쪽에서 시집왔다는 아주머니들은 충청도 사투리에 가까운 말투를 쓰기도 했다. 아무 곳도 아니면서 어느 곳이나 될 수 있는 곳, 그곳에 나는 아무 연고도 없었다. 내가 그곳에 있다는 것을 아는 사람조차 없었다.

　깊은 산중 마을이었다. 찻길까지 가자면 깨진 돌이 구르고 유난히 휘어진 굽이굽이 산길을 한 시간 여 달려야 닿을 수 있었다. 지프가 아니면 엄두도 못 낼 길이어서 차 없는 사람들에게는 길도 아니었다. 찻길이 시작되는 곳에 옆 마을이 있었다. 그곳만 해도 제법 집들이 붙어 앉아 있고 도로도 포장되어 있는 개명 세상이었다. 지금은 폐교되어 회당으로 쓰이고 있지만 초등학교 건물도 있고 교회도 있다.

　내가 들어간 마을에도 교회가 들어선 적이 있기는 했다. 그러나 마을의 위치는 무당들이 산 기도를 올릴 만큼 영기가 어려 뵈는 깊은 산속이었다. 마을 사람들은 산신의 존재를 믿었다. 십수 년 전, 교회 하나가 들어섰다가 일주일 만에 쫓겨났을 정도다. 이유는 마을 사람들이 교인들을 간첩이라고 신고했기 때문이다. 산에 올라가 하나님 아버지를 찾으며 울부짖는 통성 기도 소리가 마을 사람들 귀에 닿을 때는 김일성 아버지로 둔갑을 했다고 한다. 피난 짐을 싸고 군대 2개 연대가 출동하고 경찰에 예비군까지 총동원되는 난리가 났었다. 마을 사람들은 그것이 다 산신의 조화라고 믿었다.

「그런 일은 과학으로 으떻게 설명들을 하실래나.」

마을 노인은 의기양양하게 물었다.

교통이 나쁜 만큼 마을에는 오지다운 웃자란 자연의 힘 같은 것이 있었다. 그러나 사건이 터지던 당시는 울진 삼척 공비 침투 사건으로 군경 전체가 비상에 걸려 있을 때였다. 당시는 산에서 아버지를 외치면 김일성 아바이 동무를 외치는 것으로 오해받을 수도 있었을 것이다.

나는 마을 이장댁의 별채를 얻었다. 말이 별채지 전혀 다른 집이었다. 미리 전화로 이야기를 끝냈으므로 방에 드는 절차는 간단했다. 작은 창으로 강이 내려다보이는 조용한 집이었다.

나는 진종일 문지방에 기댄 채 책을 보며 시간을 보냈다. 그러다 강에 앉아 안개 구경이나 하거나 산길을 휘휘 쏘다녔다. 겨울에는 아무 일도 없는 곳이었다. 낚시를 해서 시내 횟집에 갖다 주는 일 말고는 달리 일이 없었다. 그것도 누구나 다 하는 것은 아니었기 때문에 마을 사람들은 밤마다 국수 내기 화투판에 모여 앉았다.

희로애락 없이 삶의 기억만 있을 것 같은 곳, 아침이면 높직한 앞

마당 아래로 펼쳐진 들판이 보이는 곳, 설설 끓는 물을 대야에 담아 찬물을 섞으면 확 일어서는 김 사이로 푸르디푸르게 열리는 하늘, 대야에 잠긴 채 고요히 떠가는 구름, 모든 것이 태곳적 고요를 간직하고 있었다. 검게 오그라든 심장에 붉은 새살이 조금씩 돋는 기분이었다.

그러나 작은 시골 마을이란 혼자 있고 싶어도 그럴 수가 없는 곳이다. 그리하여 나는 책장을 덮고 마을 사람들이 저녁마다 모이는 동네 사랑으로 찾아갔던 것이다.

국수를 나누어 담느라 김이 방 안에까지 퍼질 때였다. 방문이 덜컹 열렸다.

「여개들 또 모여 있구만.」

눈발 같은 머리를 곱게 빗은 노파였다. 어서 오시라며 사람들이 아랫목을 내주었다. 같은 노인들이라도 노파는 한 세대쯤 위로 보였다. 자리를 비워 놨는데도 그는 아래로 내려앉지 않고 문간에 그대로 쪼그리고 앉았다. 귀찮게 여기까지 왔다는 듯이 얼굴을 마른 손으로 벅벅 문지르며 말했다.

「창호지 좀 있나 해서 영길네 갔더니 아무도 없길래 일루 왔어.」

「창호지는 뭐 허시게요?」

「바람이 시서 그런지 찢어졌어. 밤바람에 당최 머릿골이 시려. 있으면 좀 내.」

「아이고 아주머니 호랭이가 와서 문 긁고 간 거 아이라? 널 와서
잡아먹을라고?」

강원도 억양이 유난한 꽃무늬 몸뻬 차림의 여자가 말했다.

「쭈글쭈글한 살거죽을 무신 맛에! 여기 포동포동한 젊은것들 많
은데.」

영감들이 클클클 웃었다.

「호랭이한테 안 들키게 이 갖다 얼른 바르셔여.」

꽃무늬 몸뻬가 누런 창호지 한 장을 내왔다.

「호랭이가 날 잡아갈 거면 벌써 잡아갔지. 혼자 사는 늙은이 살
찌기 기다렸나?」

「맞네. 벌써 잡아갔지.」

한 영감이 무릎을 치며 웃었다. 다른 입들도 소리 없이 벌어졌
다. 소리 내어 웃는 영감의 다리를 누군가가 툭 쳤다.

노파는 아랑곳 않고 말을 이었다.

「호랭이 눈에는 창호지가 안 뵈거던. 그래 방 안에 있는 사람도
유리쪽 대고 보는 것처럼 훤히 뵌대. 오늘은 저걸 잡아먹으야겠
다, 미리 고른다누면.」

「하이쿠야, 별걸 다 아시네요?」

「호랭이 맘 정도야 알고 살지.」

꽃무늬 몸뻬가 좌중을 향해 눈을 실긋해 보였다.

노파는 금방 가야 한다면서도 얼른 일어서지 않았다. 마지못해

하듯 국수를 건져 올리다 불쑥 나를 쳐다보았다.

「여긴 누구신가?」

「아, 국수 다 잡숫고 물으시네. 오늘 물주래요. 이장님 별채에 든 손님이에요.」

나는 국수를 걷어 올리다 말고 수인사를 했다.

「음, 어쩐지 새물내가 난다 했어.」

노파의 시선이 내 얼굴에 잠깐 머물렀다. 주름 속에 감춰진 눈빛이 노회해 보였다.

노파는 사람들 이야깃거리가 떨어져 텔레비전만 멀뚱히 바라보도록 금방 폴짝 뛰어오르기라도 할 사람처럼 옹송그리고 앉아 있었다. 그러다 끝내는 꼬박꼬박 졸기까지 했다. 사람들이 자리를 털고 일어서면서 노파를 흔들어 깨웠다.

「낼 저녁도 심심허시거든 건너오세요.」

이장댁 말에 노파가 손사래를 쳤다.

「아이 심심헐 새가 있나. 아들네 온다는데.」

「언제요? 낼요?」

「낼일지 모렐지는 몰라두 불원간 온다는데.」

「이번에 내려오면 인제 함께 가시는 거래요? 아주마니 좋으시겠네.」

노파는 아무 대답도 없었다. 토방에 발을 내리려다 말고 노파가 참, 하고 돌아섰다.

「내 이제 생각났다. 상석이 아버지, 입 조심허시게나. 꿈에 안 좋은 기 비더라. 사람이 입만 무거워도 액이 반은 준다.」

상석이 아버지로 불린 노인의 검붉은 얼굴빛이 더 짙어지는 듯했다. 두 눈은 다른 사람들을 쳐다보며 입으로만 예, 하고 대답하는데 표정이 떨떠름하다 못해 볼 살까지 실룩거리는 듯했다.

시커먼 것이 몸을 스쳐 가기에 보니까 꼭 곰처럼 생긴 커다란 개였다. 개 세 마리와 길을 같이 걸었다. 어둠은 팥죽처럼 짙었다. 하늘을 올려다보니 와르르 쏟아져 나온 별이 하나쯤 눈으로 차갑게 떨어져 박힐 듯했다. 노파를 집까지 모셔다 드려야 할 것 같았다. 이 골에 산 지 80년도 넘었다고 사양하면서도 노파는 굳이 마다하지는 않았다. 나중에는, 백 년을 살았어도 늙으니까 밤눈이 어둑해, 내 팔을 잡으며 앓는 소리를 하기도 했다.

「밤에는 아무 디도 못 가. 여기 호랭이 없다는 말 난 못해. 해마동 발자국 봤다는 사람들 있어. 멧돼지 같은 산짐승 내려오는 건 예사라.」

밤에 돼지고기를 들고 다니면 도깨비가 달라붙는다거나 개고기를 먹고 산에 오르면 산신이 노해서 발모가지를 삐게 한다는 미신들을 믿고 사는 사람들이었다. 이곳은 아직 19세기 태양이 저물지 않았다.

「호랑이 발자국인지 어떻게 아세요?」

「호랭이 발자국은 달러. 국화꽃처럼 생겼는데 다른 짐승덜은 이렇게 네 발로 걷잖애. 근데 호랭이는 일자로 곧게 걷는다. 꼭 외발로 걸어간 것 같어. 발자국도 이만큼씩 하다.」

나는 시익 웃었다. 어둠 속에서 내 잇몸 벌어지는 소리가 들렸던가, 정색한 음성이 들렸다.

「안 믿어도 돼. 하여간 나는 소리도 듣고 사니까. 나뿐이 아니라, 여게 사람들은 다 몇 번씩 호랭이 소리 듣고 살어. 산 기도허는 이덜은 기도헐 적에 호랭이가 옆에 와서 처억 누워 갖고는 쉬고 간다는데? 호랭이가 이렇게 기지개 쓰면 왜 손톱자국이 파이잖애. 그런 자리가 큼지막허니들 난대. 밤에 이만침 떨어져서 하나씩 확하니 빛나는 게 뭘 것 겉어. 호랑이 눈이지.」

「부엉이일 수도 있잖아요.」

「부엉이? 그건 내가 잡아도 본 거다. 병이 든 거였는지 하루는 방문을 여는데 뭐가 식,커먼 것이 화다닥 뛰어 들어와. 얼떨결에 끌어안고 보니까 몸통이 이리 한 아름은 되게 크다만 해.」

「무섭지 않으셨어요?」

「놀랬지 뭐. 쫓아도 안 나가. 병든 거 같애서 그냥 뒀는데 하루는 밖에 나갔다 와보니 없데. 무슨 손님이신가, 조상이신가 지금도 그래 생각해. 부엉이랑 한방에서 살아 본 사람은 나밖에 없을 거구면.」

서울 촌닭이라고 나를 놀리는 것 같았다. 산짐승보다 나는 막상 방문 밖에서부터 시작되는 어둠에 먼저 주눅이 들었다. 도둑 없다고 마을 사람들은 문도 잠그지 않고 잠들었지만 내게는 아직 이런 칠흑의 어둠 자체가 낯설었다. 그리고 작은 기척에도 하늘을 찢을 듯 짖어 대는 어둠 속의 개들.

노파의 집은 내 집에서도 한참을 지나 선착장 내려가는 길에서 쑤욱 들어선 안쪽 길가에 집을 한 채 지나고 나자 나타났다. 노파의 옆집도 깜깜하게 불이 꺼져 있었다. 사람이 자꾸 줄어든다는 동네였다.

「저 집에 사람이 살 때는 그래도 가끔 인기척도 건너왔는데 텅 빈 연후로는 동네에 혼자 남은 거 같아. 절간 풍경처럼 바램이나 불면 소리를 낼까, 말 한 자락 못하고 살지.」

노파는 타령조로 읊고는 야트막한 울 새로 난 대문을 밀고 들어갔다.

「고마워. 늙으만 다리가 아퍼서 마실도 못 다녀. 화투 패들한테만 가지 말구 이 늙은이에게도 좀 오시구랴.」

나는 웃음으로 대답을 대신했다. 아무 뜻도 없는 대답이었다.

노파의 집에서 돌아오는 길은 너무 어두웠다. 등살이 조여드는 것은 어쩔 수 없었다. 어둠 속에 강도라도 있단 말인가. 아니면 귀신이나 혹은 나를 해칠 호랑이나 멧돼지 같은 짐승? 내 이성은 그런 것을 두려워하지는 않았다. 두렵다면 그 전부를 합한 가능성이었다.

그러나 인생에서 일어날 수 있는 재앙이나 불운이라면 알 만큼
은 알았다. 아쉽다면 오히려 행복이나 행운, 감동 같은 긍정의 경
험이었다. 그럼에도, 내가 알고 경험할 수 있는 일이란 인류 탄생
이래 반복된 익숙한 고통과 찰나의 기쁨 정도를 벗어나지 않는다
는 한계 역시도 이미 깨달은 터였다. 언제 어디서든지 두려워하는
일의 종장은 값없이, 불쑥 개처럼 죽는 거밖에 더 있겠느냐는 쓰디
쓴 배짱이 배 속에 차 있었다.

밝은 날 보니 노파의 집은 내가 그 마을에 처음 들 때 인상 깊게
보았던 집이었다. 파란색 나무 문과 강 쪽으로 대청의 분합문을 낸
집이었다. 길에서는 안쪽으로 다시 더 들어가야 했지만 선착장에
서 올라오다 보면 노파의 집은 정면으로 마주 보였다. 게다가 노파
의 집이 등을 댄 언덕 위로는 내 집의 지붕이 희붐하니 보였다. 언
덕의 위아래라는 것만 빼면 노파의 집과 내 집은 앞뒷집 사이였다.
일부러 뒤란으로 가 울타리를 넘어 내려다보니 과연 노파네 집의
뒤란이 내려다보였다.

3

며칠 뒤였다. 방 안에만 있자니 좀이 쑤셔 오랜만에 산책을 하는
데 마을 길을 돌아나가자 이장댁과 꽃무늬 몸뻬가 있다가 나를 돌
아보았다. 햇빛에 무척이나 겉늙은 오십 줄의 여인들이었지만 마
당에 반사된 햇살로 얼굴이 환했다. 아마도 나를 보고 웃는 때문에

더 밝아 보였는지도 모른다.

「공기 좋은 디 와서 뭐 헌다고 문 콕 닫고 들어앉아만 계세요.」

이장댁 아주머니가 웃음으로 말끝을 얼버무리더니 다시 이었다.

「놀러두 댕기고 그러셔야지.」

꽃무늬 몸뻬도 거들었다.

「오랜만에 젊은이가 오이 마을이 다 환해지는 것 같다구 영감들

좋아하던데 사랑에도 좀 건너오고 허세요. 이야기도 재미나게

하시더만.」

「그러세요. 저녁밥 저희 집에서 자셔두 되는데.」

나는 속으로 이마를 쳤다. 내가 무슨 이야기를 주절거렸던가. 나

야말로 그네들의 황당무계한 순진함에 감격하면서 전설 속을 취해

다니지 않았나. 이야기를 듣기만 하는 것이 좀 겸연쩍어 뭐라고 훈

수를 둔 것인지는 모르지만, 나의 잡다하고 하등 득이 될 것이 없

는 시속의 이야기가 촌로들이 듣기에는 신선했던 모양이었다. 묵

언 수행하는 심정으로 떠나와서는 아직도 짓떠드는 버릇을 못 버

렸던가. 나는 입이 뚫려 있다는 사실이 자괴스러웠다.

나는 강가로 나가 오래도록 앉아 있었다. 강 건너 언덕에 뻘건

잠바가 왔다 갔다 하는 것이 보였다. 강 언덕에 텐트를 치고 고기

잡이를 하는 사람인가 보았다. 아직은 바람이 찰 텐데 이마를 뒤집

을 듯한 바람을 맞으며 혼자 밋밋한 언덕에서 먹고 자며 고기를 잡

는 사람들이 있었다. 겨울바람만 불기 시작하면 이리 들어와 지낸

216

다고들 했다. 그중 한 남자는 20년째라던가. 조용한 하루였다.

다음다음 날 저녁때였다. 이장네 사랑에 가보아야 할 것 같았다. 마을 사람들과 어느 정도의 거리를 유지해야 할는지, 나와 저들 간에도 강 안개 같은 것이 서려 준다면 얼마나 요긴하랴, 하는 생각을 하면서 나는 느릿느릿 노인들의 사랑으로 건너가고 있었다. 노인들의 경험담에서 사는 데 도움이 되는 지혜도 건질 수 있으려니 하는 기대도 없지 않았다. 개인의 체험은 때로 철두철미한 편견을 낳음에도 살아가는 일에 용기가 부족한 것은 대개 경험의 적빈 때문이니까.

노인들은 나를 반색하며 맞았다. 나는 그들이 내 이야기를 재미있어 했다는 말이 떠올라 되도록 이야기를 하지 않으려고 했다. 그런데 그들의 긴긴 얘기에 응수를 한답시고 한 나의 아주 짧은 말에도 그들은 재미있어 했다. 어깨를 들까불며 쓰러지는 흥까지 내가며 웃는 것이 아이들 같았다. 신기할 정도였다.

호응이 좋은 것에 내가 들떠 또 무슨 말을 했는지 돌아오는 길에도 얼굴에 열기가 남아 있었다. 허전했다. 조용한 칩거를 원해 놓고 밤마다 노인들 앞에서 웬 연설이냐 싶었다. 사람이 속되어지면 위장부터 통째로 썩는지, 내 입에서 나오는 구취에 말을 하다가도 말문이 막히던 기억에 등이 파이는 기분이었다.

내 방문 앞으로는 물 쏟아진 것만큼 빛이 고여 있었다. 방문을 닫고 나는 접어 두었던 책을 다시 펴들었다. 얼마가 지났을까, 어디서 두런거리는 소리가 들렸다. 말소리의 진원지를 따라가 보았다. 소리는 언덕을 타고 올라오고 있었다. 높은 데일수록 아래에서 하는 이야기가 잘 들린다는 것은 아파트 생활을 통해 얻은 경험이었다. 매끈한 돌 언덕이 노파네의 뒤창 안쪽에서 두런거리는 말소리를 적당히 키워 주는 울림통 역할을 하고 있었다.

어쨌거나, 혼자 사는 노파인 줄 알았는데 우렁우렁하는 말소리에 친근한 사이가 아니면 쉽지 않을 무례함이 느껴졌다. 소리가 높아졌다.

「나가. 어서 못 나가? 저저, 눈깔에서 독기 떨어지는 것 좀 봐!」

이어서 구시렁대는 소리가 가물가물 들리는가 싶더니 이어 무언가가 땅 내려쳐지는 듯한 소리가 났다. 아마 밥상에 숟가락이라도 내동댕이치는 모양이었다. 문소리와 마루 밟는 소리가 연이어 거칠게 들렸다. 아들이 온다더니 아마 그런가 보다 싶었다. 꽤나 기다리던 눈치더니 반가운 분위기만은 아니었다. 어느 집이든 자식이란 대개 삼인칭으로 있을 때만 효자다. 귀를 기울였지만 개만 고르릉댈 뿐 더 이상은 아무 소리도 들리지 않았다.

봄이 먼 숲도 햇살이 드니 아름다웠다. 처연한 폐허의 빛이 고즈넉하게 서려 있었다. 말라 버린 잎사귀들, 구름처럼 쌓인 이파리, 오그라진 잎을 펴 보니 단풍이었다. 잎이 질 새도 없이 바람 한 번 없이 겨울이 내려앉았던 것일까. 잎들의 융단 위에 누워 보았다.

사그락 소리가 났다. 하늘은 하얗게 얼어붙어 있었다. 무료함과 자연을 만끽하고 싶었다. 조급증이 일 정도였다. 일부러 시간을 뭉텅 비우고 나섰으니 이 공허함을 뼈가 시리도록 느껴야 할 것만 같았다. 이 역시도 강박증이라는 건 알았다. 이 마음부터 비워야 할지 모른다는 생각이 들었다. 머릿속은 후회와 부끄러움, 크고 작은 분노 같은, 되작여 봐야 아무 소용도 없는 잡념들로 가득 찼다. 번뇌라는 것이 결국은 살아 온 흔적일 텐데, 머릿속이 복잡한 걸 보면 죄를 짓기도 많이 지은 모양이었다. 나도 만약 조용히 이런 산골에 묻혀 살았다면 저지르는 잘못이라야 농사를 망치고 닭을 얼어 죽게 만드는 정도가 아니었을까. 스적스적 길을 내려왔다.

마음이 스산해서인지 책이 손에 잡히지 않았다. 그럴 때 혼자 있는 공간은 감옥이다. 나는 오랜만에 사랑에 건너갔다. 하지만 모여 앉은 노인들은 다른 날과 왠지 다른 분위기였다. 내게 그저 앉으라고 자리만 내줄 뿐 모두가 텔레비전을 향해 앉아 있었다.

「어이어이 나오네.」

이장의 말에 던지던 화투장을 밀쳐 두고 텔레비전 앞으로 모여 앉았다. 지방 방송은 극장 옆의 치킨 집이라든가 미장원 광고가 나오는 동네 극장처럼 뉴스조차 순박했다. 순박하다 못해 따분하고 무미건조했다. 천국이 이렇지 않을까. 그래서 살아가는 것이나 죽는 것이나 별 차이 없이 느껴지는 경지, 그게 혹시 천국이나 영생 아닐까. 사소한 잡념에 빠져 있을 때, 이장의 말이 다시 들렸다.

「저저, 부녀 회장이네.」

그들이 기다리던 뉴스인 모양이었다. 뉴스는 이 마을의 유일한 대중교통 수단인 배가 운행을 중단한다는 소식이었다. 기름 값도 나오지 않는 적자 운행을 더 이상 유지할 수 없는 선박 업자가 사업을 포기한 것이었다. 이곳은 원래부터 별로 큰 동네는 아니었다. 산이 있고 논밭이 많고 그곳에서 한 50여 호가 살았다. 그러나 댐 건설로 농지를 강물이 집어삼키면서 마을은 섬이 되었다. 댐 건설로 만들어진 내수면의 주민들을 위해서는 한국전력이나 수자원공사에서 마을 사업을 지원한다. 이곳은 수자원공사의 지원을 받고 있는데 한국전력에 비해 공사 측의 지원금 자체도 적은 데다 그것마저 시청을 거쳐 사업 계획에 따라 리 단위로 배분되고 있었다. 여태 그 지원금을 받고 배가 운행될 수 있었던 것은 운송 회사 측이 다른 관광단지의 선박 운영권을 허가받는 조건으로 이곳까지 운항을 떠맡았기 때문이었다. 그러나 외환 위기로 회사의 경영이 어려워지자 회사는 다른 곳에 선박 회사를 팔고 그것이 다시 또 조각나 팔리면서 별 이문이 남지 않는 이쪽의 운영권이 개인 사업자에게 오게 된 것이었다. 종전의 지원금만 가지고는 조타수이자 선장인 사장이 월급 한 푼 안 가져가도 1년에 적자만 5천만 원이라는 주장이었다. 비수기인 겨울에는 낚시꾼 몇과 마을 주민 네댓 명밖에는 손님이 없었다. 게다가 마을 주민마저 점차 줄어들고 있었다.

「저 뒤로 난 산길은 언제 포장이 되나요? 길 닦기 시작한 지 얼마 안 되는 것 같던데요.」

나는 돌덩이가 마구 튀는 산길을 떠올리며 물었다. 그거라도 생기면 그다음엔 차나 한 대씩 마련하고, 그러면 좀 많이 돌더라도 시내 나가는 데는 문제가 없지 않겠는가.

「그 길이 그렇게 있은 지가 지금 가만있어 보자 20년이 넘었네.」

시에서는 선박 업자에게 승선료를 50% 인상하는 방안도 제시하는 모양이었지만 그것은 주민의 반발이 컸다. 바지만 걷으면 잠방잠방 건널 수 있던 강물을 저토록 망망대해로 만들어 놓더니 이제 와서는 뱃삯까지 무자비하게 올리느냐는 것이었다.

바다인 외수면처럼 정부의 지원을 받기 위해서는 내수면 관리 시행령도 만들어져야 하는데 모법은 있어도 시행령이 없어서 지원을 못한다고 했다. 때로는 절차가 목적을 압도한다. 시행령이 생기기 전까지는 지자체장이 업자를 수시로 달래거나, 아예 배를 없애고 조타수까지 합해서 일곱 사람밖에 못 타는 행정선을 대신 띄우거나, 약발이 서지도 않고 현실성도 없는 대책들만 들먹거렸다.

「이 마을에서 국회의원이 나오기 전에는 해결이 안 되겠군요.」

「힘쓰는 국회의원은 한 분 있지.」

그들이 들먹인 국회의원은 여당이어도 야당에 가까운 아니 30년 동안 거의 여당만 해온 그러니까 색깔이 무지 복잡한 당 소속이었다. 그가 정치적으로 어떤 인물이든 개인적인 비리가 있든 없든 이 마을에서는 신실한 일꾼이었다. 마을 사람들의 정치에 대한 관심은 그 국회의원이 이들 마을과 관련해서 움직일 때만 빤짝하고 나타났다 꺼지곤 했다.

어쨌든, 물길이 막힐지 모른다는 소식은 나도 막연히 불안하게 만들었다. 스스로 두문불출하는 것과 강제로 갇히는 것은 분명 다르기 때문이다. 지금 당장 떠나지 않으면 두고두고 후회할지도 모른다는 생각에 가슴이 두서없이 뛰기 시작했다. 물론 이장 트럭을 타고라도 산길을 통해 마을을 나갈 수는 있었다. 서울까지 가자면 세 시간이 더 걸리는 우회로이기는 해도 길은 길이니까.

그러나 왠지 내 머릿속에서 그 길은 점점 풀이 자라 오르고 돌이 구르더니 아스라하게 좁아들었다. 생각하면 할수록 공사 중인 도로가 아니라 공사가 중지된 산 고개일 뿐이라는 생각이 들었다.

불안 끝에 피로가 몰려왔다. 나는 쉽게 포기와 타협을 했다. 조금 더 있어 보라는 운명 아닐까. 그곳에 당분간 더 지낸다고 해서 일어날 일이란 내게 없었다. 이성으로 불안을 눌렀다. 언제 떠날지 한 번도 생각해 본 적이 없건만 아무튼 당분간은 더 지내보기로 했다.

이왕이면 화창한 도시로 돌아갈 때도 다시 저 안개를 뚫고 나가고 싶다는 생각이 있기도 했다. 지루한 강이 끝나갈 무렵 뿌연 안개의 마지막 한 겹을 걷어내면 저만치서 벌어지고 있는 축제 같은 인생. 강한 자는 승리하는 저 강 건너 세상이 눈에 어떻게 보일지 새삼 궁금했다.

그리고 며칠이 지났다. 배의 운항은 좀처럼 재개되지 않았다. 천자를 배출한 땅이 왜 국회의원도 하나 못 내서 이 고생을 하는지. 혹시 천자가 이 땅의 지기를 다 빨아 먹고 떠난 것은 아닌지. 가난하고 인물 없는 마을을 동정하였다. 하기는, 마을이 수몰되던 시기에 마을 사람들이 양동이에 숟가락 담아 들고 나가 흔들며 수몰 반대 시위를 했다면 다 간첩으로 몰려 오늘까지도 감옥에서 밥을 먹고 있을지 모른다. 지금 그들이 믿는 유일한 밧줄인 국회의원도 실은 이곳에 댐 들여놓아 마을을 수몰시킨 정치 패거리에 속했던 사람이다. 이 순진한 노인들은 그 사실을 알까.

회의를 한다, 어디를 찾아간다, 이장서껀 마을 사람들은 갑자기 소나기 피하는 사람들처럼 바삐 움직였다. 이렇게 시간을 보내도 되는 것인지 나는 차츰 불안해졌다.

그럼에도 나는 선뜻 산길을 택하지 못했다. 나의 미래라는 것이 저 강의 안개만큼이나 불투명했기 때문이다. 무위의 상태에서 쉬다 보면 맑아지리라 믿었던 내 머리는 여전히 난마 상태였다. 머리에조차 뿌연 안개가 서려 있는 것 같았다. 내게 앞으로 닥칠 일들은 무엇일지, 나는 이대로 살다 말 것인지, 두려움과 궁금함이 치통처럼 관자놀이께를 자극했다.

시골 무당이나 만나 볼까, 반은 장난이고 반은 진정인 생각이 문득 떠올랐다. 길에서 우연히 이장댁과 몸뻬 아주머니를 마주쳤을 때 그 생각이 다시 났다.

「요새는 추워서 산 기도하러 오시는 분들 없나 보죠?」

마을 뒷산에는 삼각형의 굴이 있었는데 노인들은 산꼭대기가 뛰어 내려앉은 것이라고들 믿었다. 산정은 아닌 게 아니라 딱 고만큼을 베어 낸 듯 뭉툭했다. 6·25 때는 70명이 들어가 숨기도 했을 만큼 굴은 깊었다. 그 굴에서 하나님 아버지도 찾고 신령님도 찾는 모양이었다.

「기도하는 이들은 뭐 허시게요?」

「점이나 한번 볼까 하구요.」

「뭐이가 궁금해서?」

꽃무늬 몸뻬가 내 얼굴을 들여다보며 짓궂게 웃었다. 주름이 많아도 장난스럽고 귀여운 상이었다.

「언제 돈벼락 맞나. 출세는 언제 하나.」

「하이고 뒷집 할멈이 안 일러 주든가 보네?」

그러더니 몸뻬 아주머니는 제풀에 키득키득 웃었다. 그가 노파를 할멈이라고 부른 것이 압정으로 눌러 박은 메모지마냥 귀에 꽂혔다. 이장댁이 몸뻬 옆구리를 쿡 찔렀다. 허나 그 얼굴에도 흐물쩍한 웃음이 번져 있었다.

「가서 잘 물어보래요. 로또 번호는 몇 번인가, 무슨 생각을 하다 자야 돼지꿈을 꾸는가.」

「할머니한테요?」

이장댁 아주머니가 손동작을 멈추고 말을 했다.

「그 할머니가 신이 잽혔는지 노망이 났는지 사람들한테 점쟁이 같은 소리를 자꾸 해요. 아주 사람을 시켜 말을 전할 때도 있어요.」

「반무당은 무슨 반무당? 구신도 날아갔는지 요즘에는 조용하던데 뭘.」

「점쟁이도 어린 점쟁이가 총기가 좋다매. 그래도 상석이 아버지 입 막는 거 봐라.」

「그거야 소문 들었겠지 뭐.」

「자식들도 알아요?」

「알어. 아무 소용없어. 처음이야 말로 좋게 그러지 마시라고 했겠지. 그래도 자꾸 할멈이 그래 노니 밥상 걷어차고 집 부순다 하고 굿 연습 잘하데.」

「여게선 그 댁이 좀 자세하던 집이었거던. 그러니 자식들이 가만 안 있지.」

미신은 신봉하면서도 무당은 업수이여기는 것이 재미있었다.

「떵떵거리며 살던 노인넨데.」

「잘됐지 뭐. 노망도 그렇게 나니 동네 사람들이 다 어어, 하고.」

말에 가시가 느껴졌다.

「……누가 어어 해?」

「……누구긴 누구? 내 보기엔 다 그런데.」

「하루 이틀 알아 온 것도 아니고 외롭게 사는 노인이니 불쌍해

그러지, 누가……」

이장댁이 말을 하려다 말았다.

「불쌍하긴 뭐가 불쌍해? 나중에야 고꾸라질망정 한때라도 누가 그렇게 활개치고 살던?」

몸뻬 바지 말에 대꾸 대신 이장댁은 흘끔 쳐다보고 말았다.

노파는 아들 하나에 딸 셋을 두었단다. 그런데 아들 딸 다 여우 살이를 시키고 난 후 갑자기 눈이 훤해지는 병에 걸렸다. 남들이 찾아 헤매는 사람이 물속에 떠다니는 것이 보이기도 했고 동네 사람 앞날에 일어날 일이 보이는 병이었다. 참고 살면 아무 탈도 없었을 텐데 사람이 무엇을 미리 알거나 더 알 때 남 앞에서 그런 내색을 안 하기란 인력으로 힘든 일이다. 노파도 자꾸 입이 근질거렸던 모양이다. 보이는 일이 알려 줘도 고만 안 알려 줘도 고만인 좋은 일이라면 몰라도 꼭 피해야만 하는 나쁜 일이어서 더 그랬다. 노파는 아이들 편에 쪽지를 보내곤 했다. 이거 아버지 갖다 드려라. 그러나 쪽지를 받아 든 아이 아버지는 허허 웃으면서도 언짢아했다. 결국은 노파의 아들 귀에까지 들어갔다. 어이, 자네 엄니 요새 신선 되셨네, 내게다 자꾸 이런 것을 보내싸. 저번 적에도 한나 보내서 내가 잘 받아 두긴 했는디, 하면서 그가 펼친 종이쪽에는 삐뚠 글씨가 쓰여 있었다. 영호 아버지 닐 물가 가지 마오.

노파는 기골이 큰 편이었다. 키가 크고 어깨도 넓었지만 무엇보다 좁은 이마에 짙은 눈썹, 살집이 좋은 뚜렷한 콧날, 크고 잘생긴 하관이 남상 진 데가 있었다. 호랑이와 면접을 치른대도 지지 않을 상이었다. 하지만 그도 하나밖에 없는 아들 앞에서는 반찬 집 어먹은 똥개 신세였다. 점잖게 말로 말려도 듣지 않자 아들은 물사발을 내동댕이치고 외짝 문을 걸어찼다. 그럴 때 노파는 방구석에서 머리를 말아 쥐고 웅크려 있곤 했다. 무병은 그렇게 잠드는가 싶었다.

그러나 아들이 분가한 이후로 병은 다시 슬금슬금 도졌다. 점은 아니요, 삼가서 나쁠 건 없으니깐 들어나 두시요, 하면서 동네 사람들에게 충고를 하곤 했다. 거의 대부분의 사람들이 노파를 멀리하게 됐다. 살아 있는 귀신 보듯 했고, 재수 없는 늙은이라고 돌려놓았다. 무신 놈의 팔자도 아, 좀 좋은 일만 눈에 뵈면 안 좋나. 왜 나쁜 일만 눈에 보이는지. 노파는 신세 한탄을 하더란다.

나쁜 일을 미리 안다?

나는 구미가 당겼다. 길 어디쯤에 허방이 있고, 낭떠러지와 돌부리가 있는지만 알면 된다. 그것만 피하면 내가 속도를 내기에 따라 인생은 탄탄대로가 아닐까.

그날 오후 나는 담배를 두어 갑 들고 노파의 집을 찾았다. 노파는 마루에 앉아 있었다. 빨간 털 스웨터가 눈을 확 파고들었다.

「아이고 이 누구라. 이 늙은이한테 손님이 다 오나.」

늙어 허물어졌을망정 아직 소싯적의 강단이 남아 있는 얼굴이었다. 그래도 노인 특유의 냄새는 감출 수 없었다. 너무 고운 진홍의 스웨터 빛깔이 오히려 이상하게도 근천스럽게 보였다.

「집이 아주 널찍하니 좋으네요.」

나는 툇마루에 앉으며 인사치레로 말했다.

「집도 사람이 복작복작해야 윤기가 돌지.」

하늘을 향해 버선코처럼 올라간 지붕 선이 고왔다. 하지만 노파의 말대로 너무 낡은 집은 빈집처럼 느껴졌다.

「아드님은 다녀가셨어요?」

「그렇게 쉽게 오면 아예 같이 살게.」

며칠 전에 밥상 걷어차고 나간 이야기는 쏙 뺐다.

「자주 오나요?」

「으떻게 자주 와. 사업 바쁜 사람들이 여기 물 건너오기가 황해 바다 건너기보다 어렵다던데. 하루는 버려야 하는데 하루면 어디요, 젊은 나이에 만리장성도 쌓을 수 있는 시간 아니오?」

「그래도 따님이 많아서 좋으시겠어요.」

「다 소용없다. 죄 전생에서 온 빚쟁이들이지.」

「그래도 지금은 빚 독촉은 끝났을 거 아닙니까.」

나는 살짝 떠보았다.

「왜 또 어떤 똥구신들이 뭐라고 찧고 까불든가?」

갑자기 이마를 한 대 치는 듯한 말투. 실수하지 말아야겠다고 나는 생각했다.

「자식이란 평생 주기만 해야 하는 거지 뭐. 우겨 넣은 게 있으니
내놓기도 하겠지. 풀 먹은 소 풀똥 싸고 돈 먹은 놈 돈똥 싸고 하
겠지.」

그때였다. 작은방 문이 열리더니 한 사람이 나왔다. 조용히 마당
을 가로지르더니 광문을 열고 들어갔다. 검정 바지에 회색 면 점퍼,
그리고 더부룩이 자란 상고머리를 하고 있었다. 이상하게도 여자
인지 남자인지 구분이 가지 않는 외형이었다. 머리나 몸집, 검은
얼굴과 걸음걸이를 보면 체구가 좀 왜소한 남자였다. 하지만 둥근
등과 좀 처진 듯한 엉덩이, 운동 부족인 여자들에게서 나타나는 특
유의 구부정한 다리, 포동포동한 손은 아무래도 여자 같았다. 몸의
생김이 여자처럼 보이는 남자는 불구같이 보이는 법이다. 내 시선
이 그가 움직이는 대로 따라갔다. 그는 광에서 작은 소쿠리를 들고
나왔다. 그는 마당을 질러 부엌 쪽으로 가면서도 노파나 나에게는
일별도 주지 않았다. 단순히 집안일을 하는 사람일 수도 있었지만
표 나게 어두운 얼굴이 주변의 시선을 흡인하는 힘이 있었다. 노파
역시도 그의 움직임에 시선을 꽂아 둔 모양이었다. 마루에는 잠시
정적이 흘렀다. 그가 부엌 옆으로 돌아갔다. 댓돌에 앉았는지 발끝
이 보였다.

예의가 아닌 줄 알면서도 솔직히, 호기심을 누를 수 없었다.

「누구예요……?」

「응.」

대답도 아닌 대답이 건너왔다. 노파는 다시 자기 말 속으로 들어
갔다.

「애들 어려서 아비가 죽어 갖고 내 안 해본 것 없어. 무슨 기운으
로 그런 일을 다 했는지 몰라. 그때 우리 막내가 제우 두 살 먹었
는데 그걸 업고 그 위에 것은 붙들고 돈 번다고 돌아다녔어. 나
하루 앓아누우면 자식들 다 굶기니까 그때는 감기도 안 걸리더
라고.」

「그래도 돈을 많이 버셨나 봐요.」

「많이 벌었지. 못 벌었다고는 못해. 돈이란 게 그래. 내일이 불안
하니까 그냥 다음날 먹을 양식거리라도 모타 두려고 무진 애를
쓰니까 돈 종자가 좀 모이드라 말이오. 돈도 씨가 있거던. 그걸
요리 뿌리고 저리 가꾸고 하니까 처음에는 우습던 것이 제법 됐
어. 그래 자식들 안 굶기고 가르쳤지. 그 정도지 뭐 곳간 넘쳐나
게 뫄둔 건 없어. 지지리 궁상이던 과부댁이 돈 좀 묵직이 모아
두었다 소문이 나니 무신 돈을 낟가리 쌓아 놓듯 한 줄 알고 사
방에서 눈에 불을 키고. 어물전이 커지믄 고양이 단속하는 게 일
이드라고, 하이쿠후!」

말끝에 노파는 으하하 하는 웃음을 달았다. 일리가 있는 말이어
서 나도 따라 웃었다.

「정말 용하시네요. 자식들 공부시키는 일은 양주가 다 있어도 힘
든 일인데.」

「나야 돈이나 벌고 밥이나 멕이면 고만이었지. 공부는 지들이 해야지, 내가 머리를 가르고 지식을 여줄 거요? 사람이 지식만 갖고 사는 것도 아니고 능력도 다 각각이라. 공부 많이 해도 돈 버는 재주 없으면 고만이고 돈 버는 재주 있어도 활수를 짝으로 만나면 고만이고 알뜰한 짝 만나도 병충이가 집에 있으면 또 고만이라. 사는 데는 자기 능력도 있어야지만 운도 따라 주고 이래야되는 거지. 온갖 복 타고 태어나면 또 다른 사람들한테 온갖 시기도 받는 거고. 그래 우리 애들도 이게 있으만 저게 없고 그렇게 찌우뚱 짜우뚱 하며 살어.」

그러나 내가 듣기로는 노파의 자식들은 모두 공부도 많이 하고 결혼까지 잘해 잘들 산다고 했다. 그 말을 전해 준 몸뻬 아주머니는 누가 자기 자식네 돈 얻으러 갈까 봐 노파가 자식들 얘기만 나오면 별 볼일 없다는 엄살을 엄청 떤다고 덧붙인 바 있었다.

다음 순간, 갑자기 부엌 모퉁이에서 뭔가가 휙 나타났다. 상고머리였다. 내 심장이 발치로 덜렁 떨어지는 것 같았다. 마당을 가로지를 때는 보이지 않던 나머지 반쪽 얼굴 때문이었다. 그 얼굴은 화마 자국으로 붉고 뻔들뻔들하게 일그러져 있었다. 그가 부엌 바닥으로 내려딛는 소리가 쿵, 하고 퉁명스레 났다. 옷이 못에 걸리기라도 한 듯 그에게 신경 한 가닥이 불편하게 걸렸다.

「자제 분이세요?」

천성의 궁금증이 또 삐질, 새어 나갔다.

노파는 마당의 짙어진 햇빛 그늘을 바라보며 말했다.

「내 고질. 아마도 내가 전생에서부터 업어 온 등창인가 해.」

「빚쟁이도 아니고 등창이에요?」

「자식 있어 보소, 하루라도 편히 눈 감고 자는 날이 있는가.」

다시 부엌에서 그가 나왔다. 빨간 플라스틱 바가지에 무가 담겨 있었다.

「이제 나한테야 쟤가 내 말동무고 길동무고, 내 응석받이고, 하나밖이 없는 내 자식이지.」

노파의 애정 표현이 조금 뜬금없게 느껴졌다.

다시 보니 그는 여자 쪽에 가까워 보였지만 여자치고는 너무나 남자 같은 차림이었다. 머리 모양이나 옷차림이나 저렇게 남자 모양을 한 여자는 어릴 때 동네에서 본 '미친년' 빼놓고는 없었다. 그 미친년은 속이 치받치면 옷을 다 벗어젖히는 버릇이 있었다. 그 몸으로 생리를 하고 어느 때는 배가 불러서 다니기도 했다. 그 미친년을 동네 여자들이 불러서 밥도 먹이고 버리려고 둔 남편 옷들을 주워 입히고, 이가 득시글거린다는 이유로 머리까지 빡빡 밀어 남장을 해놓았었다.

마당에 앉은 그는 말없이 무 껍질을 벗겨 댔다. 귀가 멀지 않은 거라면 노파의 말을 오뉴월에 수박 삶아 먹는 소리쯤으로 듣는 분위기였다. 내가 괜히 무안해지려는데 노파가 타령조로 말을 붙였다.

「자다가도 생각하면 고맙고 미안코. 이 늙은이는 죽으면 쟤 신발이라도 되고 싶어.」

노파는 치마를 걷어 올려 눈자위를 찍어 내기까지 했다. 내 안에서 바람에 나무가 몸서리를 치듯 궁금증이 우우 일어났다. 문득 노파의 얼굴이 제풀에 놀란 듯 펴졌다.

「아이구, 바쁜 사람 붙들고 이 늙은이가 또 이 주책이네.」

나는 상고머리에 대한 궁금증에 정작 내 용건은 보지도 못하고 토방에 놓인 신을 신었다. 노파가 은근하게 인사를 건넸다.

「또 놀러 오소. 오랜만에 젊은 사람 훈김을 쐬니까 보약 먹은 것 같네.」

파란 대문을 미는데 뒤에서 노파 소리가 들렸다.

「아야, 손 시리겠다. 따순 물 좀 갖다 주까?」

「……」

「품 안에 바람이 찬데.」

닫히는 문틈으로 노파가 자기 빨간 스웨터를 상고머리에게 걸쳐 주는 모습이 보였다.

내 방의 뒷마당에 서면 조용한 날은 한밤중 노파가 켜놓은 텔레비전 소리, 짜닥짜닥 하는 화투 패 던지는 소리가 들리기도 했다. 나는 책을 읽다 지루해지면 라디오를 듣듯이 뒤란에 나가 아랫집 기척에 귀를 기울이곤 했다. 집의 구조나 구성원을 확인해 둔 때문인지 전에는 들리지 않던 말소리가 가물가물 잡혀 오곤 했다.

그러던 어느 날이었다.

「아이고 이런 웬수! 뭔 밥을 이래 많이!」

「늘 하던 대로 한 건데요.」

「그럼 쌀알이 주먹딩이만 허게 불은 거냐? 기집이 손만 커가지고, 이년아 마음을 곱게 써라. 쌀 다 퍼내 늙은이 굶겨 죽일래?」

상고머리에게 노파가 퍼부어 대는 말이었다. 누구기에 저렇게 함부로 하는지가 궁금했다. 며느리인가? 아니면 딸? 왜 저러고 다니지? 아니 정신 이상자이거나 좀 모자란 사람인가? 나이에 비해서는 기활 좋은 노파였지만 욕을 해대는 것은 뜻밖이었다.

노파네에서 들려오는 소리가 많아질수록 나의 호기심도 자라 올랐다. 예민해진 귀로 들리는 노파의 잔소리는 참으로 물 샐 틈 없었다. 남들 앞에서는 어리광스러울 만치 애정을 표하더니 둘만 있을 때는 장조림 집어먹은 똥개 나무라듯 했다. 들려오는 것은 노파의 음성뿐 여자의 목소리는 거의 들리지 않았다. 낮고 중성적인 음성으로 웅얼거리기나 할 뿐이었다.

노파는 여자를 짯짯이 부려 먹으면서도 돈 들고 가야 하는 가게 심부름 같은 건 시키지도 않는 모양이었다. 간장이 하나요, 콩나물 5백 원 어치, 두부 반 모요, 하고 불러 주는 영길네라는 가겟집 여자 목소리가 가끔 들렸다. 노파가 가용품 일체를 직접 가게에서 배달시켜 쓰는 것이었다.

4

「불이야.」

노파의 입에서 짧은 말이 떨어진 순간, 난 당황했다.

「두 눈 가득 불이구면.」

가슴속에 불이 있다고 한다면 노파에게 절이라도 올렸을지 모른다. 적어도 나는 누구나 가슴속에는 꺼지지 않는 불길이 따갑게 빠직거리는 법이라고 생각했다. 그러나 눈에 가득한 불이라니. 무슨 그리 짧은 점괘가 다 있단 말인가.

「호랑이 눈이라는 뜻인가요? 안광이 세다…….」

내 말이 채 끝나기도 전에 노파는 고개를 홰홰 저어 댔다.

「보태고 꼴 것도 없이 말 그대로야.」

「그래도 설명은 해주셔야죠.」

「얘기 땡, 고만!」

나는 노파의 눈을 적이 바라보았다. 내 눈을 뚫을 듯이 쳐다보던 노파의 눈길은 그러나 이미 거둬진 채였다. 주름살 때문에 짚을 두른 나무줄기처럼 보이는 손으로 펼쳐진 담요를 접기 시작했다. 아침저녁으로 일진이나 떼어 보는 화투장받이로, 가끔은 다림질 판으로 쓰임직한 국방색 모포였다. 더 이상 할 말이 없으니 이제 그만 가보라는 뜻이었다. 순간, 찰나에 지나지 않았을망정 나는 나의 진지함이 우스웠다. 제법 고수처럼 구는군. 아니꼽기도 했다. 점쟁이들도 원래 좀 선문답을 하는 법이다. 피실, 웃음이 샜다. 진종일 방구석에 처박혀 찬밥에 맹물이나 부어 신 김치 쪽으로 삼시를 때우며, 지직거리는 텔레비전 앞에서 화투짝 쪼몰락거리다 자식에게 포악을 떨어 대는 반쯤 노망난 노파의 입이 다시 열리기를 기다리다니. 담요 한 장을 이리 접고 저리 개키며 뒤스럭거리는 꼴이 밉살스러웠다. 방 안 공기가 어색해서 노파가 쩔쩔맬 때까지 죽치고 싶었다. 차라리 아무 말을 말지, 노파가 밉살스러웠다.

그러나 밖은 이미 깊고 축축한 어둠이었다. 묵은 짚단 냄새나 풍기는 노파와 마주하기에는 너무 아까운 시간이 유성처럼 흘러가고 있었다. 어둡고 광활한 우주를 질주하는 지구 위에서 나는 지금 무얼 하고 있나. 한 손으로 바닥을 짚었다. 막 일어서려 할 때였다.

무수한 세로금으로 이랑이 팬 노파의 입이 열렸다.

「입술 움직거리는 대로 한 말에 너무 마음 두지 마우.」

일순, 머릿속으로 흙먼지가 부우 일어났다. 어느 귀신이 불러 준 걸 그저 따라 읊었을 뿐이라는 뜻인가. 생각 같아서는 들고 왔던 사과 세 알을 도로 집어 들고 싶었다. 팥죽할멈 같은 요망한 늙은이, 어차피 풀어 줄 것도 아니라면 두루뭉술하게 덕담 하나 못해 주나? 나는 스스로도 어이가 없을 만큼 약이 올랐다. 하지만 도로 앉아서 한마디라도 더 구걸하는 듯 굴고 싶지는 않았다. 무슨 의미심장한 뜻이 숨은 듯 안개를 피워도 할머니가 돌팔이 가짜라는 건 다 알아요. 나는 띠살문을 밀었다.

「또 오우.」

신을 신는데 노파의 음성이 들렸다. 건성으로 대답을 하는 둥 마는 둥 하고 깊은 마당으로 내려섰다. 노파가 문지방에 팔을 걸친 채 손주 배웅하듯 나를 보냈다.

하루 종일 책을 보자니 고개가 아파서 좀 쉴 겸해서 들른 참이었다. 할머니 저 뭐 하던 사람 같아요? 앞으로 뭐 하면서 살 것 같아요? 할머니 귀신 본 적 있어요? 목소리는요? 저 언제 인생이 좀 확 펴대요? 그런 이야기를 하던 참이었다.

하지만, 자기 눈에는 누가 병들어 누워 있는 것이 보이네, 잃어버린 금반지가 마룻장 밑에서 반짝이는 것이 눈에 선하네 떠벌여도 노파는 사실 '야매' 점쟁이 아닌가. 생각이 거기에 이르자 내가 더 어이없었다. 아들 오면 확 일러 줄까 보다.

나는 도로 노파의 방으로 다가갔다. 그가 접어 쌓던 모포를 빌려 왔다. 물론 순전 심술이었다.

무엇 때문이든, 나는 좀 정신이 들었다. 마음속을 부유하던 잡념들이 가라앉아 한결 맑고 한갓진 기분이었다. 노파의 말 따위는 물기처럼 말라 버린 지 오래였다. 덕분인지 그 집에서 건너오는 소리에 궁금증이 간질거리지도 않았다.

바람도 한결 부드러워진 것 같아 밖으로 나갔다. 몸을 늘려 보았더니 뼈마디에서 우두둑 소리가 났다. 다리도 높이 올려 보고 팔도 앞뒤로 저어 보고 하는데 이장댁이 지나는 것이 보였다. 저쪽에서 웃는 얼굴로 나를 보았다. 인사를 건네자 다가왔다.

「요새 통 안 보이시데요.」

나는 선뜻 대답할 말이 떠오르지 않아 그냥 웃어 보였다. 이장댁은 내게 쉬엄쉬엄하라며 멀어져 갔다. 그 말을 듣자니 어쩐지 미안했다. 나는 앉았다 누웠다 하며 책이나 보며 쉬고 있는데 저들은 내가 무슨 굉장한 일을 하는 줄 알았으니.

그 저녁, 봄을 재촉하는 비가 왔다. 양철 처마로 빗물이 투당다 튀기고 척척척 빗발이 땅에 꽂혔다. 마침 읽던 책이 끝나 마음이 기댈 데 없는 줄사다리처럼 이리저리 나부댔다. 나는 어슬렁거리며 사랑을 향했다. 신종 옛날이야기나 하나 건질 수 있을까, 그렇게 발걸음에 목적을 실어 보았다.

「통 안 뵈더면. 아이고, 얼굴이 상하셨네.」

병아리 털 노인이 손까지 잡으며 함빡 반가운 표정을 지었다.

「며칠 만내다가 안 보이니 디게 궁금하데, 큰일났네, 인자 여그서 사셔야겄네.」

노인들은 진정으로 나를 반기는 듯했다. 물론 내가 좀 젊고, 지루한 저녁 밤의 파적거리에 좋을 이야기를 잘도 떠벌인다는 것 때문인 줄은 알았다. 하지만 세상 누가 역할과 무관한 애정을 받을 수 있으랴.

따끈한 물국수가 말아져 나왔다. 그런데 가만 보니 노인들은 내 입에서 무슨 이야기가 나올까 기다리는 눈치였다. 그들의 주름진 얼굴을 보자 어차피 당분간 이 마을에 있어야 한다면 좀 더 의미 있게 지내는 방법이 있지 않을까 하는 생각이 물국수의 김처럼 피어올랐다. 그러니까 노인들이 내 이야기를 재미있어 한다면 이들에게 좀 더 보탬이 되는 이야기를 하는 것이 피차 좋지 않을까 하는 일종의 사명감 같은 거였다. 인생의 공포? 도회의 엽기? 이 언변으로 노인들의 인생 경험을 뛰어넘어 그럴듯하게 보여 줄 만한 희망이라는 것? 내가 이 벽촌에서 대여섯 명의 촌로들 앞에서 무슨 원숭이 짓을 했는지 세상이 어찌 알랴 하는 마음이 용기를 북돋우었다. 나는 몸에 밴 경로사상으로 따뜻하고 아기자기한 이야기를 시작했다.

자식 키우느라 이렇게 저렇게 고생하고 나니 나중에는 복 받고 참 행복하게들 살더라고. 노인들이 평생 만난 사람보다 많은 사람을 일순간에 만나는 대도시에서 온갖 사람들을 만나 봐서 체득하게 된 사실이라고, 나는 예화를 들면서 졸졸졸 떠들었다.

노인들은 10년이 될지 하루가 될지 알 수 없는 자기 여생에 대한 축복에 해맑게 기뻐했다. 인생의 실체가 어떻든 굳이 그것을 알아야 할 이유가 무엇인가. 얼마 안 있으면 저 붉은 흙알갱이와 몸이 뒤섞일 텐데.

「에이 난 나한테 잘해 줄라 말고 지들이나 잘살면 고만이다. 사업한다고 고생 고생한 지 20년이 넘는데 우리 집 큰아는 설에도 못 왔다. 기름 값이 없나 염치가 없나.」

한 노인이 어깃장을 놓았다. 자식들 셋이나 올라가 산다는 서울에 아직 한 번도 가본 적이 없다는 대단한 노인네였다.

「올 마음이 없는 거 아녀?」

노랑 털이 틈입해 왔다. 난 얼른 기조를 다잡았다.

「시간이 없는 거죠. 할머니 사업이라는 게 원래 그래요. 몇 번 실패를 해야 일어나는 거잖아요. 한번 일어나면 저 사람이 그 사람 맞나 싶을 정도로 확 팔자를 바꿔 놓잖아요. 할머니 뵈니까 말년 운이 좋으시겠는데요.」

「하이고 젊은 양반이 어째 그리 세상사를 잘 아시나?」

「고생 진작 했으면 이제 복 받을 차례죠 뭐. 팔자 주관하는 신령도 양심이 있지. 백날 천날 비만 오면 쓰나요?」

세상의 법칙보다는 보통의 사람이 믿고 싶은 대로 말해 주었다. 까짓 세상, 믿는 대로 되는 거지 뭐, 그런 생각이 들어서였다. 듣자하니 자식에 대한 축원이었으므로 노파도 내 말을 기꺼워했다. 자식 위한 기원에는 누구도 뉘를 섞지 않는 법이다.

「제발 덕분에 고 말이 씨앗이라도 되소서.」

간절한 기도가 씰기죽거리던 얼굴에 어렸다.

「되고말고요!」

난쟁이 나라의 거인처럼, 나는 확신과 정의감에 가득 차서 말했다. 상투적인 말 몇 마디에 얼굴에 화색이 흔연해지는 걸 본다는 감격에 흥분이 되기까지 했다. 인간은 인간에게 늑대지만 그래도

240

인간은 인간으로부터 위로를 받기도 한다.

또 오라고 그네들은 나를 웃는 얼굴로 배웅했다. 그러나 나는 다시는 사랑에 가지 않기로 했다. 내가 쏟아 놓은 말을 곱씹어 가며 단물 같은 희망을 짜먹는 것이 그들에게 나았다. 생의 희망에 관해서라면 내가 무슨 말을 더 할 게 있나. 나는 정작 그것의 상식적인 행방만을 알 뿐이다. 다리 난간에 매달려 있을 때조차 희망이란 걸 놓치지 않는 사람들이 더러 있다는 놀라운 소식을 가끔 들었을 뿐이다.

6

장난스런 심술에서 가져온 모포가 문제였다. 모포가 아니라면 노파의 집에 다시 갈 일도 없었을 것이다. 나는 노파의 집으로 모포를 들고 찾아갔다. 문이 잠기지 않은 채여서 밀자 빠끔히 열렸다. 나는 조심스레 마당으로 들어섰다. 그때였다.

「암, 나쁜 년!」

야수가 으르렁대는 듯한 소리였다.

「유세도 퍽도 한다. 걱정 말고 가버려! 세상에 안 썩는 거 봤냐? 메칠 굶으면 죽겠지. 굶어 죽는 년 데려다 기른 죄로 굶어 죽으라면 죽어야지.」

덜컥, 방문이 열렸다. 상고머리 여자였다. 여자는 내 등장에 얼핏 당황하는 것도 같았으나 이내 의심스러운 눈으로 쳐다보았다. 눈인사를 건네지도, 고개를 돌리지도 않고 나의 움직임에 따라 검은 눈자위만 뚜룩 움직였다. 의뭉하고 우울하고 몹시 내성적인 눈길이었다.

나는 아무것도 못 들은 체하는 것이 좋을 거라는 판단을 했다.

「계시지요?」

여자는 대답 대신 한쪽으로 비켜나더니 신을 신고 마당을 질러 가버렸다.

노파를 부르려는데 목이 잠겼다. 목청을 틔우려고 기침을 하는데 문이 빠끔 열렸다.

「아이고 어서 오우.」

순간 노파가 둔갑한 여우 같았다. 무덤 속 아기 시체가 동이에 담겨 있나 관 짝에 담겨 있나, 그냥 묻었으면 먹어 버려야지, 무덤을 두드려 보느라 요리조리 재주넘는 여우처럼 노파가 순식간에 얼굴을 바꿨기 때문이다. 나는 의당, 그런 노파가 재미있었다. 구경거리는 원래 예측 불허의 반전과 변화무쌍함이 있을수록 재밌으니까.

노파는 나를 진정으로 반기는 듯했다.

「젊은 양반 뭐 재미난 얘기 없수? 이 늙은이에게다두 세상 소식 좀 들려주구 그래.」

노파는 방석까지 들이밀며 나를 쳐다보았다.

순간, 머릿속 한가운데 번갯불처럼 스치는 생각이 있었다. 노파에게 노파만을 위한 이야기를 들려주자는 것이었다. 내 입에서 나오는 말이 바야흐로 실용적인 가치를 갖게 되는 거라는 묵직한 사명감을 느끼며 나는 이야기를 지어냈다. 그의 인생이 거울처럼 되비치는 이야기였다.

「어떤 여자가 살았대요. 어릴 때부터 가난해서 굶고 딸이라서 일만 하면서 자랐대요. 그러나 여자라고 다 꿈도 없고 강단도 없나요?」

그럼그럼, 노파가 맞장구를 쳤다.

「여자는 굶은 채로 산에 나무하러 가서도 남보다 더 큰 나뭇짐을 했대요. 타고난 결기도 있고 욕심도 많아서였는데 커다란 나뭇짐을 해갖고 지게를 지려면 다리가 펴지지 않더라네요. 어떻게 해서 일어나서 장대로 짚고 내려오면 아, 산언덕에서 바람은 불지 뱃가죽에 힘은 없지. 욕심껏 한 나뭇단 가득 바람이 실려 휘쓸휘쓸 그대로 넘어갈 것만 같더라네요. 그렇게 일해 친정 살림에 보태고 동생들 거둬도 매일 구박만 받았다지요. 천하에 팔자 더러운 가난한 집 맏딸이었거든요.」

노파가 눈물을 질금거리기도 했다.

「에이, 부모가 반팔자라는데 더럽게도 태어났누나.」

「제 집에서 귀염받던 강아지 남의 집에서 밥이라도 얻어먹더라고, 그 여자 시집도 온전히 갈 팔자가 아니었나 봐요. 좀 배웠다는 남자에게 갔는데 설움설움 다 들이대도 친정 들먹이며 사람

괄시하는 설움은 또 참기 힘들다죠. 몽당 순갈 하나 제대로 된 거 없는 가난한 집구석 종자들이 손가락 열 가닥 쭉 펴고 앉아 게으름 떨면서도 무식하고 가난한 집 출신이라고 얼마나 괄시를 하던지, 몸 무너나게 일하면서도 사람 취급 못 받는 시집살이를 오지게 했지요. 그래도 10원 쓸 거 5원 쓰고, 5원 쓸 거 1원 써가며 여퉈 둔 돈으로 집에서 돼지도 치고 닭도 길렀다죠. 추운 겨울에 닭 얼어 죽을까 봐 짚단으로 바람 막는다 헌 담요 덮어 준다 설치고 다니는 통에 등에 업힌 아이들은 헐벗은 거지꼴이었대요. 그러다 한밤중에 열에 펄펄 끓는 아이 안고 동동거리노라니 자다 깬 남편, 미친 게 돈 귀신이 붙었나, 구박이고요. 대들고 싶어도 아픈 아이 안고 뚜드려 맞기까지 할까 봐 참는데 눈에서 뜨거운 눈물이 뚝뚝 떨어지더라네요.」

「그 마음을 누라서 아나.」

노파가 한숨을 쉬었다.

상고머리 여자가 방에 들어와 주전자와 컵을 놓고 나갔다.

「저것도 청춘을 저리 보내만 안 되는데 내 혼자 있는 게 불쌍해서 그러나 저 갈 길을 못 가고.」

여자의 뒤꽁무니에 대고 노파가 말했다. 축축한 눈이 젖은 듯했다.

「미혼이세요?」

나는 어렵게 물었다. 저 얼굴에 결혼이 가능한 일인가 싶기도 했지만.

「길인 줄 알고 들어갔는데 막다른 길이었지.」

돌아 나왔다는 이야기였다. 용케 결혼은 했네, 속으로 생각했다.

밤이 이슥해졌으므로 그만 자리에서 일어섰다. 듣는 사람의 집중력 유지를 고려해 이야기는 갈막갈막 감질날 만큼만 하기로 작정했다.

문을 열고 보니 마루 끝에 여자가 앉아 있었다. 빛이라야 창호지에서 스며 나오는 방 안 불빛이 전부인 데서 마늘을 까고 있었다. 조금만 기다리세요. 내가 당신을 구해 줄게요. 나는 속으로 생각했다.

「고맙수. 외로운 늙은이 찾아 주어서. 복 받을 것이우.」

노파가 문지방에 기대어 내다보며 말했다. 내일도 오우.

다음 날 어둑어둑해질 무렵 다시 노파를 찾아갔다. 열린 윗방 문으로 앉아 있는 사람 그림자가 비쳤다. 상고머리인 모양이었다.

「그 여자 병 같은 건 안 들었나? 고생 끝에 낙이 오는 게 아니라 병이 오거던.」

노파는 이야기 속의 여자를 몹시 동정하였다. 상고머리가 배 한 접시를 깎아 들고 와 내 쪽으로 밀었다.

「원래 일복 있는 사람은 잘 아프지도 않는다잖아요. 모질게 맘먹고 살았대요. 돼지 한 마리가 두 마리 되고 돼지가 소 되고 소가 논 되고 논이 집이 되었다죠. 자연히 아이들은 일찍부터 누더기에 익숙하고 간장에 밥 찍어 먹는 것도 감사히 여기는 싹수를 보이더라네요. 잘 돌보지 못해도 저희들끼리 밥 나누어 먹고 불구녕 막은 걸레같이 하고서도 학교는 빠지지 않고 다니면서 상이라는 것도 타오더래요. 공부하고 돈 있으면 된다, 자식들과 똘똘 뭉쳐 살았다죠. 엄마는 돈 굴리고 자식들은 머리 굴려 공부하고. 돈 좀 불어나니까 계집질에 술에 노름에 빠져, 말대꾸 좀 하면 어디다 앙살이냐고 손찌검도 휙휙 해 쌓던 남편이 술독에 절어 일찍 죽더래요. 서럽기도 하고 분하고 원통하기도 했지만 한편 다행이다 싶더라네요. 저런 인간 있어 봤자 나 맨날 뚜드려 패고 돈 없애고 아이들 혼삿길만 망친다, 좋게 해석했대요. 그래도 내 팔자는 왜 이런가. 어릴 때도 부모 사랑을 못 받았는데 남편도 그렇게 가버리고만 한스러운 밤은 남들은 결코 알 수 없었을 테죠. 시리고 비려도 남편을 대신할 수 있는 건 세상에 또 없구나, 바람 든 무처럼 속이 횡하더래요. 그래도 좋다, 팔자에 남편은 없고 돈은 있나 보다 하고 악착스레 돈을 모아 갔다죠. 결심한다고 다 잘사는 것도 아니고 욕심 많다고 많이 이루나요? 그나마 돈복이 있었던 거죠. 물론 남들과 싸우기도 많이 했대요. 빚 대신 남의 집 차고 앉아 사는데 그 집 팔리도록 밤마다 그 집 여자가 소복하고 나타나 목 조르는 꿈을 꾸었대요. 20년 함께 계 하며 알아 온 친구였다거든요. 남자들과 드잡이도 하고요, 깡패들한테 쫓기기도 하고요, 하루 벌어 하루 먹고 사는 사람들한테 일수 찍어 가며 야박스럽게도 굴었대요. 한 사람 한 사람 사정 봐주다 보면 죽 쒀서

개 퍼주는 일밖에 없었거든요. 그래, 돈은 개처럼 벌랬다, 개 같은 년 소리 들은 뒤로는 스스로 그렇게 생각했대요. 어차피 욕 들은 거 그래 개처럼 돈이라도 벌자. 상대방이 욕하면 욕으로 맞서고 주먹 휘두르면 물기라도 하면서 악착을 떨었대요.」

「세상이 그래. 여자가 살겠다고 나서면 도와주는 게 아니고 업신여기고 치마나 걷어 먹을라고 들고. 겉으론 강해 보여도 속 갠날 없었을 테지.」

노파는 한숨을 쉬었다. 지난 기억이 만감을 부르는 듯 심란한 얼굴이었다. 맘껏 심란해하시라고 노파를 혼자 두고 물러났다.

다음 날 노파는 화투 패를 떼어 던지다가 나를 맞았다. 상고머리가 차와 곶감을 방에 내려놓더니 윗방으로 갔다. 윗방문이 살짝 닫히는가 싶더니 여자 그림자가 어렸다. 나는 목소리를 좀 크게 냈다.

「할머니, 여자 얘기 마저 해드릴까요?」

「그래. 그래서 돈을 벌기는 벌었나?」

「다행히도 그랬다네요. 왜 있잖아요. 돈 천만 원 만들기가 힘들지 돈도 씨앗이 생기면 가지가 뻗는 법이라고.」

「그렇지, 돈이 돈을 먹거던.」

나는 이야기를 이어 나갔다.

「그렇게 벌어서 정승처럼 썼대요. 자식들 키우고 나니까 이제 자식들 전정 열어 주려면 좋은 일 하는 것이 부모의 마지막 도리라는 생각 들더래요. 친정 조카, 시집 조카 공책 사주고 공납금 내주고 옷 사주고 돈 꿔준 일은 허다하대요. 밥 굶어 본 사람이 주린 고통 아는 법이죠. 고아원에 라면이랑 초코파이도 보내고 양로원에 알사탕도 사주었다죠. 집에 데리고 있던 식모 중학교도 보내 주고 나중에 시집도 보내 줬대요. 자기 구박한다고 두 번씩이나 보따리를 쌌던 식모는 시집가면서 그렇게 울더라네요. 파출부 아들 취직시켜 줬구요. 그 외에도 직장 얻어 준 이는 숱하대요. 집 사서 부자 되게 도와준 사람에다, 바람난 년 달래서 구겨질 뻔한 팔자 그 남편도 모르게 펴주는 적선도 많이 했다죠. 뿐인가요. 남편 바람기에 우는 여자 대신해서 여우 같은 시앗 집에 쳐들어가 머리카락 몇 다발 뽑아내고 살림 박살 내주는 일도 대신했다죠.」

「머리털 검은 짐승은 은혜를 모른다는데 애도 많이 썼네.」

노파가 한숨을 지었다.

「까치는 머리털 검어도 은혜만 잘 갚잖아요. 사람도 마음 착하면 받은 은혜 고마운 줄은 다 알아요.」

「아이고 그래 그래야지. 그래도 세상이 어디 그러나. 그 맘을 다 알아주나. 사람 만든다고 잔소리하면 듣기 싫어하고 구박했다고 원망하지. 그래 그 여자는 그런 원망은 안 샀다든가?」

「샀겠죠. 부자 좋다는 사람 어디 있어요? 부자는 죄인이다 하는 생각 갖고 살지 않는 한 사람들이 욕하죠.」

노파의 얼굴을 살피며 말했다.

「그래. 세상인심이 그렇지. 그래도 좋은 일 많이 했는데 욕을 얻어먹나?」

「글쎄요, 모든 사람과 다 관계가 좋기는 어렵잖아요. 이를 갈아 붙이는 사람도 있기는 있나 봐요.」

노파의 얼굴이 조금 해쓱해지는 듯했다. 어때요, 할머니 슬슬 당신 얼굴이 보이나요? 나는 거울이 반사하는 빛 어룽을 노파의 눈에 대고 흔들어 대는 기분이었다.

다음 날 노파의 파란 대문을 밀다 상고머리 여자와 눈이 마주쳤다. 어쩐지 여자가 난감해하는 얼굴이었다. 나는 방으로 들어섰다. 노파는 나를 반겨 맞았다. 그러나 목소리뿐이었다. 눈은 나를 쳐다보지도 않았다. TV를 보느라 고개는 미동도 하지 않았다. 새로 시작된 연속극이 한창인 모양이었다.

「할머니 오늘은 이야기 안 들으실래요?」

난 확인을 하고 싶었다.

「가만, 저거 좀 봐봐. 재미나더라.」

순간, 문득 발부리에 돌이 차이듯 머릿속이 말개졌다. 노파가 내 이야기를 기억이나 하고 있을까, 하는 생각이 들었던 것이다. 나야말로 세상의 중심이 나라는 착각에 빠진 사람 아닌가. 그릇 장수에게 세상은 양은그릇에서 플라스틱 만드는 일 중심으로 돌아가고 옷장수에게는 치마와 바지를 중심으로 우주는 돌아간다. 나는 쓸쓸해져서 아주 시시한 사람이 된 기분이었다. 이야기를 팔러 다니는 장사치 같았다.

연속극이 끝나고 나자 노파는 짧게 한숨을 쉬고는 그제야 나를 돌아보았다.

「그래 그 아주머니는 이제 행복해졌나? 고생했으니 자식들 효도 받고 손주들 재롱 받고 살아야지.」

노파는 자기가 이야기 서두를 꺼냈다. 아무 소리나 해서 내게 관심 없던 노파를 콱 놀래 줄까 보다, 나는 심술이 일었다. 거리낌 없이 활활 지껄인 것은 그 때문이었을 것이다. 아무도 내 말 따위에는 귀 기울이지 않으리라는 생각에서였을지 모른다.

세상 약은 척 다하고 산전수전 다 겪은 척해도 사람이 자기 인생은 모르는 법이다. 나는 말꼬리를 돌렸다.

「그 사람은 자기가 언제 어떻게 죽을지 알게 되었대요. 그때 심정이 어땠을까요?」

노파가 내 눈을 적이 바라보았다. 대답은 없었다.

「헐 수 없지. 닥치는 대로 해야지. 나이가 들면 아무 힘이 없어. 야차가 와서 가자면 끌려가야지.」

노파는 자리에서 일어났다. 서운해하는 빛이었다. 알았으면 됐다. 안심하시라. 사람들은 때로 너무 잘 잊어버린다는 약점을 갖고 있다. 당신의 허물 역시도 잊혀질 것이다.

「서운한 일도 세월 지나면 다 잊혀져요.」

듣고 있는지 어쩐지도 모르면서 나는 노파에게 말했다.

「인도라는 나라에 그런 속담이 있어요. 강가에 앉아 기다려라, 네 원수의 시체가 떠오를 것이다.」

나는 자리에서 일어났다.

「왜 갈라구? 오늘은 애기도 안 하구?」

「애기 다 끝났어요. 뒷애기 뭐가 더 있겠어요?」

「그렇게 싱거운 게 어딨나? 그래 잘 먹고 잘살었다, 이런 말이라도 있어야지.」

노파가 정작 듣고 싶은 것은 그 대목이었던 모양이었다. 아금받게 사느라고 남의 눈에서 눈물 쪼금 짜내며 살기는 했어도 자식 잘 키우고 적선도 한 덕에 말년에는 복 받고 잘살더라.

그러나 나는 이야기의 목적을 잊지 않았다. 정색을 하고 물었다.

「할머니, 점하는 분들은 자기 인생이 훤히 보여서 좋겠어요.」

「좋은 것이 보여야 좋아하지.」

「보이기는 하나요? 아무리 용한 점쟁이도 자기 점은 못 친다는데.」

「못 치지 암, 못 쳐.」

「왜 그런가요?」

「바람이 지나쳐서지.」

나는 노파가 진짜 눈이 훤한 점쟁이일지도 모른다는 생각이 처음으로 들었다.

「나도 말년엔 온갖 영화 다 누리고 살았지. 불안은 해도 이리 좋은 인생이 다 있나, 나도 그랬지. 그래도 한시도 살얼음 밟지 않는 때가 없었어. 자식들 다 자라 믿음직해지니까 걱정스러워. 무사히 잘살아 줄라나. 지붕에서 물 새면 빗물 그릇 받어 낼 그릇이 필요하잖애. 자식들 위해서 할 것은 그것뿐 아니오? 살다 보면 다리 한 짝 잃는 사람, 자식 한나 잃는 사람, 재산 잃는 이덜, 청상과부 된 이덜, 다 많은데 내가 어떻게 다 피해 가나? 화를 당허기 전에 이리 막고 저리 막고 애면글면 살았지. 덕업도 자식들 위해 쌓는 거요. 떠도는 객혼 불러다 제사 지내 주고, 여기도 시주허고 저기에도 돌 쌓고 평생을 조심허며 사는 거지. 그래도 자식 가진 사람은 무서워. 사는 게 너무 무서워. 제발 자다 그만 갔으믄.」

노파의 시선이 윗방 문을 향했다.

「에그 불쌍한 것. 쟤는 아직도 내 치마꼬리 붙든 어린애야. 거치적거려서 내가 못 떠나지. 저는 또 나 때문에 산송장처럼 지낸다우. 이 늙은이 불쌍해서.」

노파의 시선을 따라가 보니 윗목에 여자가 있었다. 걸레를 집어 드는데 노파의 눈길을 의식하는 듯 어색해하는 몸짓이었다.

「나중에 다시 올게요.」

「에구 이야기가 그게 정말 끝이야?」

252

「글쎄요.」

「바쁘면 다음에 와서 해주우. 언제 죽을지 모르는 늙은이 너무 감질나게 말구.」

나는 좀 놀랐다. 뭐가 그렇게 궁금할까. 내 이야기의 끝은 진짜 그게 다였다. 시원하지 않은 말년의 이야기에 할머니는 자기의 상상력을 보태면 그만이었다.

이제 배가 열리는 날이면 언제고 떠날 수 있게 정리를 할 때가 된 것 같았다. 다음 날 나는 산책 길에서 돌아오다 노파를 찾았다. 그 집 툇마루에 막 올라서려는데 상고머리 여자가 미음을 쑤어 들고 왔다. 여전히 회색 점퍼 차림에 검은 바지 그대로였다. 노파는 누워 있었다. 핏기가 가신 낯빛이 푸르스름했다. 노파가 여자에게 눈을 노랗게 흘겼다. 여자가 수저를 내미는데 팔을 홱 젓더니 속니를 갈아붙였다.

「비상은 안 탔냐, 이년? 네년이 주는 거 안 먹는다.」

이어 죽사발이 나동그라졌다.

「내가 네깟 년한테 고스란히 당할 줄 알어? 이 앙큼한 년, 주둥이 다물고 있다고 내가 그 속을 모를 줄 알어? 기운 없이 누워 있었더니 고새 요망한 짓을 해? 그렇게 쉬 안 죽는다. 세상 겁나는 것 없다, 이년! 늙었다고 까니 봤다가는 큰코다칠 줄 알어.」

여자는 내동댕이쳐진 죽사발을 든 채 울었다. 질금질금, 비가 갠 뒤 오래도록 떨어지는 처마에 고였던 빗물처럼.

나는 더는 모른 체할 수 없었다.

「할머니 고정하세요.」

노파가 나를 놀란 얼굴로 힐끔 쳐다보았다.

「넌 또 누구냐?」

여자가 울면서 방바닥을 닦기 시작했다.

7

드디어, 강이 다시 열렸다.

바람이 몹시 찼다. 지난 여름내 폭우가 길었던 탓인지 겨울 끝이 무척 메마르고 길었다. 동네 이장이 시내를 나간다고 했다. 커피도 떨어지고 보리차도 떨어졌으므로 나는 여러 가지 가용거리를 사기 위해 이장의 차에 동승하기로 했다. 이제 그만 이 동네를 떠야 한다고 생각했다. 좀 더 조용히 지냈으면 좋았을걸 하는 후회가 썼다. 정신이 오락가락하는 노인네나 붙들고 계몽시킨답시고 설쳐 댄 걸 누가 알까 창피스럽기도 했다. 좀 의미 있는 하루를 보낸 다음 날이면 미련 없이 떠야지, 했다.

양말을 신고 있는데 누가 와서 방문을 톡톡톡, 두드렸다. 누굴까, 생각하는 사이 아무 소리 없다가 다시 또 톡톡톡. 문을 열어 보았다. 뜻밖에도 상고머리 여자였다.

「어무니가 대접 한 번도 못했다고 오늘 점심이나 같이하시재요.」

나는 잠깐 생각을 했다. 그러나 가지 않는 게 좋을 것 같았다.

「제가 약속이 있어서 나가 봐야 하는데요. 나중에 한번 들를게요.」

여자가 잠깐 나를 바라보았다. 내 말을 믿지 않는 것 같았다. 시내 볼일이 있다는 것이 다행스러웠다. 그러나 그 눈빛에 나는 조금 놀랐다. 꽤나 애원조였기 때문이다. 하지만 이내 고개를 저었다. 나는 저들에게 단순한 파적거리일 뿐이었다. 아무런 교훈도, 하다 못해 재미도 주지 못했다.

「그 여자는 누구예요? 딸이에요?」

차에 올랐을 때 나는 노파의 이야기를 꺼냈다.

「누구, 명구?」

망설이는 듯 이장은 말이 없다가 불쑥 대답했다.

「딸인지 종인지. 주워다 기른 애여. 불쌍해서 거둬 주기는 했어도 어디 친자식처럼 기를 수야 있나? 그래도 그것이 자식 노릇하고 사니께 세상 이치가 참 이상허지.」

이장이 풀쩍 웃었다. 돌부리에 걸렸는지 차가 덜컹, 했다.

「남에게 많이 베푸신 어른인디 아, 왜 성경에 보면 부자가 천국 가기가 낙타가 바늘귀 지나는 일보다 힘들다고 했담서? 노친네가 늙어 놓으니까 그런 것을 아는 거 같아. 지금은 그 딸내미 없으면 못 산다고 침이 마르지…… 제 자식 위해 바쳐 가면서 살림 일구는 일이 얼매나 어려워. 남들 같으면 그중 한 가지나 할

동 말 동 안 혀. 그 어른은 그 두 가지를 다 하셨다고.」

눈앞에 터널이 나타났다.

「사램이 복이 너무 많아도 시상이 무서운 것이여. 복 지키니라고 너무 욕심 부리다 보면 무리가 따르는 법이여.」

「왜요? 할머니가 누구한테 몹쓸 짓 했어요?」

「그걸 누가 알겄어?」

나는 그때 생각했다. 어쩌면 노파는 정말 신이 내린 것이 아니라 일부러 독심술이 있다고 소문내는 술수를 쓰는 건 아닐까. 내게 앙갚음할 생각들 마라. 다 보인다.

차는 터널을 통과했다. 동서남북으로 뚫린 길들과 만나고 흩어지면서 도로는 어느새 차가 제법 불어 있었다. 우리가 막 터널 그늘을 벗어났을 때였다. 어구구, 이장이 핸들을 확 꺾었다. 무엇을 피하기 위해서였다. 개였다. 하얀 개 한 마리가 도로에 들어와 어정거리고 있었다. 길을 잃은 개인지 밭에 간 주인을 따라나선 것인지 길을 건너려던 모양이었다. 그러나 달리는 차들로 개는 도로 한가운데 고립되어 있었다. 흰빛 때문에 염소나 혹은 노루처럼 보이는, 하얀 얼굴에 검고 큰 눈망울을 한 개였다. 다칠까 봐 마음이 쓰였다.

「도로 생기고 짐승덜 숱해 죽어 나가. 그렇다고 저거 피하자고 사고 부를 순 없으니께 그냥 가는 거여. 나도 아까 옆 차선 비어서 그렇지 뒤에 붙어 오는 차만 있었어도 그냥 갔다구.」

개가 무사히 길을 건너갔을까 뒤를 돌아보았다. 길이 휘어져 보이지 않았다. 그저 무사하기만을 빌었다. 그러나 곧, 이런 낙관은 거짓이라는 생각이 들었다. 내가 운전자라면 저 개를 피하기 위해 옆 차와 충돌할 위험을 감수할 것인가. 히터 켜진 차 안에서 저 개의 무사함을 비는 것뿐이지 않을까. 나는 왜 사실을 회피하려 드는가. 저 개는 죽을 확률이 더 높다.

강이 이제 그만 떠나라고 하는 듯했다. 생각할수록 그곳에서 아무것도 한 게 없는 것 같았다. 오지의 차가운 산소를 폐부 깊이 넣어 보려는 욕심까지 부려 가며 나는 알뜰히 시간을 보냈다.

솔직히 그동안 노파를 잊고 있지는 않았다. 일종의 강박 관념이었다. 아니 과대망상일지 몰랐다. 하지만 왠지 그네들이 나를 몹시 기다리고 있을 것 같은 생각이 다시 고개를 들기 시작했다. 그러나 그들이 설령 나의 이야기를 기다린대도 나머지 이야기는 그들이 상상하게 하자. 아니 그들이 만들어 가는 것이다. 가방을 내려 먼지를 털었다. 인생은 언제나 반복된다. 갈등과 화해. 더 이야기 하고말고가 어딨나. 노파가 바람 때문에 스스로 알지 못하는 그네의 말로를 나는 알 것 같았다. 늙어서 죽기는 뻔하고 그 여정 또한 비슷한 것 아닌가. 머리털 검은 짐승만 은혜를 모르나? 머리털 없는 살모사는 제 에미도 잡아먹는다는데. 개같이 번 돈 개같이 나가는 법이다. 돈을 개처럼 벌 재주밖에 없던 인간이 갑자기 정승 노릇할 줄 알기나 하나? 돈 1원에 원수가 셋이다. 빼앗겼다고 미워하는 사람, 안 도와준다고 미워하는 사람, 저만 돈 번다고 시기하는 사람. 그래서 돈 가지고도 평화는 못 산다는 것이다. 당신의 지금 처지를 보면 무슨 설명이 필요한가? 당신은 당신 아들을 백마 탄 왕자처럼 기다리고 있는지 모르지만 당신이야말로 여기서 죽어서도 못 나갈 팔자 아닌가. 노망나서 개 밥 훔쳐 먹고 똥 싼 궁둥이 허옇게 내놓고 돌아다니지 않으면 다행이다. 병 안 들면, 좀 과식하고 잠든 어느 날 갑자기 숨이 칵 막혀 와서 말 한마디도 못하고 죽을 것이다. 옆에서 쿨쿨 자는 딸년을 깨우려고 혹은 마당에서 두런거리는 사람들을 소리쳐 부르려고 안간힘을 쓰는데도 몸이 말을 듣지 않고 스스로 그토록 답답하고 원통하게 죽어 갈 것이다. 늦은 아침에야 당신을 깨워 본 사람들은 그럴 것이다. 복인이라고. 자다가 죽은 거 보시라고. 호상이라고 당신 앞에 병풍 쳐놓고 밤새 막걸리에 돼지고기를 먹어 대며 클클거리겠지. 미안한 말이지만 그날이 올 때까지 당신 딸은 당신을 너무 무거워서 버리지 못하는 더러운 짐짝 취급할 것이다. 당신한테 소리도 치고 지겨워 못 살어, 저놈의 늙은이!를 연발할 것이다. 그러나 걱정 마라. 병풍 앞에서 제일 많이 울 사람은 저 얼굴 시커먼 딸일 테니. 그제야 생명의 은인이었다고 울부짖을 것이다. 버려졌던 나를 길러 주신 우리 엄니, 아이고 이렇게 가시면 어쩨! 배 속에서 솟구치는 눈물을 쏟을 것이다. 인생이 복잡한 건 그 눈물이 진정이라는 데 있다.

하지만, 노파가 듣고 싶어 하는 이야기는 그게 아니었다. 내가 이야기를 마저 한다면, 노파의 기대를 채워 주어야 하나. 인생은 따뜻한 것이라고, 인간이 인간을 용서 못할 것이 세상에 무엇이냐고. 이제 와서 나는 흥정을 할까, 아니면 가슴 아프더라도 잔인한 진실을 말해야 하는 것일까. 그러나 내가 알고 있는 것은 과연 진실인가. 나는 온갖 주석을 넘어 이야기의 원형으로 돌아가야 하지 않을까. 내가 보고 들은 대로만 이야기하면 되지 않을까. 보고 들은 대로, 체험의 편견 그대로.

8

어릴 때 한낮이었다. 큰길가에 서 있는데 한 남자가 벽을 짚으며 비쓸비쓸 걸어오고 있었다. 동네에서 효자라고 소문난 늙은 총각이었다. 착하고 똑똑한 사람이라고 들었다. 그의 얼굴이 파랗게 질려 있었다. 그의 손이 짚은 자리마다 붉은 손자국이 생겨나고 있었다. 가까워지는 그의 손과 바짓가랑이에도 온통 피였다. 피에 젖은 손에는 뻘건 막대기 같은 것이 들려 있었다. 칼이었다. 무슨 일로 그 착한 사람은 한낮에 피 묻은 칼을 들고 쓰러질 듯 걸어오는 것일까. 그 붉던 핏빛과 눈을 찌르던 하얀 태양, 내가 기억하는 최초의 사실적 공포다.

노파가 닭을 잡았다. 목을 한 번 비틀더니 땅에 패대기를 치고는 양은 대야로 덮었다. 닭이 몸부림치는 소리가 다다닥 닥닥닥 살갗

에 뭉클거리며 다가왔다. 물컹한 살과 그 속에서 날뛰는 단단한 뼈,
그리고 울컥거리는 붉은 피.

　꿈이었다.

　귀를 파고드는 낮고 지속적인 울림에 눈을 떴다. 바람 소리 같기
도 한 울림이 문창호지를 타고 넘어 들어왔다. 낮고 어둡고 음산한
소리였다. 창 쪽으로 귀를 기울였다. 소리는 노파의 방에서 들려오
고 있었다. 둘 다 한껏 음성을 낮춘 말이었기 때문에 알아들을 수
는 없었다. 속닥이는 듯한, 그러나 윽박지르는 듯한 퉁스럽고 낮은
음성. 나는 뒤 창문을 소리 나지 않게 열었다. 밤공기가 써늘했다.
인간이 범죄를 일으킬 가능성이 가장 크다는 날, 사람의 마음이 늑
대의 심리와 가장 닮는다는 보름의 달이 떠 있었다. 나는 담을 넘
어 가파른 언덕을 더듬어 내려갔다.

「이년아! 네가 몸가짐을 잘했어야지. 네년이 남보다 예뻐서 사내
놈이 올라탔겠냐? 네년 팔자 네년이 오그라뜨린 거야. 어려서 굶
어 죽지 못한 한을 그렇게 푼 거냐?」

무언가가 던져지는 듯한 소리가 났다.

「호랑이 새끼를 갖다 거뒀어두 이 지경은 아니었겠다. 네년 거둔
죄로 난 이렇게 벌 받는다만 네년은 으떻게 죗값을 치를래?」

방문이 와락 열리고 둥둥거리는 발소리가 났다. 나는 노파네 뒤
란에서 마당으로 조심스레 돌아나갔다. 그 집 마당이 눈에 들어왔

다. 여자가 툇마루에 흐트러진 채 앉아 있었다. 물벼락을 맞았는지 몸이 젖어 있었다. 젖은 채 후들후들 떨고 있었다.

「어무니 그만하세요, 제발.」

떨리는 음성으로 여자가 애원했다.

「내가 으떻게 니 에미냐? 그런 말을 하고도 목구멍이 안 미냐?」

노파가 여자에게 달려들어 머리칼을 쥐고 흔들어 댔다. 여자의 고개가 뒤로 젖혀졌다.

「이이! 눈깔 좀 봐!」

노파가 방으로 뛰어 들어가더니 떨리는 음성으로 말했다.

「안다, 이년아. 네년이 언젠가는 날 잡아먹겠지. 서서히 녹여 죽일라 말고 차라리 불이나 확 질러 버려!」

노인이 말끝에 앓는 소리를 내는 동안 여자는 걸레로 마루에 쏟아진 물기를 닦았다.

나는 다시 내 방으로 돌아가기 위해 차가운 돌들을 밟고 올라섰다.

밤새 머리가 복잡했다. 가방에 옷과 책 나부랭이를 턱턱 담았다.

다음 날, 나는 마지막으로 노파에게 인사를 해야 하지 않을까 생각했다. 마음 놓고 사세요. 어차피 사람 목숨, 삶과 죽음 사이에 있습니다. 이제 죄의식에서 고만 벗어나세요. 충분한 형벌을 받으셨어요.

내가 그 집 대문께로 막 다가갔을 때였다. 햇살이 밝았는데 마당에 여자와 노파가 나와 있었다. 겨울이 도로 오는지 때 아닌 칼바람으로 기온이 급강하했지만 햇살만큼은 입춘이 지난 걸 속이지 못했다. 노파가 쪽진 머리를 풀어 감은 모양이었다. 마당 의자에 노파를 앉혀 놓고 여자가 그 길고 흰 머리를 곱게 빗어 내리고 있었다. 은빛 머리털이 천상의 빛깔인 양 눈부셨다. 노파의 감은 눈 틈으로 깃든 햇살이 발그레했다. 여자의 옆얼굴이 보였다. 전혀 상처가 보이지 않는 쪽이었다.

굳이 그 집 마당에 들어서지 않아도 될 것 같았다. 대개, 세상을 지배하는 것은 언제나 상식이다. 나는 조용히 돌아섰다.

8

산을 한 바퀴 둘러보고 이장네에 들러 인사를 하고 돌아오며 나는 결심했다. 이대로 떠난다.

「계세요?」

몸뻬 아주머니였다.

「가신다매요?」

나는 한 가지만 묻기로 했다.

「저기, 할머니네요, 가끔씩이라도 아들이 오기는 하나요?」

「누구?」

「할머니 아들요.」

「하이고 눈치도 백치네요. 오기는 으떻게 와요. 귀신이 온다면

262

모를까. 할멈이 정신이 이상해진 건지 노망이 났는지 아들 손주 죽은 거 다 잊어버리고 자꾸 기다리는 거지.」

「아, 손주도 있었어요?」

「예, 명구가 낳은 애요.」

「명구 씨는 딸이라면서요?」

아주머니가 대답 대신 인상을 찡그린 채 고개를 저었다.

「그건 할멈 말이고 실은 종이지 뭐. 애보개로 들인 건데 천자처럼 받들던 아들 홀겨 냈다고 난리가 났어요. 몰래 살림 차린 거 전국 산천 다 뒤져 찾아왔다구 하더니 명구만 데리고 왔데요.」

「그분은 얼굴 언제 다친 거예요?」

「그때 그런 거지. 불이 나 죽었거든요, 아들이랑 손주.」

「그런데도 서로 같이 사시네요.」

「혼자 살 수가 있나? 명구나 할멈이나.」

「딸들하고 살 수도 있잖아요.」

몸뻬 아주머니는 고개를 가로저어 댔다.

「딸들? 딸들은 저런 엄마 좋다고 하나? 그러구 저 할멈이 딸들 오지두 못하게 한다는데. 누가 해코지할까 봐.」

「해코지할 일이 뭐가 있어요?」

「몰라 나도. 평생을 어찌 살았길래 저리 벌벌 떨며 지내나. 하이고 젊어서는 호랭이 아갈박보다도 더 사납더니만.」

나는 가방을 둘러멨다. 그리고 아무 망설임 없이 길을 내려왔다.

어스름이 내리고 있었다. 배가 들어올 시간이었다. 서둘러야 했다. 내리막길을 꺾어 내려갔다. 노파네 집으로 가는 샛길을 지나치는데 마치 누가 나를 부르는 것 같은 느낌이 소름처럼 돋았다. 어스름이 나를 따라오듯 뭉텅뭉텅 짙어졌다.

드디어 이제 망가진 의자나 깃대 하나 꽂히지 않은 선착장의 붉은 흙이 보여야 할 지점에 이르렀다. 그런데 선착장이 사라지고 없었다! 온통 얼음으로 뒤덮인 것이었다. 입춘이 지나 불었던 강물이 때 아닌 추위에 그대로 얼어 버린 것이었다. 배는 어디에 서는 거지? 다른 길이 따로 있나? 모두가 아는 곳을 나만 모르는 것 같아 우왕좌왕하는 사이, 저만치 움직여 가는 배가 보였다. 나는 얼음덩이가 돼 버린 강 언덕을 주춤주춤 내려서며 배를 향해 소리쳤다. 이미 밤안개 속으로 사라진 배, 더 이상은 오지 않을 배를 향해서였다.

너무 암담한 일은 실제로 잘 일어나지 않는다고 나는 혼잣말처럼 중얼거렸다. 그때 갑자기 머리 위로 검은 까마귀 떼가 휙 스쳐 갔다. 새 떼를 피하느라 마을을 되돌아본 순간이었다. 언덕 중턱에 앉은 파란 대문 집에 어마어마한 불꽃이 솟구쳐 오르고 있었다. 두 눈 가득 불을 담고서, 나는 그저 바라보기만 했다. 온몸이 소금 기둥처럼 굳어진 듯 꼼짝할 수가 없었다.

비닐봉지가 새처럼

1

바람이 분다. 해가 저문다. 저녁이 들판 너머에서 소슬히 몰려온다. 나무와 풀이, 땅의 살이 몸을 바꾸는 조짐에 마음이 어수선했던가. L은 문득 무언가가 떨어져 나가는 듯한 느낌이다. 바람에 나부끼며 추락하는 자신의 마음이라는 것이, 종이 같은 그것이 아련히 느껴진다. 근원을 알 수 없이 깊은 우물에 마음을 이미 놓친 것도 같다.

커튼 보따리는 생각보다 너무 무겁다. 마치 지구 표면을 뜯어 올리는 것 같다. 그러나 L로서는 다른 방법이 없다. 보따리를 들어 올리자 머리로 열기가 후끈 솟구친다. 두개골이 이내 파열될 것 같다. 어깨뼈가 그대로 빠져나가는 것 같다. 눈물이 빠진다. 열 걸음을 못 채우고 짐을 내려놓고 만다. 손바닥 살이 빨갛게 밀리고 손가락이 굳어져 펴지지도 않는다. 자신은 괜찮은데 사람들이 자꾸 쳐다보는 것이 창피하다. 택시를 탈까 생각했지만 그럴 작정이었으면 동대문 시장까지 나오지도 않았다.

버스에서 내려 아파트 광장을 지나는데 무거운 척하지 않으려고 애쓴 탓에 팔이 그대로 뻣뻣이 굳어 버렸다. 이 짐에 깃털 하나 더 얹히는 것만으로도 팔이 쑥 빠져 덜렁거릴 것 같다. 그러나 아이들 반찬을 사야 한다. L은 슈퍼마켓 쪽으로 간다.

단지 한쪽 끝에는 페인트칠이 마무리되지 않은 시멘트 건물이 동굴처럼 시커멓게 일어서 있다. 아직 준공이 끝나지 않은 아파트들이다. 광장에는 여느 때와 달리 사람들이 하얗게 쏟아져 나와 있다. L이 이 동네 이사 온 후로 이렇게 많은 사람을 본 것은 처음이다. 어스름 녘 사람들의 흰옷 빛깔은 잉크 물을 들인 것처럼 비현실적인 푸르름을 띠고 있다. 상점 안의 계산대 근처에도 여자들이 몰려 있다. L은 반조리 식품 코너를 둘러본다.

「새집에서 웬일이래, 숭악하게.」

여자들의 목소리가 어수선하게 건너온다.

「그러게 말이야.」

「아줌마도 보셨어요?」

「못 봤어. 가니까 덮어 놨던데 뭐, 접근도 못 시켜.」

「왜 그랬대?」

「그걸 어떻게 알아, 죽은 사람을 깨워서 물어볼 수도 없구.」

「죽을래면 어디 가서 혼자 슬쩍 죽을 것이지 왜 여러 사람 사는 데서…… . 안 그래?」

「저 동 인제 집값 떨어졌다.」

한 여자가 쿡, 웃으면서 말하기가 무섭게 옆의 여자가 옆구리를 슬쩍 지른다.

「미치겠던가 부지 뭐. 집 장만한다고 이사 와 보니 동네는 허허벌판이지요, 창밖에는 어리디 어린 나무들만 띄엄띄엄 서 있지요, 들판 건너 노을은 붉지요, 자기 젊음을 제물로 삼킨 집은 볼수록 대견도 하고 허무하기도 했겠지. 쪼글쪼글 주름진 얼굴로 가을바람은 휘익 불어오고.」

「사춘기야? 딴 이유가 있었겠지. 남편이 바람을 피웠다든가 사업이 망했다든가.」

L은 반조리 식품 몇 봉지를 사들고 나온다.

한 여자가 17층 아파트에서 추락했다. 아직 커튼이 없을 수도 있는 새집에서다. 불길한 공포가 젖은 담요처럼 L의 등을 덮는다. 가 보고 싶다. 그러나 혼자서는 못 갈 것 같다. 그래도 얼른 발길이 집 쪽으로 향하지는 않는다. L은 광장에 그대로 멈춰 선다.

이 집에 이사 오기 전 L은 열다섯 평짜리 아파트에서 아이 둘을 키우며 살았다. 피아노 위에까지 아이들 옷과 장난감이 빼곡하던 집에서 이 집을 분양받아 이사 오기까지 L은 바쁜 남편 대신 혼자 아파트 청약을 하고 여기저기 모델하우스를 보러 다니고 대출을 받고, 살던 집을 내놓고, 그 집에서 월세를 물어 가며 입주 날짜까지 남은 두 달을 더 사는 협상을 했다. 그리고 새로 이사 들어오는 사람의 편의를 봐주기 위해 집을 미리 비워 주느라고 방 한 칸에 짐만 몰아 두고 일주일 동안 아이들과 여관살이를 하기도 했다. 이제 비로소 우리의 보금자리가 생긴다는 설레임이 힘이었다. 자기 집을 장만한다는 것은 귀소 본능을 지닌 동물로서, 토착 농경민의 후예로서 얼마나 중대한 일생일대의 사건인가.

나이 마흔이 코앞에 부딪히는 때, 자신이 일궈 온 결실처럼 L의 시선은 집을 어루만졌다. 새로 산 인형 하나 조화 한 바구니에도 기분이 맑아지고 행복했다. 아직도 문을 열어젖히고 청소하자면 창틀이며 타일 틈새에 긴 시멘트 먼지들을 쓸고 닦느라고 밥 때를 놓치기도 한다.

그러나, 자기 집에 입성한 지 6개월 동안 L은 다섯 개의 창에 매달 커튼을 디자인하고 치수를 재는 일을 거뜬히 해치우지 못했다. 이상하게 점점 맥이 빠져 버렸다. 기운을 차려 커튼을 바꿀 엄두를 내면, 커튼과 어울리지 않는 침대보가 걸렸다. 낡은 식탁을 바꿔 볼까 하면 가구를 전부 다 바꾸고 싶었다. 그러나 어떻게 해도 자기 집은 잡지 속의 심플하고 화사한 집이 되지는 않았다. 구석구석 서로 어울리지 않는 퀴퀴한 가구가 삐뚤게 서 있는 집, 손잡이가 녹아내린 국자 따위도 버렸다가 다시 주워 오곤 해야 하는 자신의 알뜰함이 짜증스러웠다. 숙제를 마치고 난 뒤의 허탈함 같은 것일지도 모른다는 생각이 들기도 했다. 집 하나 장만하는 것이 인생

목적이었나, 우스웠다.

어스름 녘 바람 부는 들판을 향해 선 채 치맛자락을 휘날리던 여자가 종이처럼 바람에 몸을 실어 버린 광경이, 마치 본 것처럼 선연히 떠오른다. 창공처럼 열린 저녁 어스름에 여자의 머리칼은 섬광처럼 파랗게 빛났을 것이다. 창을 열자 들이닥친 바람은 파란 머리칼을 사납게 헝클어뜨리고, 흰 블라우스와 꽃무늬 치마를 깃발처럼 펄럭거려, 추락하는 그녀의 시야를 언뜻 가리기도 했겠지. 백 년이 흐른대도 저녁 어스름은 슬프기만 할 것 같아서, 백 년을 더 살 필요가 없었을 거야. 남들이 밥을 먹고 장을 보는 시간, 노을 지는 들판을 마주하다 누구의 손짓에 이끌리듯 여자는 종이처럼 바람에 몸을 날렸을 거야. 실은 종이가 아니었을 테지. 물체 터지는 소리가 퍽, 하고 났을 테지.

경찰차와 백차가 떠나고도 사람들은 한동안 모여 있더니, 차츰 비늘구름처럼 흩어져 간다. 상가 건물에 붙은 '입주 환영'이라는 대형 현수막의 아랫단에 든 나무 봉이 벽에 부딪는 소리가 따닥따닥 들린다.

2

계기판의 바늘은 시속 130에서 140을 오가고 있다. 길은 텅 비어 있다. 앞서 가고 있는 차가 없어 길의 상황은 미리 알 수가 없다. 한 뼘씩 빛 속으로 몸을 드러내는 길 위로 스사사, 사라져 가는 흰 뱀 같은 주행선을 따라 달릴 뿐이다. 한순간 멈추면 그대로 어둠의 절벽 속에 갇혀 버릴 것 같다. N은 제어하기 힘든 속도감으로 온몸이 충만한 것을 느낀다. 시간 위를 달리는 빛이 된 기분이다.

「누구도 나를 그렇게 행복하게 할 순 없을 거예요.」

인공 선탠을 한 듯 누릇누릇한 피부, 갈색 빛으로 염색된 머리카락, 구겨진 광목 소복과 무척 대조적으로 보이던 여자는 말했다. 많이 운 흔적보다는 무척 지친 듯한 얼굴이었다.

「먼저 가려고 그렇게 잘했던 걸까, 지금은 차라리 너무 다정했던 것이 원망스러워요.」

여자는 눈을 질끈 감았다. N의 오랜 친구 K의 아내. K는 검은 리본이 쳐진 영정 속에서 아주 섬세한 미소를 띠고 있었다. N은 그 얼굴에서 요절하는 운명의 흔적을 찾아보려 했다. 그러나 세상의 모든 영정 속에는 이미 죽음의 기미가 있다.

N은 울 수조차 없었다. 어쩐지 K를 용서하면 안 될 것 같았다.

광화문에서 대전을 향해 출발한 것이 어젯밤 10시. 일 때문에 다른 친구들과 합류해 떠나지 못하고 N은 혼자 늦게 차를 몰아갔다. 장례식장에 앉아 있다가 다시 고속도로를 탄 시각이 새벽 2시 반이었다. 장지까지 따라가야 했지만 오늘은 회사에서 아주 중요한 업무가 있는 날이다. 오늘만큼은 N이 회사에 없으면 안 된다.

옆 자리에 앉은 친구는 언제부터인지 고개를 옆으로 떨어뜨리고 잠들어 있다. 차가 광화문의 회사 앞을 막 지나고 있다. 이대로 사무실에 들어가 눈을 붙이고 싶다고 체세포가 말하는 것 같다. 그러나 N은 절대 외박하지 않는다. 30분을 자고 올망정 집에는 반드시 간다. 친구의 집은 아현동 고개 어디랬다. 흔들어 깨우자 화들짝 놀라 깬다. 잠들어 있었다는 것이 민망한 모양이다. 얼굴을 비비면서 입을 연다.

「야, 근데 걔 벌어 놓은 돈은 좀 있대냐? 애는 그 딸내미 하나지? 여자 혼자 어떻게 사냐? 난 그 여자 처음 본다.」

K와 가장 친하다는 N 역시 그의 아내를 본 것이 영정 앞에서 본 것까지 합해 네 번인가 된다. 남편과 딸 이외의 세상에 대해서는 상처받은 짐승 같은 눈으로 적의를 띠는 얼굴을 N은 여자에게서 읽었다. 사람 많은 서울이 싫어 대전의 근교로 옮긴 것도 여자의 줄기찬 희망 때문이었다. 떠나고 싶다는 막무가내의 심정을 못 이겨 여자는 아이만 데리고 훌쩍 내려가 버렸다. 시위였다. 고향 쪽으로는 오줌도 갈기고 싶지 않다던 K는 1년이 지나서야 직장을 대전으로 옮길 수 있었다. 그러나 그동안 고향 친구들과도 거의 연락 없이 지내 왔다고 했다.

「여자가 너무 사교성이 떨어져. 식물로 태어났으면 딱 알맞았을 거야.」

검누런 얼굴과 탁한 음성 때문인지 늘 우울해 보이는 자기 아내를 가리켜 K는 변명하곤 했다.

아현동에 친구를 내려 주고 집에 도착해 사이드 브레이크를 올리며 본 연둣빛 야광 시계가 4시를 넘어서고 있다. 지난 이틀 동안 잔잠이 다해서 다섯 시간도 되지 않는다. 아침에 출근을 하자면 6시에는 일어나야 한다.

열쇠로 따고 들어간 집 안은 고요하다. 길에서 비쳐 들어온 가로등 빛이 거실에 이리저리 그림자를 어질러 놓았다. N은 아이들 방을 열어 보고는 작은놈 위에 올려진 큰아이 다리를 걷어 내고 이불을 잘 덮어 준다. 재빨리 몸을 씻고 침대가 출렁이지 않게 조심스레 눕는다. 착한 아내는 잘 자고 있다.

자명종 시계를 6시에 맞춘다. 베개에 머리를 얹자 마치 깊숙한 늪에 빠지는 것 같다. 무엇이 흡반처럼 N을 빨아들이는 것 같다.

얼마나 잤을까, N은 문득, 잠을 깬다. 그러나 눈은 떠지지 않는다. 눈꺼풀에 아교라도 붙은 것처럼 따갑다. 잤다기보다 잠깐 벽에 기대 서 있었던 것 같다. N은 눈을 뜨지 않은 채 손을 뻗어 협탁 위의 자명종 시계의 울림 단추부터 끈다.

N은 시계 우는 소리를 아주 싫어한다. 시계 소리를 아침에 들으면 하루가 잘 풀리지 않는다는 징크스마저 있다. 순전히 자명종 시계 때문에 헤어진 여자도 있다. 단 한 번의 미팅 때 만난 여자였는데 얼굴이 희고 소박하고 평범한 것이 좋았다. 그러나 지금은 얼굴보다 오히려 리본이 달려 있던 황당하게 촌스럽던 노란 구두밖에는 떠오르지 않는다. 그 구두까지는 그래도 봐줄 만했다. 그러나 N이 아르바이트를 시작했다는 말을 듣고 여자가 자명종 시계를 선물한

이후로는 사정이 달라졌다. 시계는 통통한 플라스틱 병정 모양이었는데 아침마다 음악을 울리며 자발을 떨어 댔다. '기상! 일어나. 밝은 아침이야. 자, 오늘도 활기찬 하루, 출발!' 여자 성우가 내는 남자 꼬마의 목소리는 너무 달아서 구역질을 일으켰다. 그리고 웅웅거리며 이어지던 조야한 행진곡. 새마을운동 기상나팔 같은 그 소리가 지겨워서 시계를 패대기친 후 N은 시계 선물한 여자를 다시 만나지 않았다.

그러나 그 후 N이 직접 산 자명종 시계만 해도 예닐곱 개는 된다. 그리고 언제나 맞춰 놓은 시각에서 1, 2분 전에 잠에서 깨어난다. 아침 일찍 스스로 잠에서 깨는 것은 일곱 살 무렵부터 몸에 밴 습성이다.

그 여자는 지금쯤 어느 남자의 파자마 엉덩이를 손바닥으로 성급하게 두드려 대며 외칠지 모른다. '일어나세요. 상쾌한 하루가 시작됐어요. 자, 오늘도 새로운 각오와 다짐으로 보람차게 출발하세요. 인생은 짧고 할 일은 많잖아요!' 그보다 한술 더 떠, 아이들에게 주전자 뚜껑과 젓가락을 쥐여 주고는 솥뚜껑 군악대 연주를 할지도 모르지. 곡목은 〈힘내세요, 아빠〉.

N은 자리에서 벌떡 일어난다. 마치 관에서 눈뜨는 송장처럼 벌떡 일어나는 사람은 일찍 죽는다는 말을 들은 적이 있다. 그러나 잘 고쳐지지 않는다. 한 시간을 조금 넘게 잤다. 수면의 단위는 한 시간 반. 최소한의 잠은 잔 셈이다. 그 정도면 됐다. 아내는 죽은

듯이 자고 있다. 헝클어진 머리, 부은 얼굴. 손가락으로 살짝 건드리기만 해도 별 같은 눈을 반짝 떠 보일 뽀얗고 생기 있는 얼굴이 아니다.

N은 거의 태엽 풀리는 대로 움직이듯 욕실에 가서 세수를 한다. 언제 부풀었는지 윗입술 한쪽이 쥐어 있다. 수건으로 얼굴을 닦으며 방에 들어와 보니 다른 날과 달리 아내가 일어나 있다.

「왜 일어나?」

「뭐 좀 만들어 줄까?」

둘 다 대답은 않고 서로 묻기만 한다.

「됐어.」

N이 대답한다. 겉으로는 아내가 너무 힘들어하는 것이 불편해서 아침을 굶는 척하지만 실은 시간이 너무 일러서다. 아내가 금방 만들 수 있는 것이라곤 시리얼에 우유를 부은 것이거나 계란 프라이일 것이다. 굳이 밥을 달라고 하면 칼을 들고 뒤돌아서 쿵쿵 얼음을 찧어 댄다. 몇 달 전 처가에서 얻어 온 후 그대로 얼음 덩어리가 된 곰국 따위다.

N은 좌석버스에 오르자마자 잠이 들고 말 것이다. 아침을 먹은 채 차에서 잠들었다 깨어 보면 위가 통째로 굳어진 느낌이다. 제균 치료를 받았지만 늘 재발하고 마는 만성 위염 때문이다. 위 내시경 검사를 다시 받아야 할 때가 한참 지났다. 순간, 식도 마취를 위해 30분이나 물고 있던 미싱 기름 같은 액체와 식도에 박혀 이리저리

몸을 저어 대던 딱딱한 내시경 줄의 숨 막히는 이물감이 떠오른다. 구토가 솟구치는 것 같다. 식도부터 직장까지 모두 출혈하고 있는 건 아닐까. 나쁜 밥은 지나는 모든 자리에 상처를 낸다. 나쁜 기억이 사는 뇌세포는 괜찮은 걸까.

N은 칫솔질을 멈추고 올라온 가래를 뱉는다.

「우유라도 좀 마셔.」

N이 물을 마시는데 뒤에서 아내의 말소리가 들린다. 누렇고 구부정한 다리 위로 실켓 직조된 얇고 부드러운 아내의 면 잠옷이 형편없이 구겨지고 말려 올라간 채 N의 눈에 들어온다.

「됐어.」

N은 물을 마저 마시고 만다. 한국 남자의 7할은 우유 안의 락토오스라는 당분을 분해하는 락타아제 결핍이라는 이야기를 N은 여러 차례 아내에게 했다. 그때마다 아내는 아무 말도 하지 않았다. 무심을 가장한 부정이었다. 자꾸 마시면 생겨. 어릴 때 우유를 마시지 않아서 그래. 속으로 그렇게 말할 게 뻔했다.

「어제는 몇 시에 왔어?」

「1시 좀 넘어서.」

N은 고리 지어 걸어 놓은 넥타이를 목에 걸어 쭉 잡아 빼며 대답한다. 4시도 1시 넘은 시각이니까 거짓말은 아니다.

「회사에서?」

아내로서는 큰 용기다.

N은 후후 웃으며 아내의 팔을 툭 친다. K의 일을 아내에게 이야기하기는 해야 한다. 그러나 오늘 아침 아직은 N 스스로도 그 일을 감당할 수가 없다. 놀라는 아내 앞에서 자기감정이 엉망진창으로 드러나 버리지는 않을까. 물이 가득 담긴 주머니를 조이듯 N은 마음을 다잡는다.

「갔다 와.」

아내는 무슨 말인가 하고 싶은 눈치다. 바쁜 일이 좀 마무리되면 가까운 곳에라도 함께 다녀와야겠다.

「먼저 자라.」

저녁때 기다리지 말라는 것이 N의 아침 인사다. 입에 붙은 그 말이 오늘은 생경스럽다. N의 귀가 시간은 11시에서 12시 사이다. 신혼 초에 아내는 밥도 먹지 않고 N을 기다리곤 했다. 그게 N에게는 얼마나 부담스러운 시위인지를 이제 아내는 아는 것 같다. 아내는 교양 있는 여자다. 남편이 늦으면 혼자 밥을 먹고 아이들을 씻겨 재워 놓고 자기도 잠옷으로 갈아입은 채 편안히 잠들 줄 안다. 일찍 와요? 언제 와요? 누구 만나요? 이런 따위를 묻지 않는다. 화장하지 않고, 애교 부리지 않고, 조용한 여자. 착한 아내는 어떤 식으로든 남편을 자극하지 않는다.

박명 속에 흰색 베고니아가 섬세하게 푸른빛을 띠고 있다. 베고니아가 다복이 핀 화분을 막 돌아 자전거 길로 접어드는데 한 여자가 눈에 들어온다. 노란색 원피스 자락과 층을 내어 자른 긴 머리가 걸을 때마다 물결처럼 찰랑인다. 짧은 치마 아래로 드러난 다리가 왜무처럼 길고 곧고 부드러워 보인다. 얇고 따뜻한 이불 속에서 여자의 다리가 휘감겨 오는 듯 부드러운 느낌이 다리 살갗을 간질인다. 저런 여자와 함께라면 늦은 아침 눈이 뜨더라도 낭패스럽지 않을 것 같다. 잠이 채 깨지 않은 굳은 어깨로 뻐근하게 새벽 공기를 헤치며 출근 같은 걸 하지 않아도 삶이 그런대로 만족스러울 것 같다.

대전으로 내려간 이후 K가 N의 사무실에 온 적이 있었다. 흰 원피스에 모자를 쓴 소녀 같은 여자와 함께였다. 자세히 보니 그렇게 어린 여자는 아니었다. 혼기가 이미 꽉 찼거나 혹은 넘긴 지 오래되었을 수도 있는 얼굴이었다. 그러나 물론 K나 N보다는 훨씬 어린 여자였다. 눈이 예쁘장하고 웃음소리가 낭랑했다. 세상의 모든 조강지처가 분통을 터뜨릴지 모르지만, 순수해 보였다. 여자에 대해서는 N도 K도 서로 묻거나 소개하지 않았다. 아이들을 집으로 불러 모아 피아노를 가르친다는, 듣기에 낭만적이기만 한 직업 정도를 알았을 뿐이었다. 함께 저녁을 먹고 술을 마시고 새벽 1시가 넘어서야 N은 그네들과 헤어졌다. 두 달 전만 해도 엉망으로 취한 모습을 보였던 K였다. 저렇게 마음잡아 가는구나. N은 생각했다. 돈이든 명예든 혹은 여자든, 무엇이든 마음 붙드는 것이 있으면 산다.

노란 원피스의 여자는 신호등 앞에 서고 N은 여자를 지나친다.

N은 여자를 한 번 더 돌아보지 않는다. 여자가 눈앞에 있을 때도 여자에게 초점을 맞춘 것은 불과 0.1초도 되지 않았다. N을 흔들 수 있는 것은 오직 자기 자신뿐이다.

큰길로 나오자 갑자기 바짓가랑이 사이로 바람이 와아 몰려든다. 전혀 낯설고 습하고 향기로운 바람 냄새가 난다. 바람보다 빠른 어떤 충동이 가슴을 뚫고 지난다. 가슴속 저 안 어디서 기차가 지나는 듯 흥통에 가까운 떨림이 일다. N은 저절로 몸을 움츠린다. 설레는, 나부끼는, 무책임하고 자유로운 욕구가 안에서 꿈틀 살아 오르는 것 같다. 그러나 N은 서류 가방을 더욱 단단히 잡는다. N은 자신의 이성을 믿는다. 다리가 썩어 나가도 나는 걸을 수 있다. 뚜벅뚜벅 빠르게 걷는데 가슴이 다 무너지는 것 같다. 상관없다고 그는 생각한다.

아파트 숲 너머로 해가 솟아오르는지 맑은 오렌지빛이 투명한 잉크 색 어둠과 기묘하게 섞여 있다. 여기가 어디인가. 지구라는 낯선 별, 나는 이제 형량이 끝난 외계인은 아닐까. 그만 돌아와라. 어디선가 섬광 같은 외침이 있을 것도 같다. 저만치 버스가 오고 있다. 저걸 놓치면 주차장이 되어 버린 도로에 갇혀 끓어오르는 가슴속의 폭탄이 터질세라 자꾸만 자꾸만 잠을 청해야 한다. N은 달린다. 출발하려는 버스에 가볍게 뛰어오른다. 잠들어 있는 사람들 사이로 들어가 의자에 앉자마자 영어 테이프를 넣은 카세트의 이어폰을 귀에 꽂는다. 잠이 들더라도 소리는 잠재의식 어디라도 고

일 것이다. 따끔거리는 눈을 감는데 버스가 막 도 경계선을 넘는
다. 팍스(Pax) 서울을 향해 몸이 빠르게 질주하고 있다.

3

　오전의 햇살은 언제나 가을 냄새가 난다. 텔레비전 소리가 거실
바닥에 흩어진 양말, 뒤집힌 셔츠, 펼쳐진 신문지를 건너다닌다.
거실을 좀 정리해야 할 것 같은데 어쩐지 엄두가 나지 않는다. 원
인을 알 수 없는 무력감이 온몸을 물처럼 채우고 있다. 오늘은 어
떻게든 몸을 움직여 보고 싶다. L은 우선 커피를 타 들고 다탁에
와 앉는다. 버릇처럼 켠 텔레비전 속에는 한 쌍의 부부가 앉아 있
다. 우리는 어떻게 살아야 할까요,를 묻는 프로그램이다. 남자는
평생 돈도 안 벌고, 발로 여자의 얼굴을 차기도 하고 가래를 뱉듯
욕을 해대는 위인이란다. 게다가 국밥집 마누라, 다방 레지 가리지
않고 바람피웠다고 늙은 아내가 이죽거려도 부인하려 들지도 않는
다. 길에 버려도 시원치 않을 남편은 들개처럼 씩씩하고 그의 아내
는 짜증과 피로에 절어 보인다. 포악을 떨다 지쳐서인지 여자는 성
질이 이상한 사람처럼 보인다. 남편과 못 살겠다고, 부디 매 맞지
않고 조용히 이혼할 수 있는 길을 알려 달라고 여자는 손수건을 꼬
깃거리며 말한다. 그리고 마지막 순서, 여자가 준비해 온 편지를
읽는다.
　'여보, 제발 술 좀 그만 드시고 우리 고생도 얼마 남지 않았으니

착하게 자라나는 아이들을 보며 희망을 갖고 사십시다. 사랑하는 당신 아내가.'

그 대목에서 여자는 목이 멘다. 사랑한다니? 비장하기가, 폭우 속에서 발표하는 역사적 독트린 같다.

사랑한다고 말하는 순간 여자들은 왜 울까. 사랑할 수 없는 사람을 사랑한다고 스스로 마쉬를 거는 순간, 고양된 순교자적 희생정신 때문일 거다. 써금써금하다 못해 삼출물이 누렇게 흘러나오면서도 무슨 인사말이라도 되는 것처럼 말끝에 사랑한다는 토를 다는 부부를 보면 웃음이 난다. 사랑한다는 말이 정말 주접스럽게 느껴지는 순간이다. 지겨워서. L은 젖은 걸레를 깔고 앉은 기분이다.

순간, 커피가 뜨겁게 식도를 타고 내린다. 갑자기 할 일이 생각나서 커피를 너무 급히 마셨다. L은 방으로 부르르 들어선다. 침대 옆을 스치는데 협탁 위에 놓인 홈쇼핑 책자가 눈에 띈다. L은 거의 무의식적으로 펼쳐 본다. 전에 이미 본 것이지만 눈에 띌 때마다 자꾸 보게 된다. 미처 발견하지 못한, 쉽게 행복해지는 주문이 그 안에 있을 것만 같다. L은 책자를 슬렁슬렁 넘기며 거실로 나온다. 참, 무얼 하러 방에 들어갔더라? 생각이 나지 않는다. 꼭 해야 하는 일이 생각나서 가슴이 징 울리기까지 했었는데 뒤돌아서는 사이 말갛게 증발되고 말았다.

두 눈에 텅 빈 하늘, 바람에 고개를 젓는 나무들이 보인다. 한참 서 있었더니 다리가 굳어지는 것 같다. 그러나 무얼 하려 했던 것인지 생각은 여전히 돌아오지 않는다. 이럴 때는 동작을 되돌이하는 것이 낫다. L은 거실 한가운데로 와 선다. 다시 소파에 앉는다. 남은 커피도 마셔 본다. 미지근한 커피는 역하다.

텔레비전에서는 울먹이는 아내의 손을 들개 같은 남편이 슬쩍 잡아 주고 있다. 둘 다 붉고 주름진 손이다. 무식하고 가난한 저 남자가 누린 향락이라야 쉬어 터진 막걸리와 빈대떡, 순대 나부랭이 정도였다고 손이 변명하는 것 같다. 여자는 손을 뿌리친다. 남편은 허허 웃으며 손을 꼭 잡아 누른다. 마치 외박하고 와서는 싫다는 마누라 허벅지를 억지로 벌리며 달려드는 것 같다. 앙탈을 부리니까 더 귀여운데, 하며 구린내 나는 입으로 흐흐거리는 것 같다. 이렇게 한번 손잡아 주면 3년은 간다고 들개 같은 남편은 생각할 것이다. 돈 걱정과 몇십 년 묵은 울화로 가슴이 타도, 밤에 남자가 한번 깔아뭉개 주면 속이 다 풀리는 게 여자라고, 우중충하던 세상이 삽시에 만화방창 행복해 보이는 법이라고 확신할 것이다.

「개들은 원래 머리가 나쁘니까.」

L은 혼자 중얼거린다.

그제야 자신이 남편의 조끼를 찾으려 했다는 생각이 떠오른다. 침대 밑에 있을지도 모른다는 생각에 플래시를 찾으려고 했는데 홈쇼핑 책자가 눈에 들어왔던 거다.

그러나 이제는 몸에 힘이 다 빠져나가고 없다. 아무 의욕도 생기지 않는다. 등을 곧게 펼 힘조차 없다. 소파에 쓰러지듯 앉는다. 머

릿속이 웅, 울린다. 무력감이 해일처럼 덮쳐 온다. 왜 이렇게 맺히
는 게 없니? 주먹을 꼭 쥐어 본다. 이 정도의 악력이라면 손가락
새로 피가 나올 것도 같다. 그러나 별 감각이 없다. 손바닥에는 손
톱자국이 빨갛게 나 있다. 이대로 있다가는 파라핀처럼 형체도 알
아 볼 수 없이 녹아 버릴 것 같다.

여왕벌도 이런 날이 있을까. 그런 여왕벌도 있겠지. 수벌과의 교
미가 너무 싫다거나 알을 낳는 고통이 억울하고, 꽃을 찾아 집을
떠나 펄펄 날고 싶은 여왕벌도 있을 거야. 그런 여왕벌이 있다면
생태계가 골치 아프겠지. 핀셋으로 골라내 없애 버리겠지. 얇은 표
피에 둘러싸인 물기 많고 통통한 몸통을 콱 터뜨려 버리겠지.

4

식판에는 기름이 둥둥 뜬 미지근한 찌개와, 겉은 쉬고 속은 익지
않은 '미친' 상태의 김치, 증기 솥에 쪄 낸 시커먼 떡밥이 담겨 있
다. 혀 둘레로 신물이 돈다. 그러나 N은 그런 느낌 따위는 무시
한다.

「김 박사 밥 잘 먹나.」

옆 자리에서 하는 소리가 들린다. 머리가 하얀 총무부 이사다.
박사라고 부르는 걸 보니 상대는 평사원인 모양이다. 남색 셔츠에
노란 넥타이를 한 젊은 친구가 대답한다.

「네. 잘 먹습니다.」

「그래. 잘 먹어야지. 밥 잘 먹는 놈이 일도 잘하는 거다.」

N도 들어 본 이야기다. N은 빠른 속도로 밥을 먹는다. 매끼 맛있는 식사를 할 필요는 없다. 맛있는 걸 먹기 위해 사는 건 아니니까.

반찬 타박하지 말어. 주는 대로 먹어. 아내가 아이들에게 하는 말이 떠오른다. 주어진 대로 사는 것. 그것도 무슨 인생 연습이라고, 아내는 아이들에게 비장하게 말하곤 한다. 무슨 억지인지는 모르지만 아내는 밥상에 대해 아이들과 절대 타협하지 않는다. 된장찌개가 싫으니 라면을 끓여 달라든가 자장면을 시켜 달라는 따위를 결코 받아들인 적이 없다. 도저히 못 먹겠다는 아이에게 밥을 억지로 먹인 일이 있다. 아이는 얼굴이 노래지더니 자기의 빈 밥그릇에 그대로 토해 버렸다. 아내는 그 아이에게 양치질을 시킨 후 다시 밥을 먹였다. 아이는 울었다. 그때 아내는 말했다. 주는 대로 먹어. 안 그러면 나쁜 놈이야.

때로는 바람 부는 들판에서 찬밥을 먹어야 할 때도 있고 비 오는 처마 밑에서 껍데기가 말라비틀어진 찐 고구마 같은 걸 먹어야 할 때도 있지. 언제 풍찬노숙을 해야 할지 모르는 거야. 그러니까 너도 주어진 대로 살어. 아내는 속으로 그랬을 것이다.

밥을 먹은 후 N은 자리에서 혼자만 일어선다. 밥을 늦게 먹는 사람, 집에서처럼 노닥거리며 밥 먹는 사람들을 N은 거의 공과 사를 구분 못하는 사람처럼 생각한다. 직장에서의 식사 시간은 공적인 일이다. 식당의 시큼하고 절은 듯한 냄새가 옷의 모든 기공에 배어 버렸다.

사무실에는 아무도 없다. N은 불을 켜지 않는다. 부장은 왜 아직 오지 않는 걸까?

부장은 그룹 본사에 가 있다. 내일 있을 계열사들의 중장기 계획 발표에 앞선 시연회에 참석하기 위해서다. 회사의 중장기 계획은 N이 1년 동안 작업한 결과물이다. 내일 N의 회사 보고서는 석 달 전에 이사가 된 M 이사의 데뷔 무대이기도 하다. 로열 석에 얼굴을 처음 내미는, 그의 일생에는 아주 중대한 사건이다. 일개미로 죽을 것이냐 잠깐이라도 권력층에 속해 볼 것이냐, 긴장으로 그의 붉은 얼굴은 더욱 붉어질 것이다. 그에게 신세 진 것을 생각하면 이번에 확실히 밀어 주어야 한다. M 이사는 사장까지 오를 만한 유력한 인물이다. 그는 N을 그나마 40대 말까지 직장에서 버틸 수 있게 할 동아줄일지 모른다.

지시를 내린 사람이 M만 아니었어도 N은 일 핑계를 대며 빠져나갔을 것이다. 아침이었다. M 이사가 N을 불렀다.

「N 과장 니 고등학교 어디 나왔노? 중학교는?」

M은 자리에 앉기 위해 의자를 끌어당기며 다짜고짜 물었다. 그러나 N의 대답이 만족스럽지 않은 듯 잠시 팔을 멈칫하더니 눈을 치올려 떴다.

「고향은 아래쪽 맞재? 그럼 내 부탁 하나 하자.」

그가 '일'이라고 해도 좋을 것을 굳이 부탁이라고 표현하는 데에

거절할 수 없는 긴박함이 묻어 나왔다.

「접대 하나 맡아야겠다. 아 와이리 꼬장꼬장한지, 내 선물도 보냈 거든? 잘 안 묵힌다. 내가 가도 되겠지만 그럼 그놈아 도망갈지 모른다. 그렇다고 대리아들을 보낼 수도 없고. 그놈아는 뭐 6급 주사라 카던데.」

그러면서 이사는 봉투를 꺼냈다. 현금 천만 원이 들어 있었다.

「이번 주 넘기면 우리 백두 쇠고랑 찬다. 쇠고랑 안 차도 벌금이 얼마고? 호미로 막을 거 가래로도 못 막는다.」

이사는 책상 위를 뒤지기 시작했다. 법규 위반으로 사장을 고발 할 수 있는 꼬투리를 잡은 담당 공무원의 연락처일 것이다.

「참, 내일 보고서 발표재? Q 부장 왔나? 몇 번씩 검토한 거니까 뭐 별 수정 있겠나. 오늘은 마 이기 더 중요하다. 내일 내가 아무 리 발표 잘하면 뭐 하겠노?」

이사는 봉투 위에 신용 카드를 얹어 주었다.

「접대 4차까지 하는 기다. 술 잘 묵는 O 대리 데리고 가라. 가가 그놈아랑 중학교 동문이라 카더라.」

생각이 모아지지 않아 N은 담배를 꺼내 문다. 무의식적으로 창 쪽에 가 서서 담배를 흠씬 빨아들인다. 머리가 어찔, 한다. 그제야 자신이 어제 금연을 결정했다는 생각이 떠오른다. 대한민국은 규 제가 많은 나라다. 공장 부지 허가 신청을 10년 만에 내주기도 한 다. 늑장 행정뿐 아니라 겹치기 출연도 피곤하다. 시설 안전은 건

설교통부의 감독을 받아야 하지만 안전에 관련된 종합 예방은 노동부 소관이다. 그러나, 교통안전은 건설교통부 담당이지만 도로교통법만큼은 행자부 감독을 받아야 하는 식이다. 비슷비슷한 서류를 이 부서에 내고 저 기관에 내야 한다. 행정 규제가 너무 많다는 비판이 일자 새 정부에서는 절반을 줄이라고 하명했다. 수적으로 반을 날린 바람에 빠져서는 안 될 것까지 날아간 모양이다.

그러나 그사이 다른 변형 규제들이 생겨나 벌충을 했다. 모법도 없는 훈령, 예규, 고시 등등등. 그러나 관청 탓만 할 수 없다. 회사 내부의 많은 서식과 증빙 자료도 이에 못지않다.

4차라, 여자까지 넣어 주는 접대를 하자면 시간이 한참 늦을 것이다. N은 잠깐 자 두고 싶지만 여간해서는 낮잠을 자지 못하는 체질이다. 다시 담배를 흠씬 빨아들인다. 너무 세게 빨았는지 필터로 뜨거운 기운이 확 빨려든다. 입술을 떼는 순간 창에서 무언가가 우쭐우쭐 내려온다. 거미 같다. 유리 닦는 남자다. 유리 가가린이 우주선에서 지구를 바라보았던 게 언제였더라. 허공의 남자는 투명한 유리창만 볼 뿐 그 너머의 N을 보지는 않을 것이다. 그것이 유리를 닦는 사람들의 직업윤리 같은 것이겠지. 그러나 N은 본능적으로 담배를 끄고 자리에 돌아앉는다. 거대한 거미 같은 남자의 모습이 컴퓨터 모니터에 그대로 비친다. 남자의 다리가 N의 머리 위에서 우쭐거린다. 키보드에 뻗쳐진 채 움직이지 않는 N의 손가락 열 개가 거미 다리 같다.

5

L은 전화기를 만지작거린다. 이 시간 전화를 가장 수다스럽게 받아 줄 수 있는 친구는 누구인가 떠올려 본다. 그러나 떠오르는 얼굴마다 다 바쁠 것 같다. 자기처럼, 줄어든 자아가 몸뚱이 안에서 이리저리 텅텅 부딪치며 뒹굴고 있지는 않을 것 같다. L은 자신이 싫어진다. 그러나 자기가 싫어하는 행동을 하고 만다. 남들도 싫어할지도 모를 짓, 송수화기를 들고 전화번호를 꾹꾹 누른다. 이건 무슨 금단 현상일까. 그러나 역시 아무도 전화를 받지 않는다.

끓는 물에 라면을 넣고 세수를 하려고 L이 욕실의 수도꼭지를 돌리려는 순간, 어디선가 크악, 하는 소리가 귀를 때린다. 성난 짐승의 포효 같다. L의 어깨가 그대로 굳는다. 다시 소리가 이어진다. 그제야 L의 눈이 벽에 붙은 환풍구로 가 멎는다. 욕실에 강제 배기식 환풍 장치가 달려 있지 않은 걸 보면 이 환풍구는 막혀 있지 않은 것 같다. 뚫려 있는 공기의 통로로 주인을 알 수 없는 소리들이 넘나든다. 벽을 마주 댄 옆집이 비어 있다고 들었는데 사람이 든 모양이다. 통로가 달라 10년이 가도 마주칠 일은 없을 이웃이다. 그 집 사람들은 자기 집과 L의 집 사이로 소리가 증폭되어 흐른다는 사실을 알아채는 데 시간이 좀 걸릴 것이다. L이 손을 씻고 나오려는데 환풍구에서 사람 말소리가 울리며 건너온다. L의 두 귀가 활짝 열린다.

「너 집에서 하루 종일 뭐 하나? 사람 좀 그만 볶아.」

「내가 뭘 봤어. 전적이 없었던 것도 아니잖아. 내가 이럴 만하다고 생각하지 않아?」

소리가 잠잠해진다. 거친 물소리만 들려온다. 라면 국물이 끓어 넘친다. L은 얼른 달려가 가스 불을 끈다.

귀로 신경을 모은 채 냄비를 식탁 위에 올려놓는다. 그리고 다시 욕실 앞에 와 선다. 소리가 이어진다.

「너는 사람이 평생 연애만 하고 산다고 생각하니?」

「아침에 들어와서 지금까지 자 놓고 그런 말이 나와? 왜, 남자는 죽을 때까지 여자를 좋아한다며?」

「그건 널 긴장시키기 위해 한 농담이야.」

「내가 왜 그런 개 같은 긴장이 필요해? 난 긴장되지 않아! 분노해!」

「됐어, 그럼 분노해. 넌 왜 일어나지도 않은 일로 사람을 못살게 해? 나 매일 야근만 하다가 진짜 오랜만에 친구들 만나서 술 마시고 왔어. 그래 좀 많이 마셨지. 하지만 너 이러는 건 이해 못해. 이건 사랑도 아니야.」

「막말하지 마. 내가 굉장무쌍한 걸 요구하는 거야?」

L은 두 손으로 입을 콱 틀어막는다. 너무 웃긴다. 사랑이라니, 저토록 치열한 싸움을 벌이는 걸 보니 저들은 정상적인 부부가 아닐 것 같다. 만난 지 얼마 되지 않는 동거 관계이거나 굉장히 많은 운명의 장애를 넘어 맺어진 사련 관계이거나.

불어 가고 있을 라면이 눈에 걸린다. L은 라면 냄비를 욕실 앞으로 갖고 온다. L은 모처럼 몸에 뜨겁고 싱싱한 생기가 도는 것을 느낀다. 쪼그리고 앉은 채 소리 나지 않게 라면 발을 빨아올린다.

「그래 넌 큰 요구가 아니라고 하겠지. 그러나 넌 이미 다 갖고도 네 손을 의심해. 나도 숨 좀 쉬고 살자.」

「나도 마찬가지야. 차라리 끝내고 싶어.」

좀 조용한 물소리 한참.

「……너 진짜 미쳤니? 대체 무슨 일이 있었다고 그래.」

「그래. 아무 일도 없다고 하겠지. 그러나 너의 일거수일투족은 내게 늘 불길한 암시를 줘. 그게 미치겠어.」

「다 너의 과욕 때문이야.」

「과욕? 내가 뭘 누리고 사는데!」

금방이라도 환풍구로 찢겨진 잠옷을 입은 여자가 뛰쳐나올 것만 같다. 입속의 것을 소리 나지 않게 삼킨 뒤 숨을 죽인 채 L은 그들의 말이 더 이어지기를 기다린다. 그러나 문소리가 나더니 벽 너머의 목소리는 숨어 버린다. 너무 재밌었는데 아쉽다.

집에 시멘트 비린내가 다 가실 무렵이면, 저 집도 절대 욕실 안에서는 말을 하지 않게 될 것이다.

그들이 되도록 늦게 자각할 수 있도록 L은 소리 없이 살아야지, 생각한다. 그때쯤이면 사람들이 떨어져 죽은 여자도 모두 잊게 될 것이다. 라면을 삼키는 L의 눈에 변기가 들어찬다.

6

출입문 쪽에서 날쌔고 가벼운 발걸음 소리가 들린다. 부장 Q의 걸음이다. N은 마음이 가볍게 설렌다. 그러나 N이 진종일 기다린 것을 알 텐데도 Q는 N의 등을 휙 스쳐 자기 자리에 가 앉는다. 그러고는 담배를 피워 물고 의자를 창 쪽으로 돌려 버린다. 오후의 역광으로 그는 검은색 실루엣으로 보인다. 푸른 담배 연기가 허공으로 올라가고 있다.

Q가 담배부터 무는 걸 보니 일의 결과가 좋지 않은 모양이다. 내용이야 벌써 몇 차례에 걸쳐 보고와 수정 과정을 거쳤는데 이제 또 무엇이 문제인가. N은 자리에서 일어난다.

Q는 아침마다 컴퓨터로 자신과 상무, 그리고 사장의 바이오리듬을 보는 사람이다. 자신의 지성 리듬이 상승 곡선인 날, 사장의 감성 리듬이 호조를 보이거나 다른 더 중요한 일에 정신이 팔려 있을 때, 그는 6개월간 밀린 기안 더미를 들고 가 한 큐에 사인을 받아 오곤 한다. 그래서 빈 책상에 앉아 있을 때도 그는 노는 것이 아니다. 기를 충전하는 중이다. 보통 때 그는, 매일 수염만 깎는 어떤 부장이 요새 증권이 잘나가서 곧 직장을 그만둘지도 모른다는 소식이나, 상무가 자기 형과 상속 싸움에 휘말렸으나 어쨌든 곧 돈이 생길 것이기 때문에 기분이 고양된 상태라거나 그룹 기획실 간부가 요새 기독교로 개종한 후 기독교인이라면 무조건 호의를 베풀어 기독교 특수를 누리고 있는 사람들이 많다는 둥, 정보를 주워

모으러 다닌다. 일은 과장까지가 하는 것이고 그 위부터는 정치를
한다.

내공의 덕인지 오늘 아침 Q는 자신만만하고 활기차게 디스켓을
들고 갔다.

N은 입사 이래, 기획 업무만 10년을 맡아 왔다. 경쟁하지 않는
조직은 고인 물과 같다. N은 생각한다, 고인 물은 썩게 마련이다,
사회주의 실패의 원인 중 하나는 인간의 성실과 자율성에 대한 과
도한 신뢰였다. 인간은 경쟁하면서 발전하는 사회적 동물이다. 발
전을 가져오는 경쟁을 선의의 경쟁이라고 한다. 적군은 사방에 있
다. 세제 회사의 경쟁 상대가 타 세제 회사가 아니라, 세제를 조금
만 넣어도 빨래가 잘되는 세탁기를 만드는 전자회사이거나 세제
사용량을 줄여 주는 볼을 만드는 군소 업체이듯.

N은 전시에 비 오는 관제탑을 지키는 심정이었다. 0.01초의 오차
도 있어서는 안 된다. 우리 회사 조직이 앞으로 나아가야 할 방향,
예상되는 장애, 예상되는 적군들. N은 모든 가상의 경우를 대비해
서 총알을 장전하고 군량미를 비축해야 한다고 목청을 높였다.

그러나 지상에 내려와 보면 언제나 승평세계. N의 일은 그저 의례
적인 탁상공론일 뿐, 누구도 그가 만든 보고서에 관심을 두지 않았
다. 그저 일개 직원의 맡은 바 일상 업무에 지나지 않는 일이었다.

하지만 이번 일은 달랐다. 기업 환경의 변화를 위기로 의식한 회
사가 조직한, 장기 계획 수립을 위한 특별 브레인 조직이었다. 새

천년 전략 기획 팀. 회사 내에서 우수하다는 인력 중 핵심 인물만을 골라 팀이 구성되었을 때 N은 바야흐로 자기의 인생이 상승 곡선을 탄 거라고 믿었다. 이 일을 성공적으로 마치고 나면 자신에게는 과장에서 부장으로, 이사로 승진할 수 있는 월급쟁이 최고의 상승 가도가 열릴 거라고 은근히 설레었다. 회사 내의 많은 사람들, 부장들까지도 자신에게 잘 보이려고 모여들 때 N은 겸손하기 위해 노력했다.

그러나, N이 이 프로젝트 후에 조직에서 남아 있을 자리나 있을지조차 지금으로서는 불분명하다. N이 시장 환경을 조사하고 보고서를 작성하고 중장기 계획을 수립해서 타자하고 교정 보고 결재를 받으러 다니는 동안, 시장 동향은 급격하게 변했다. 자고 일어나 보니 밤새 내린 위수령으로 곳곳에 시커먼 복장의 군인들이 지키고 선 듯, 하루아침에 곤두박질친 나라 경제는 온통 붕괴된 채 얼어 버렸다. 회사는 계속적인 조직 개편과 매각을 통해 직원의 70퍼센트를 줄인 상태다. 처음 명예 퇴직자를 모집할 무렵, N이 농담으로라도 명퇴를 운운하면 회사는 긴장하는 것 같았다. 그가 맡은 일의 중요성과 회사 내의 확고한 위치 때문이었다. 그러나 점차 줄어들기 시작한 명예 퇴직자에 대한 예우는 얼마 전부터 완전히 사라졌다. 그리고 이제 N이 사표를 내던진대도 누구 하나 의례적인 만류조차 하지 않을 것이다.

자신은 아폴로 11호였다. 승무원들의 무사 귀환을 보장할 수 없어서 발사할 때 닉슨이 미리 추모 연설문을 써놓았다는 그 비행 물체.

「이 사람, 밤에 얌전히 잠만 잘 일이지.」

부장이 N을 보자마자 하는 소리다. 입술 쥔 것을 보고 딴에는 농이라고 던지는 모양이다.

Q가 담뱃불을 비벼 끈다.

「이봐. 이거 좀 비주얼하게 바꿔야겠어. 차례대로 시연하는데 우리만 쌍팔년도야. 다들 컬러로 굉장하게들 꾸몄어. 눈에 확확 들어오고 좋더라. 위에서도 좋아하고. 그렇다고 말이야 내가, 아니 작년에는 저렇게 하지 말라고 호통 치시더니 웬 변덕이시냐고 따질 수가 있어야지. 이거 비주얼하게 업그레이드해야겠어. 아, 아주 힘들어요.」

N이 무어라 하기 전에 앓는 소리를 한다.

N은 며칠 전, 보고서를 컬러로 꾸미고 화면에 성장 큐브와 비전 체계도 등을 그려 넣기 위해 며칠 밤을 새우다시피 했다. 완성되었을 때 부장이 중요한 정보를 주었다.

「고쳐야겠는데. 지난해 이렇게 했다가 위에서 당했대. 내용이 중요하지 말이야, 쓸데없는 데들 신경 썼다고.」

N은 컬러를 도로 단순화시키고 모든 입체 화면을 평면화시켰다. 이틀하고 반이 더 걸렸고, 그 이틀과 반 사이에는 토요일과 일요일도 끼어 있었다.

N은 이제 이걸 다시 색깔을 입히고 입체화시켜야 한다. 디스켓

을 넣고 화면을 연다. 다행히 전에 만들어 놓은 비주얼 파일이 살아 있다. 부지런히 하면 담당 이사가 시킨 일에 늦지 않게 갈 수 있을 것 같다. 무슨 일이 있어도 두 가지 일은 모두 완벽하게 해야 한다. 흑백 파일에 다시 염료를 붓고 납작 눌린 것을 부풀어 보이게 하면 모든 것이 사이버 시대의 것으로 탈바꿈한다. 세상에 자기처럼 쉬운 일을 하며 사는 사람은 없을 것 같다.

과연 이들은 보고서의 구성 말고 그 내용에 대해서도 관심을 가질 것인가. 컴퓨터라는 것이 없었으면 이런 식의 일은 생겨나지도 않았을 텐데. 문명의 발달이 인간을 더 편하게 해주지는 않는다. 직립 보행이 인간에게 두 손의 자유와 창조할 수 있는 두뇌의 힘을 갖게 했다지만 누구에게나 그런 것은 아닌 것처럼. 하긴 직립 보행은 닭도 한다. 빛의 입자 때문인지 눈이 아리다.

7

아이들 밥을 먹이고 씻겨 재운 후 L은 주방을 서성인다. 망설여져서다. 오늘은 그냥 자기로 했다.

하지만 주방을 벗어나지 못한다. 냉장고에 술이 조금 남아 있다. 냉장고 문을 연다. 술병을 집어 들고도 L은 생각한다. 마시지 말자, 오늘은 그냥 자자. L은 술 마시고 난 아침이면 자신이 조금 싫어진다는 걸 기억하고 있다. 그리고 점점 그 강도가 세지고 있다는 사실도 안다. 꺼림칙하다. 그러나 다음 순간 갸웃거리며 들어차는 생각이 있다. 왜 술을 마시면 안 되는 거지?

남편은 오늘도 늦을 것이다. L은 남편과 말 좀 실컷 해보는 것이 소원이다. 10년 전부터 하고 싶었던 말, 8년 전부터 하고 싶었던 말이 가슴속에 폐기물처럼 쌓여 있다. 그러나 남편은 너무 시간이 없다. 너무 바쁠 뿐 무심한 사람은 아니다. 그는 잠잘 시간도 모자라 늘 눈이 빨갛다. L 자신이 조금이라도 능력이 있다면 그의 모자란 잠에서 한 시간쯤은 늘여 줄 수 있을 텐데. 자신이 하는 일이란 남편이 벌어 오는 돈을 쪼개 쓰고 혼자 애 낳아 기르고, 그리고 혼자 중절 수술하러 다니는 것뿐.

L은 한번도 남편 앞에서 술을 마신 적이 없다. 그는 자기 마누라가 처녀 때처럼 맥주 반 잔에 얼굴이 빨개지는 여자인 줄 알 것이다. L은 술이 좋으면서도 사실 두렵다. L은 술병을 집어 들며, 밤에 혼자 마시는 술, 정말 오늘이 마지막이라고 결심한다.

혼자 마시는 술의 첫 잔, L은 잠깐 행복하다. 다리가 내려다보이는 창가에 앉는다. 자기 모습이 밖에서 보이지 않도록 불을 끈다. 이 자리는 L이 혼자 있는 저녁마다 다른 사람들의 인생을 구경하는 곳이다. 개천을 건너지르는 작은 다리는 전혀 긴장감이 없는 높이에, 엉덩이를 걸칠 수 있을 만큼 넓다.

낮에는 여자와 남자가 나란히 앉아서 콜라를 마시며 개천을 내려다보기도 한다. 차가 뜸해서인지 밤에는 다리 가장자리에 차를 세워 둔 채 오랫동안 데이트를 하는 사람들도 있다. 불행할 거야.

지금 저 차 안은. L은 혼자 상상하고 대화한다. 헤어져요, 제발. 그러지 마, 내가 뭘 어떻게 해야 하니? 그걸 모르겠어요? 그래 몰라. 됐어요, 난 평생 당신을 가르치며 살 수는 없어요. 너무 잔인하다고 생각지 않나? 그런 말 할 수 있다고 생각해요? 미안해. 알아 내가 널 붙들 자격이 없다는 걸. 난 너 못 붙들어. 그냥 네가 내 옆에 있어 주기만을 바랄 뿐이야. 네가 날 어떤 짐승으로 느꼈든 내가 나 자신에 대해 분명히 아는 건 그거뿐이야. 너랑 같이 있고 싶다는 거. 여자는 울고 개천 물은 달빛에 반짝이고 별은 두어 개 그사이 더 나타날 것이다.

오늘은 그러나 다리 위에 아무도 없다. L이 두 번째의 병을 따는 사이 한 남자가 나타난다. 아니 두 사람이다. 한 사람이 난간 위로 올라간다. 그러고는 양팔을 벌리고 걷기 시작한다. 틀림없이 저들은 내기를 할 것이다. 나 안 취했어, 이거 봐. L의 가슴이 마구 뛴다. L은 실은 자신이 두렵다. 자기 내부의 거의 충동에 가까운 사악한 욕망을 알기 때문이다. 그 욕망은 평화의 지속을 원치 않는다. 떨어져 봐. 미끄러져 봐. 내 눈앞에서 일을 저질러 봐.

「실족? 야, 사람이 태어나서 고작 그렇게 죽는다면 얼마나 병신 같겠냐?」

이 집에 입주해서 처음 손님을 맞은 날의 그림이다. 남편이 밥을 먹다가 한 말이었다.

김치를 썰고 있다가 남편의 입에서 튀어나온 실족,이라는 말을 듣는 순간 L은 느닷없이 다리에 힘이 빠져나가는 것을 느꼈다. 20층 허공을 집이라고 장만한 자기는 혹시 이미 실족한 건 아닌가, 스스로도 당황스러울 정도로 순식간에 덮친 느낌이었다. 오랫동안 바라던 일이 이루어져서 잠깐 감정 조율이 안 된 탓일 거라고, 조증 다음에 찾아오는 느닷없는 울증 같은 것이라고 L은 자신을 추슬렀다. 그러나 발이 허공에 있는 것만 같아서 쟁반을 받쳐 들고 걷는 다리가 허청거렸다.

손님이 있었다. 남편의 오랜 친구와 그의 아내였다. 아홉 살 난 여자 아이를 데리고 들어선 여자는 10년 전 결혼식장에서 보았을 때보다 얼굴이 검어지고 침울해 보였다. 웃을 때조차 얼굴이 밝지 않은 사람, 깊은 우물 같은 얼굴이라고 L은 생각했다.

남편의 친구는 술에 취하면 옥상 난간 건너는 게임을 한다는 회사 동료들 이야기를 했다. 남편의 말은 친구의 말에 대한 대답이었다.

「그 따위 짓에 자기 목숨을 거냐? 그러다 죽으면 그야말로 인생이 얼마나 쪽팔리겠냐.」

말을 보태며 남편은 그런 인생의 장례식에라도 간 것처럼 마구 웃어 댔다.

자기가 고수라는 듯한 미소를 띠며 친구가 말을 이었다.

「파멸을 걸지 않는 게임은 재미가 없어. 러시안룰렛 같은 것에 사람들이 괜히 달려드는 줄 아냐? 그 짜릿한 긴장감, 으아! 살아 있다는 느낌의 절정이지.」

남편의 친구는 맥주잔을 들어올리며 탄성을 내질렀다.

남편이 슬쩍 친구에게 물었다.

「너도?」

친구가 자기 아내의 눈치를 보며 눈으로 대답했다. 순식간의 빛이었지만 긍정이었다. L은 얼른 친구의 아내를 쳐다보았다. 여자는 남자들과 상에 가 앉지 않고 혼자 주방 벽에 기대어 앉아 아이의 머리 방울을 매만지고 있었다. 저는 사람 냄새가 싫어요. 그렇게 말한다는 여자였다.

「하기는 에베레스트 정상에 뭐 다이아몬드가 있어서 올라가는 건 아니니까. 그래도 위험을 무릅쓴 만큼 자기 인생이나 사회에 기여하는 게 있는 게 낫잖냐?」

「실용 가치를 중시하는 사람다운 말이다. 하지만 넌, 너 하는 일이 사회에 얼마나 보탬이 된다고 생각하나?」

남편 친구는 말끝에 이상한 웃음소리를 달았다. 정말 우습다는 듯하면서도 어쩐지 자조적인 듯한 웃음이었다.

「짜식, 너 취했냐? 살쪄서 그러냐, 웬 거대 담론이냐? 우린 그런 거랑 상관없어, 인마!」

그러나 남편도 계속 킬킬대는 K를 따라 이내 웃음을 터뜨렸다. 서로의 미주알을 들여다본 듯 두 사내는 마주 보고 앉아 어깨를 들썩이며 흐흐흐 킬킬킬 꽤 오랫동안 웃어 댔다.

L은 남편이 원대하고 건강한 꿈을 갖고 있다고 생각한다. 원대한 꿈, 무사한 인생. 병들어 죽거나 사고 나서 죽지 않는 것이 남편의 꿈일 것이다.

친구의 아내가 자꾸 가자고 조르다, 어두운 베란다에 가서 혼자 앉아 있어도 남자들은 헤어질 줄 몰랐다. L은 아이들을 씻기고 재웠다. 작은아이가 깊이 잠든 걸 확인하고 막 아이들 방을 벗어나려는데 밖에서 낯선 목소리가 날아들었다.

「잘난 척하지 마. 나는 철학과 나왔어. 그래도 나는 똥보다 구역질 나는 음식물 쓰레기 손으로 걷어 내며 살아. 인생이 지겹고 세상이 싫으면 다르게 살면 되잖아. 돈이고 명예고 좇아 다닐 필요 없이.」

「야, 그만해. 알았으니까, 거기까지만!」

격앙된 감정이 말문을 막았는지, 친구는 더 이상 말하지 않았다. 순간, 친구의 아내가 자리에서 벌떡 일어섰다.

「아하! 왜, 내가 바른말하니까 듣기 싫어? 세상이 너를 잊을까 봐 그렇게 두렵니? 이 세상 너 없어도 잘 굴러간다는 거 알게 될까 봐 그렇게 겁나니? 너는 뭐가 특별해서 그런 걸 못 받아들이는데? 그냥 아무것도 아닌 채로 존재하는 게 너한텐 왜 그렇게 힘든 일인데, 이 이기적인 위선자야!」

남편 친구가 자리에서 일어나 얼굴이 하얗게 질린 채 소리치는 여자를 잡아 누르듯 안았다. 그러나 여자는 거칠게 발버둥을 쳤다.

남자의 팔 동작도 점점 억세졌다. 마침내 여자는 자기 남편의 옷을 찢고 그의 살을 찢고 울부짖었다.

「그래, 너 출세 못 시켜 미안하다. 이혼하면 출세에 지장 있을까 봐 미친년이랑 사니? 나 미쳤다매? 그래, 나 미쳤어, 나쁜 놈, 니가 개새끼인 걸 세상이 몰라서 내가 미친다!」

피가 나는 팔을 손으로 누르며 남자도 소리쳤다.

「알면 좀 그만해. 내가 하나님이야? 내가 니 하나님이야?」

그날은 저물었고, 그들도 갔다. 몇 달이 지났을까. 남편이 불쑥 그들의 이야기를 꺼냈다.

「우울증이래, 그 여자. 자기 남편만 좋고 세상의 모든 사람, 모든 관계를 힘들어한대. 남편더러 세상의 전부가 되어 달라는 이야기인데 그게 가능한가. 원래 방송 일 하던 여자야. 학교 다닐 때 꽤 날렸었나 봐. 촌놈이 끈질기게 쫓아다녀서 결혼에 골인했는데, 애를 힘들게 낳아서 좀 쉬어야 했나 봐. 그 후 재기를 못하고.」

자기가 철학과 나왔다고 소리칠 때, L은 웃음이 터질 뻔했었다. 웃지 않았던 건 여자의 정신 상태가 약간 궤도를 벗어난 것 같다는 직감 때문이었다. 생선도 수족관에 오래 있던 건 싱싱하기 어렵다지. 매일 자기가 먹고 뱉어 놓은 물속에서 산다고. 갇힌 물고기, 슬픔이나 무기력이 독처럼 퍼져 그 살은 모든 정기를 잃었을지도 모르지. 나도 혹시 그런 건 아닐까. 그러나 난 그럴 만큼 잘난 여자도 아니지. 그러나 그 여자 정도의 증세를 우울증이라고 부른다는 사실이 L은 이상하게 마음이 편치 않았다.

「친구는 부인을 잘 알아?」

「지 마누란데 지가 모르겠어. 알 만큼이야 알겠지.」

말이 끊어지는가 싶더니 다시 이어졌다.

「그 친구, 그룹 홍보실 소속인데, 회사에서는 아주 인정받는 모양이야. 승진도 빠르고. 그런데 업무가 골치 아파. 일 많지, 접대 많지, 비밀 많지, 자연히 술고래가 되는 거야. 그러니 마누라야 다 그만두고 시골로 이사 가자고 성화를 해대지.」

「부인은 남편 힘든 걸 왜 몰라 준대?」

「홍보부라는 데 대외비가 많아. 요즘 특히 중요한 업무를 맡는가 본데, 말 못하지. 마누라한테 얘기하면 세상 모두에게 얘기하는 거지, 그걸 몰라?」

K의 회사 오너는 요즘 구속되기 일보 직전이다. 정계에 뇌물을 준 혐의에 직원 무더기 해고시킨 것, 오너 일가의 재산 해외 도피 등으로 한창 신문에 오르내리고 있다.

「홍보실 일이라는 것이 어떻게 보면 회사를 위한 거짓말 창구이기도 한 거야.」

「그럼 진짜 내려가 사는 것도 좋겠다. 할 수만 있으면, 안 그래요?」

남편이 L을 기가 막히다는 듯 쳐다보았다.

L은 그 표정의 의미를 묻지 않았다. 그저 서울로 오는 것이 일생

의 가장 큰 꿈의 하나였을 시골의 두 남자 아이를 떠올렸을 뿐이다. 스무 살이 되기까지 마셔 본 우유가 1리터도 안 될 거라던 남자 아이들.

그 친구는 지금 무얼 할까. 지방 소도시의 작은 건물 옥상 난간을 걷고 있을까.

다리 위에는 이제 아무도 없다. 상관없다. L도 눈이 점점 감기고 있다. 씻고 잠옷으로 갈아입고 침대로 가야 한다고 생각은 하는데, 그래서 남편이 왔을 때는 단순하고 착한 아내처럼 곤히 자고 있어야 하는데, 몸이 움직이지를 않는다. L의 머리가 깊고 캄캄한 데로 당겨져 내려간다. L은 땅에 엎드려 긴 잠에 빠진 아이가 된다. 나는 이 지루한 평화가 싫어. 나도 러시안룰렛을 원해. 몸이 실린 채 어디론가 끝없이 달려가는 것 같다. 이명인가, 지축을 온통 흔드는 기차 소리가 온몸의 뼈마디를 관통한다.

8

1년 전 N이 생각한 오늘은 성대한 자축 파티로 밤하늘의 별까지 다 폭죽처럼 보일 것 같았다. 1년 동안 해온 프로젝트도 대단원의 막을 내리고, 동참했던 동료들과 N은 성취감에 취해 서로의 영전을 축하하며 축배를 들게 될 줄 알았다.

그러나 기다리던 오늘 N에게는 아무런 축하도 성취감도 없다. 동료들은 모두 일찌감치 다른 곳으로 전직되었고, 영전의 길은 안개 속으로 사라졌다. 그리고 자신은 지금 낯선 남자에게 술을 따르고 있다.

N은 만성 위염이 심해져 치료 중이지만 무지하게 무리해 보겠노라 하고선 폭탄주를 한 잔 마셨다. 폭탄주의 룰 하나, 일단 이륙하면 술판이 끝날 때까지 착륙하지 않는다. 빈 잔을 들고 있기 힘들면 빨리 남에게 돌려라. 둘, 조제하는 사람 마음대로 주고 싶은 사람에게 준다. 셋, 조제하는 사람이 마음에 안 들면 병권을 뺏어 올 수 있다. 방법은 폭탄주를 연거푸 두 잔 비우는 것.

동행한 O 대리의 눈이 동그래졌다. N이 술이라고는 평소 한 잔도 마시지 못하는 걸 뻔히 알기 때문이었을 것이다. 순간 N의 머릿속에는 노래 한 가닥이 떠올랐다. 벗으라면 벗겠어요, 당신이 벗으라시면.

사내의 첫인상은 무척 왜소했다. 눈, 코, 입도 아주 작아서 남자답기는커녕 어른스럽지도 않았다. 그는 초장에는 좀 뜨악하게 굴었다. 겨우 분위기가 풀린 것은 셋의 동향인 소도시 무슨 동에 자기네가 살았다는 둥, 지금은 그 동네도 다 아파트촌이 됐다는 둥, 하는 얘기를 하면서였다. O 대리는 중학교 얘기를 꺼내 잘도 이어 갔다. 하지만 그들의 중학교는 교사들이 전근을 다니는 공립학교인데다 둘의 나이 차이가 꽤 나서 사실 교정 외에는 공동의 추억거리가 없었다. 그런데도 둘은 별것 아닌 이야기로 킬킬거리며 맞어, 맞어를 연발했다.

사내는 술을 잘 마셨다. 연배끼리 만나서 반갑다면서 자기 이야기를 잠깐 했다. 지방대 출신으로 7급으로 들어가 현재 6급인데 6급 된 지는 만 8년이 됐다, 급수마다 인원이 정해져 있어서 과장이 퇴직을 하지 않는 한 승진의 가능성도 전무하다, 5급 상사 역시 그의 상부 진급이 콱 막혀 있기 때문이다, 공무원 생활 13년짼데 현재 살고 있는 집이 13평이라는 말끝에 남자는 퀴즈 같은 질문을 한다.

「서울시 9급 공무원이 6급 주사가 되는 데 걸리는 시간에 대해 나온 기사 보셨어요?」

그 기사를 못 본 것이 N은 송구스럽다.

「21년이래요.」

O가 아, 하고 놀라는 소리를 낸다. N은 실제로 놀랍기도 하다. 적은 월급을 촌지로 벌충하라는 내규가 그들에게 있을지 모른다는 생각이 든다.

사내는, 사무실에서야 30년은 되었을 조그만 철제 책상과 작은 회전의자에 궁둥이가 밀려날세라 버팅기질 해가며 하루를 채우는 6급 공무원에 지나지 않지만, 밤이면 호황 인생을 누리는 사람다웠다. 흐느적거리며 여자를 주무르는 폼을 보니 못생겼든 돈이 없든 출세를 못했든, 남자란 누구나 호남아 기질이 있다는 걸 온몸으로 보여 주는 듯하다.

폭탄주가 여섯 잔 들어갔음에도 O 대리의 얼굴 긴장은 여전하다. 가미가제 특공대라도 된 것 같다. 비장한 착각이다. 요즘 회사는, 인원이 준 대신 일은 몇 배로 늘었다. 뭐든지 하라면 해야 하는 분위기다. O는 단순한 사고와 뚝심, 그리고 한다면 한다는 정신이 몸에 배어 있다. 군인이 되었다면 인간 총알이 되었을 사람, 심복으로 부리기에 저만한 사람이 없다. 상사가 히틀러인지, 칼리굴라인지, 저 사람에게는 판별할 필요도, 능력도 없다. 충성스러운 것으로 치자면 개의 피를 받은 놈일 거라고 N은 생각한다.

자기만 들여보내면 안 가겠다고 우기며, N과 O가 여자들과 함께 자기 뒤를 따르는지 자꾸 확인하던 사내는 방 안으로 사라졌다. N과 O는 호텔까지 따라와 준 여자들을 돌려보내고 로비로 내려온다. 사내가 확실히 오입하고 나오는 것까지 지켜보는 것이 그들의 업무다.

사내와는 두 시간 후에 다시 만나기로 약속했다.

호텔 로비에는 아무도 없다. 술기운이 씻겨 가는지 서늘한 한기가 느껴진다. 실내를 되비치는 검은 유리창에 이마를 대고 밖을 내다본다. 비다. 바깥공기를 좀 쐬고 싶다. N은 유리문을 밀고 밖으로 나선다. 바람이 제법 거칠다. 물기가 간간이 바람에 실려 귀뺨에 차갑고 따갑게 부딪힌다.

K도 전혀 술을 못 마셨다. 수학여행 가서 친구들이 술 먹고 춤추는 사이 N과 K는 모기가 많은 뒤뜰로 나와 앉았다. 그 자리에서 서로의 꿈을 이야기했다. 일찍 세상을 뜬 아버지나, 혹은 술 먹고 저수지에 빠져 죽은 아버지 말고 평범하고 행복한 가장이 되는 것

이 그들의 꿈이었다. 그 방편으로 N은 천문학자가 될 거라고 했고, 야무지게도 K는 경영대를 가겠노라고 했다. 대학 시절, 폭풍 같은 시기를 지나면서 그 꿈을 잠시 잊기도 했지만, 둘은 대학 졸업을 하고 나서 정말 행복하고도 평범하게 대기업 계열 회사에 취직했다. 실연을 주고 간 첫 여자가 가슴속을 간혹 아리게 했지만 인생은 휴일, 커튼을 투과하는 햇살만큼 한갓지고 조용했다. 둘은 다시 여자를 만나 짧은 연애 끝에 결혼을 했고 아들 낳고 딸 낳으며 열심히 주택 부금도 붓고 열심히 아파트 분양 공고를 찾아 읽곤 했다. 그러다 K는 보다 인간적인 삶을 위해 대전 근교의 전원주택으로 옮겼다. K의 아내도 집 안 꾸미는 재미에 스텐실이다 십자수다 배우러 다닌다며 K가 자랑처럼 말했다. 대전으로 내려간 이후 살이 오른 K의 모습에서 중년의 안정을 읽을 수 있었다. 그러던 어느 날, K가 새벽 2시에 N의 핸드폰을 울렸다.

「잤냐? 세월 좋다, 새끼. 잠도 자고. 보고 싶어 전화했다, 짜식아. 그럼 안 되냐? 나 서울 출장 왔다.」

N은 회사에서 막 퇴근하려던 참이었다. 다음 날인 일요일에는 아이들과 소풍을 가기로 한 약속 때문에 출근을 할 수가 없어서였다.

「어디냐?」

N이 책상을 정리하며 물었다.

그러고는 찾아간 강남의 단란주점의 문을 열자마자 N은 아주 이상한 기운이 몸을 치는 것을 느꼈다. 비명이 터지고 유혈이 낭자한 느낌이었다. 붉은 조명 탓이었을까, 악을 쓰고 노래하는 사람들 때문이었을까. 순간, 저 새끼 잡아 내려, 하는 목청이 터졌다. 음악 소리 너머로 여자들의 비명 소리가 터져 나왔다. K를 찾고 있던 N의 눈이 무대 위로 날아갔을 때 거기서는 한 남자가 노래를 부르고 있었다.

넥타이를 두건처럼 두르고 수건을 목에 두른 그 남자는 야성의 소리를 질러 가며 노래를 했다. 그는 분명 검정 구두를 신고 있었다. 그러나 놀랍게도 온몸은 붉은 살덩어리 그대로였다. 몸 한가운데 터럭과 개똥처럼 뭉쳐진 물건이 터덜댔다. K였다.

한 남자가 테이블을 건너뛰어 그를 잡아끌고 다른 사람이 양복 저고리로 그의 하초를 가렸다.

「이거 왜 이렇게 개차반이야.」

한 남자가 사람들에게 붙들린 K의 배에 주먹을 꽂았다. 쿡, 하고 K가 허리를 접더니 입에서 오물을 쏟아 냈다. 또 다른 남자가 주먹질을 한 남자의 얼굴을 향해 스트레이트를 날렸다. 그러고는 피 묻은 주먹을 감추며 N에게 말했다.

「형씨 우리 이러고 놉니다. 우리 다 그래요. 술 깨면 데리고 갈게요. 걱정 마세요.」

전에 N이 K와 만날 때 한 번 본 적 있는 K의 입사 동기였다. N은 그가 왜 자신에게 이해를 구하는지조차 이해할 수 없었다.

「무슨, 일이 있었습니까?」

단지 그렇게 물었다.

「특별한 일은 없었어요. 요즘 좀 업무가 많았는데 친구가 압력을
받았던가 봐요. 워낙 내성적이잖아요.」

N은 팬티도 입지 않은 K에게 검정 양복바지와 셔츠를 대충 꿰어
입히고는 들쳐 업었다. 속옷은 자기 주머니에 찔러 넣었다. K의 시
큰한 침이 N의 어깨로 흘렀다.

두 시간에서 30분이 지나도록 나오지 않는 사내를 지루인가 보
죠, 하고 태연하게 기다리던 O도 막상 사내를 다시 보자 필요 이상
으로 절도 있게 긴장한다. 여자와 일을 치렀으니 분명 술이 좀 깨
었을 텐데도 사내는 아까보다 더 취한 척이다. 민망해서일 거라고
생각하며 N은 불러 놓은 모범택시 쪽으로 그를 이끈다.

「도와주시는 거죠. 믿고 가겠습니다.」

N은 봉투가 담긴 쇼핑백을 차 안에 실어 주며 사내에게 90도로
절을 한다. 사내는 손사래를 치는 듯하더니 졌다,는 표정으로 억지
웃음을 보인다.

「이러지 마세요. 아주 괴롭습니다. 하지만 뭐 부드럽게 해야죠.
산업 역군들 기를 꺾어서야 되겠습니까.」

차가 출발하려 하자 사내가 손을 한 번 들어올렸다 내린다. 마주
손을 흔드는 것이 건방져 보일 것 같아 N은 다시 절을 꾸벅, 한다.
목덜미 뒤로 빗방울이 차갑게 박힌다.

드디어, 해야 할 일들을 다 마쳤다. O마저 지나가는 합승 택시에

몸을 싣고 가버렸다. N은 성취감인지 허전함인지 알 수 없는 알싸한 느낌이 가슴을 뚫고 지나는 것 같다. 술의 농간 때문이라고 생각한다. 화학 물질에 의해 조종되는 것, 인간이 할 짓이 아니다. 길에는 택시를 잡으려는 취객들의 검은 실루엣이 어른거린다. 누군가가 소리쳐 욕을 하기도 하고 환호성이 터지기도 한다. N은 다리가 이끄는 대로 정처 없이 걷는다.

멀리서 새벽이 진군하는 울림이 느껴진다. 이 새벽이 밝으면 K의 몸도 가루로 만들어져 뿌려지겠지. 바보 새끼. 그러나 사람들이 추측하는 것처럼, K는 자살하지 않았다. 자살이라니, 그렇게 나약할 만큼 삐까삐쩍하게 살아 온 우리가 아니다. 그는 여느 때처럼 이기지 못하는 술에 엉망으로 취했을 뿐이다. 집으로 돌아가는 길, 늘 그랬던 것처럼 동료들과 옥상 걷기 게임을 했을 뿐이다. 그 옥상에서 미끄러진 건 순전히 실수였다. 4층 건물에서 떨어져 다리를 움직일 수 없는 그를 달려오던 차가 미처 피하지 못하고 친 것뿐이다.

N은 다가오는 택시 불빛을 향해 손을 들어 올린다. 그런데 이게 뭐지? 손가락 끝에 깃털이 돋아나 있다. 낯선 건물 옥상 난간에 있는 자기 발도 내려다보인다. 자기를 올려다보는 사람들의 얼굴도 보인다. N은 고개를 후둑 떤다. 아니야. 난 새가 아니야. 난 두 발로 걷는 지존의 인간이야. 난 날아가지 않아. 다리가 부러져도 난 걸을 수 있어. N은 서류 가방을 힘주어 잡는다.

그러나, 여기를 어떻게 올라왔던가. 난간을 내려서는 N의 몸이 덜덜 떨린다. 온통 덜컹거린다. 나쁜 새끼, 넌 여기보다 저 지상이 더 무서웠니? 잘 가. 잘 가 새끼야.

바람이 분다. 새벽이 몰려오는 검푸른 하늘로 비닐봉지 하나 새처럼 길을 간다.

아주 잘 빚어진 와인의 맛

― 박자경의 《새파란 거짓말》론

방민호(서울대 국문과 교수·문학평론가)

1. 포도주 감식법

가끔 형식이나 주제에 있어서 완벽해 보이는 단편 소설을 만날 때가 있다. 많은 경우는 아니다. 그러나 우연찮게 만나게 되는 그런 작품이 있다. 그런 때 비평가는 글을 읽고 감식하는 직업을 가진 사람의 수고를 보상받는 기쁨을 누리게 된다. 이 소설집에 실려 있는 〈너라는 검은 덩어리〉와 〈새파란 거짓말〉 두 작품이 단연 그런 경우에 속한다. 이 두 작품은 근년에 필자가 이현수의 〈토란〉이나 전성태의 〈소를 줍다〉나 김이은의 〈마다가스카르 자살예방센터〉를 읽으면서 느꼈던 완전한 짜임새의 아름다움을 다시 한 번 만끽하도록 해주었다.

〈너라는 검은 덩어리〉나 〈새파란 거짓말〉, 그리고 앞서 열거한 작품들이 보여 주는 아름다움이란 결코 단순한 기교적 세련성을 가리키는 것이 아니다. 여기에는 작가 의식의 품격과 깊이라는 본질적인 요소가 있다. 사실 소설을 기교적으로 맛깔나게 쓰는 일도 어렵다면 어려운 일이지만 빛나는 작가 의식을 갖는 일은 그보다 훨씬 더 어렵다. 그리고 최근에는 그런 작품을 보기가 점점 더 힘들어졌다. 필자가 과문한 탓도 있을 것이다. 그러나 요즘에는 문장이나 구성에서 신기를 추구하는 작가들이 많고 또 그만큼이나 그런 편향을 과장적으로 옹호하는 비평가들이 많다. 독자들도 얼마간은 그러한 유행에 익숙해져 있는 듯하다. 신기한 체하는 소설에서 우리가 진정한 감동과 깨달음을 얻을 수 없다면 이 화려한 감각의 시대에 왜 우리가 흰 백지 위에 검은 활자들을 끝없이 배열해 놓은 지루한 '모노드라마'를 감상해야 한단 말인가.

가끔은 관대한 독자들도 비평가적인 엄격함을 가져야 한다. 저 오스카 와일드는 어떤 포도주의 산지와 특질을 알기 위해서 한 통의 술을 모두 마실 필요는 없다고 말했다. 반 시간 안에 어떤 책의 가치 유무를 말하는 것은 더 없이 쉬운 일이 되어야 한다고, 만일 우리에게 예술적 형식을 아는 본능이 있다면 작품에 관해서 말하는 것은 단 십 분이면 사실상 충분하다고 말했다. 단지 테스트를 해보는 것으로 충분하다는 것이다. 필자는 가끔 인기를 끄는 작가들에 대한 독자들의 무비판적인 취향에 기가 질릴 때가 있다. 그럴 때 속으로 한탄한다. 당신들이 지금 무슨 일을 벌이고 있는지 아시는지요?

박자경의 이번 소설집은 그와는 정반대의 경우에 속한다. 독자들에게 이 소설집에 실린 여섯 편의 작품들을 다 맛보아 달라고 주문하고 싶다. 〈너라는 검은 덩어리〉나 〈새파란 거짓말〉은 단연 생의 불가사의에 도전하고 있는 수작들이지만 그밖에 다른 작품들 역시 어디에 내놓아도 손색없을 작품들이다. 진짜 그럴 만한가는 이 박자경산 포도주들을 다 맛보신 다음에 반문해 주셨으면 한다.

2. 드라이한 맛

《새파란 거짓말》은 삶과 생명의 의미를 깊이 파헤쳐 들어가면서도 문장 표현의 묘미를 십분 즐길 수 있도록 해주는 소설집이다. 이 가운데에서도 〈너라는 검은 덩어리〉는 일품이다.

인간에게 삶과 죽음이라는 문제만큼 큰 것이 없을 것이다. 그런만큼 그것에 관해서 잘 쓰는 것은 어려운 일이다. 자칫하면 한갓 장광설이 되어 버리거나 진부한 신변잡기로 떨어져 버리고 만다. 단편 소설의 형식 속에 어떻게 이 문제를 잘 담아낼 수 있을 것인가.

만약 〈너라는 검은 덩어리〉가 단순히 유방암에 걸린 여성의 불행에 관한 이야기였다면 이 작품의 수준은 일찌감치 지금 필자가 생각하는 것보다는 조금 낮은 선에서 결정되고 말았을 것이다. 그러나 작중 인물인 미지라는 젊은 여인은, 세상을 어떻게 볼 것인가라는 문제를 깊이 고민해 나가는 내성적 인물로 설정되고 여성으로서 가장 고통스러운 일을 경험한다.

유방이 여성성을 상징한다는 것, 그럼으로써 여성의 삶의 위기와 선택을 보여 주는 가장 문제적인 매개체가 된다는 것은 1920년대의 신여성 작가 김일엽의 예에서 일찌감치 확인된다. 당시 김일엽은 여성의 유방을 억압하는 복식을 개량할 것을 주장하면서 스스로 개량 한복을 지어 보였었다.(〈부인 의복 개량에 대하여〉,《동아일보》, 1920.9.10-14)

이처럼 가슴이 현대 여성의 자의식의 중심점이라면 가슴을 잃는 것은 여성으로서의 정체성 위기를 의미할 것이다. 여성에게 이것은 아마도 죽음에 버금가는 고통을 야기할 것이다. 설상가상으로 미지는 사랑하는 사람에게 버림받는 수난까지 겪는다. 이제 어떻게 살아야 할 것인가. 이 문제는 미지에게 어떤 그림을 그릴 것인가 하는 문제로 치환되어 나타난다. 그리고 이것은 "이제 또 어떻게 세상 보는 눈을 달리할 것인가" 하는 문제와 같다. 죽음이 제 자태를 드러내고 있는 상황에서 미지는 이 난제를 풀어야 한다.

여기서 미지는 전통적인 몽유록에서 볼 수 있는 것과 같은 기이한 경험을 한다. 어느 날 밤 우연의 소산으로 그녀는 '가죽 푸대'와 '말총머리'라는 별명의 낯선 사내들과 한밤을 보낸다. 직업 없는 백수인 '가죽 푸대'와 대학 입시에 열 번이나 실패했다는 '말총머리'와 유방암 수술을 받고 정신적으로 방황하는 여인, 이렇게 세 사람이 우연히 만나 하룻밤을 보낸다는 설정은 그로테스크하고도 몽환적이다. 그것은 김승옥 소설 〈서울, 1964년 겨울〉(《사상계》, 1965.6)에서 서로 다른 배경을 가진 세 명의 사내가 만나 한밤에 기이한 일들을 경험했던 것을 연상시킨다.

〈서울, 1964년 겨울〉이 아무래도 작중 인물들의 내면 풍경과 시대 사이에 가로놓인 내적 관련성을 보여 주는 데 그 특징이 있었다면 〈너라는 검은 덩어리〉에 등장하는 인물들은 특정 시대라기보다는 삶의 불가해성을 둘러싼 의문에 사로잡혀 있다는 것이 다르다고 할까. 그러나 시대도 결국은 생의 불가해성으로 연결되는 것이며 그 역도 마찬가지 진실일 것이다. 그리고 〈서울, 1964년 겨울〉이 작품 말미에 이르러 한 사람의 죽음을 보여 주었다면 〈너라는 검은 덩어리〉 역시 결말에 한 사람의 죽음을 예비해 두었다. 앞에서 말한 세 사람 중 하나가 아니라 작중 에피소드로 잠시 등장하는 어느 여인이 자살했다는 점이 다르다면 다를 뿐이다. 이 두 작품에서 어느 한 사람의 죽음은 일종의 희생제의적 기능을 갖는다. 특히 〈너라는 검은 덩어리〉에서 이 기능은 현저히 드러난다. 만약 누군가가 미지를 대신해서 자살하지 않았다면 죽음을 선택하는 것은 바로 그녀의 것이 되었어야 한다.

죽음에 버금가는 절망적 상황에 처한 여성이 하룻밤의 기이한 만남 속에서 삶의 의미를 반추하는 이야기를 통해 작가는 독자들에게 삶을 대면하는 서로 다른 태도들을 보여 주면서 그 의미를 무겁게 해석해 보도록 한다. 이 작품의 그로테스크하고도 몽환적인 분위기, 기이한 대화들은 읽는 사람들로 하여금 무거우면서도 깊은 소설 문장의 맛을 실감하도록 해준다.

3. 식물론의 향기

〈새파란 거짓말〉 역시 경쾌한 느낌을 주는 제목과 달리 명화라는 한 여인의 삶을 통해 인생의 의미를 깊이 파헤치는 무게감이 있다. 작가는 서문에서 〈새파란 거짓말〉에 무척 공을 들였다면서 "식물성 정신력"을 두려워하면서 썼노라고 고백하고 있다. 필자가 주목한 것도 바로 이 식물적 상상력이다.

〈새파란 거짓말〉은 작가가 식물의 세계를 얼마나 사랑하고 또 이해하고 있는지 그리고 식물의 생리를 통해 세상을 보는 법을 얼마나 오래 시도해 왔고 또 그만큼 터득하고 있는지 알 수 있게 해준다. 작가의 깊은 공부는 온갖 정원수들의 이름들부터 그들의 생리와 정원수로서의 배치에 이르기까지 해박한 지식을 발휘하도록 했을 뿐 아니라 식물을 동물과 달리 고통과 욕망을 갖지 않는 존재로 간주하는 속류적인 관점에 반하여 살아서 감각을 느끼고 반응하는 생생한 실체로 그려 내도록 했다. 특히 작중에 나타난 어머니 명화와 딸 진의 대화에서 나타나는 식물에 대한 작가의 이해 방식은 깊이 음미해 볼 만하다.

여기서 명화는 딸 진에게 식물도 잘려 나가는 아픔을 안다고 한다. 시금치는 데쳐질 때 진저리를 치고 나무는 사람이 가위를 갖고 다가갈 때 몸을 떤다고 한다. 식물도 자연 그대로 생명력 뻗치는 대로 살기를 바란다고 한다. 나아가 그녀는 식물도 동물처럼 생명에 대한 지독한 집착을 갖고 있으며 선과 악을 가지고 있고 있다고 한다. 식물도 고통을 느끼고 피를 흘리고 때로 사악해지기까지 한다는 것이다.

이러한 명화의 생각이 식물에 대한 작가 자신의 인식이기도 하다는 것은 〈너라는 검은 덩어리〉에서 '말총머리'가 식물도 목숨이 있다면서 인간들은 자신들을 생명체의 기준으로 삼으면서 자신들과 다르면 어떻게 훼손해도 아픔을 느끼지 않을 것이라고 믿지만 그러나 자기는 밥을 먹거나 빵을 먹을 때도 벼와 밀이 흘린 피를 떠올린다고 말하는 데서도 드러난다. 소설에서 반복되는 것은 대개 작가의 관점을 대변하게 마련이다.

이를 입증하듯 〈새파란 거짓말〉에서 작가는 식물들에게 장식적인 상징성을 부여하는 차원에서 훨씬 더 깊이 들어가 그것들을 심고 기르고 함께 살아가는 사람들과 생명의 기운을 주고받는 영적 존재로서의 지위까지 부여한다. 나무들은 정례에서 명화를 거쳐 진으로 이어지는 여성들의 삶과 그네들의 정신적 상태와 원념(怨念)을 지켜보는 증인과 같은 역할을 하게 된다. 나무들은 명화의 삶에 어린 한을 지켜보고 그녀가 시어머니인 정례의 죽음을 재촉하고 진이 자기 어머니의 행위를 알아차리게 되는 것까지 모두 지켜보면서 이 모든 것을 그네들의 영적인 상태로까지 고양시켜 보여 준다.

그리하여 마침내 그네들은 그것들과 함께 살아간 여인들의 운명을 상징하기에 이른다. 식물들은 한곳에 고정되어 있는 것 같지만 여러 가지 방법으로 멀리까지 떠나 새로운 삶을 살아가기도 하는 법이다. 명화의 시어머니 정례는 한곳에 붙박인 생을 살아갔고 명화는 주어진 생에서 벗어나려고 몸부림치다가 메말라 갔다. 명화의 딸 진은 마침내 포자처럼 멀리 멀리 날아가 타국의 황야를 헤매면서 고독한 삶을 이어 간다. 이렇게 보면 〈새파란 거짓말〉은 식물의 상징성에 기대어 세 여인의 삶으로 구성되는 일종의 '허스토리'를 시도한 것이라고 말할 수도 있다.

〈새파란 거짓말〉은 필자로 하여금 다시 저 1920년대 전반기에 김일엽의 애인이었던 사람의 비평문 〈식물의 예술미론〉(《영대》, 1924.8)을 떠올리게 한다. 작가이자 시인이었고 비평가이기도 했던 임노월은 여기서 "무한한 대공(大空)을 향하여 한없는 정열을" 가진 식물의 속성을 예찬하여 식물들이 "가지가지로 뻗어서 공간을 정복하며 정열을 상징한 꽃 피는 광경을 볼 것 같으면 미지의 세계에 대한 명민한 민감성을 가지고 공간의 추상적 형태를 해지(諧知)하며 관조하여 우주의 해조(諧調)와 선율을 표현하는 것 같다"라고 했고, 그러면서 "그렇다, 공간은 무수한 미적 개념이 잠재한 세계다"라고 하였다. 〈새파란 거짓말〉에 나타난 박자경의 식물론은 필자에게 임노월 이래 가장 매력적인 식물론의 하나로 다가온다.

4. 심리 묘사의 묘미

이 소설집에는 모두 여섯 편의 작품이 실려 있는데 이들은 대체로 두 가지 계열로 나뉜다. 그 첫 번째 계열은 〈어둠보다 익숙한〉,

〈물고기〉, 〈비닐봉지가 새처럼〉 등으로 구성된다. 이들 작품은 어떤 시대나 세태에 처한 인물들의 내면 심리를 섬세하게 드러내는 데 초점이 있다.

다른 두 번째 계열을 이루는 작품은 〈새파란 거짓말〉과 〈저 까마귀 떼〉인데 이는 시대나 세태가 아닌 인생 또는 운명의 문제를 보여 준다. 그리고 〈너라는 검은 덩어리〉는 이 두 계열이 만나는 위치에 놓이는 작품이다. 〈너라는 검은 덩어리〉는 〈새파란 거짓말〉이나 〈저 까마귀 떼〉처럼 누대에 걸친 이야기를 펼치는 설화적 형태를 취하지 않고 도시적 삶을 살아가는 여성의 고통과 선택의 문제를 다룬다. 그러나 그 주제는 어떤 특정한 시대나 세태에 한정되지 않는 보편성이 있다.

〈어둠보다 익숙한〉, 〈물고기〉, 〈비닐봉지가 새처럼〉 등 첫 번째 계열의 작품들은 박자경이 여성 인물의 내면 심리를 섬세하고도 예민하게 포착해 내고 또 그것을 기지와 영감을 갖고 표현할 줄 아는 작가임을 보여 준다. 〈어둠보다 익숙한〉은 이혼한 언니와 함께 살면서 오래된 연인과의 결혼 문제를 고민하는 여인의 심리를 리드미컬하게 펼쳐 보인 작품이다. 〈물고기〉는 유부남과의 사랑 때문에 고민하고 있는 여성의 마음을, 〈비닐봉지가 새처럼〉은 생활의 요구에 밀려 삶의 활력을 잃어버린 부부의 서로 다른 내면세계를 깊이 있게 조명해 보인다. 이 점에서 이들 작품은 세태적인 소재를 다루면서도 세태 묘사에 머무르지 않는 작가적 역량을 보여 준다.

이들 작품에서 여성 인물들은 통속적인 성격의 소유자들인 것처럼 행동하지만 사실은 전혀 그렇지 않다. 통속적인 언어를 사용하고 그것으로 사유하지만 이런 언어의 장막을 헤치고 그녀들 자신만의 삶의 가치를 추구하고 인정받고자 하는 의욕을 품고 있다. 나아가 그녀들은 무엇보다 결혼 같은, 순진함을 가장한 그녀들의 소망이 현실의 장벽에 의해 가로막혀 있음을 꿰뚫어 볼 줄 아는 영리한 이성의 소유자들이다. 따라서 이들 작품은 역설과 비유로 정곡을 찌르는 말들의 향연을 이어 가면서도 은연중에 무겁고 심각한 분위기를 자아낸다.

무엇보다 그녀들은 남성들에 의해 둘러싸여 있고 사랑에 대한 희망을 품고 남성들과 관계를 맺어 나가면서도 그들에 대한 두려움과 경계심을 버리지 못한다. 남성들과 남성들에 의해 둘러쳐진 가정이라는 장막 속에서 그녀들은 고통스러워하고 신음한다. 〈어둠보다 익숙한〉의 주인공은 휴양지의 남성들이 언제 폭력을 행사할지 모른다는 강박 관념을 품고 있고 〈물고기〉의 주인공은 "나는 남자를 믿지 않아요. 아니 사람을 믿지 않죠. 괴롭지만 이건 내가 인생에서 느끼는 리얼리티예요. 무겁고 괴로워도 죽을 때까지 짊어지고 가야 할 나의 척추 같은 거죠"라고 고백한다. 어렵게 새집을 장만한 〈비닐봉지가 새처럼〉의 여주인공 L은 자신을 "매일 자기가 먹고 뱉어 놓은 물속에서" 사는 "갇힌 물고기" 같다고 생각한다.

〈어둠보다 익숙한〉에서 한밤에 언니와 애인을 기다리던 주인공이 밖에서 들려오는 말소리에 반가운 마음으로 문을 열자 정작 들이닥친 것은 수십 마리의 나방 떼였다는 결말이라든가, 〈물고기〉의 결말 부분에서 여주인공이 "이번 생에서 어쩌면 내 첫사랑은 끝내 이루어지지 않을 것만 같아요. 나는 이제 그를, 아니 그를 향한 내 사랑을 저 물속으로 흘려보내야 할까 봐요"라고 독백한 것이라든가, 〈비닐봉지가 새처럼〉에서 아내 L이 돌아오지 않는 남편을 기다리면서 "지루한 평화" 대신에 "러시안룰렛"을 달라고 독백하는 동안에 남편인 N이 힘겨운 미션을 끝내고 돌아오는 길에 자살해 버린 그의 친구처럼 그 자신이 옥상 난간에 서 있는 환영을 보는 것이라든가, 이 모든 결말은 아픈 눈으로 세상을 들여다보는 작가의 시선을 느끼게 해준다. 경쾌한 문장들의 역설과 반전으로 우리가 살아가는 세계의 무거움을 깊이 진단해 보이는 것이 바로 이 소설집의 첫 번째 계열 작품들이다.

5. 다생을 꿈꾸는 인물들

이 소설집의 인물들에 공통적인 면모 가운데 하나는 다생(多生)의 삶에 대한 지향에 있다고 볼 수 있을 것이다. 박자경 소설의 인물들은 어려운 문제를 풀어서 새로운 상황에 진입하려 한다기보다는 과거와는 전적으로 다른 새로운 삶에 진입해 들어가고자 하는 욕구를 가지고 있으며 이것은 종종 전세와 현세와 미래세를 넘나드는 상상력을 표출하는 것으로 나타난다.

  예를 들어 〈어둠보다 익숙한〉의 여주인공은 오래된 애인과의 관계를 청산하고 새로운 삶을 시작하고자 하는 욕망을 품고 있으며 〈물고기〉의 여주인공은 무려 일곱 번째 사랑을 하면서도 자신은 첫사랑을 하고 있는 것이라고 간주하고 싶어 한다. 〈새파란 거짓말〉에서 남편을 여읜 명화는 시집에서 뛰쳐나가 새로운 삶을 선택하고자 몸부림친다. 마지막으로 〈너라는 검은 덩어리〉의 여주인공 미지는 거울에 비친 자기 자신을 향해서 "나는 몇 번째 생에 사는 누구인가"라고 자문한다. 이러한 심리는 단순히 문제를 해결하고자 하는 것과는 차원이 다르며 자신의 경험이나 기억, 인연을 완전히 버린 터전 위에서 새로운 생을 부여받고자 하는 것이다.

  앞에서 필자는 이 소설집의 두 번째 계열을 이루는 작품으로 〈새파란 거짓말〉과 〈저 까마귀 떼〉를 꼽고 이 두 작품이 시대나 세태가 아닌 인생 또는 운명의 문제를 보여 준다고 했다. 이 가운데 〈저 까마귀 떼〉는 특히 이와 같은 다생을 꿈꾸는 사람의 심리적 구원에 관련된 이야기라고 할 수 있다.

  여기서 '나'는 어떤 사람일까. 작중 이야기에 따르면 '나'는 서울 근교의 어느 관광단지에서 배를 타고 들어가야 하는 '므리'라는 외딴 곳으로 도피해 들어간다. 그런 '나'에게 그곳은 "온몸으로 관계의 전파가 뚫고 지나는 듯한 인간계 너머의 피안", "문명 세계 안의 오지" 같은 곳이다. 또 그곳에서 '나'는 낯선 경험들을 하게 되는데 그러면서 "어둡고 광활한 우주를 질주하는 지구 위에서 나는 지금 무얼 하고 있나”라는 상념에 빠지기도 한다. 이야기가 전개되면서 ‘나’의 면모가 조금씩 드러나지만 완전히 밝혀지지는 않는다. 그에 따르면 ‘나’는 자기 입에서 나오는 구취를 견디지 못하고 묵언 수행하는 심정으로 자성의 공간을 찾아 도피행을 떠나게 되었으며 미래가 몹시 불투명한 상태에 빠져 있는 것으로 되어 있다. 이러한 설정들에 따르면 아마도 ‘나’는 자신의 언설로 타인을 회유, 설득하거나 지도하는 입장에서 살아온 사람으로서 필시 정치인 또는 정치 지망생이거나 학생 운동 전력을 가진 사람이거나 아니면 그와 유사한 성격을 가진 사람인 듯하다. 이러한 ‘나’는 현실 세계와 지리적으로 동떨어져 있을 뿐만 아니라 시간관념마저 다른 ‘므리’에서 한 노파의 곡절 많은 일생을 엿보는 경험을 하게 된다.

　근년에 출판된 전성태 씨의 소설집 《국경을 넘는 일》 가운데에도 이와 유사한 상황 설정을 가진 〈존재의 숲〉이라는 작품이 있었다. 이 작품의 주인공 역시 막다른 상황에 직면하여 어느 궁벽한 산골 마을로 들어가 기이한 경험을 하게 된다. 이러한 〈존재의 숲〉이나 〈저 까마귀 떼〉 같은 작품에서 현실 세계를 벗어난 주인공의 낯선 경험은 그에게 새로운 삶을 위한 활력을 제공하게 되는 경향이 있다. 이것은 마치 몽유록과 같이 현실과는 다른 꿈속 경험이 주인공으로 하여금 현실에 대한 태도를 새롭게 정립시키는 것과 같다. 〈저 까마귀 떼〉가 보여 준 한 가지 다른 특징은 뫼비우스의 띠처럼 안과 바깥의 구별을 전도시키는 구성상 역전일 것이다. 이 작품에서 '나'는 자성을 위한 안식의 공간으로 알고 찾아 들어간 곳에서 일생을 악착스럽게 살면서 행복을 구하던 노파의 불행한 파국을 목도하게 된다. 이 마지막 대목에서 '미리'는 현실과 단절된 공간이 아니라 현실에서의 삶에 대한 하나의 비유적 기호로 그 기능이 전도된다.

한편 〈저 까마귀 떼〉의 음울한 결말은 세계를 인식하는 작가의 시선이 무겁다는 것을 한 번 더 생각하게 만든다. 첫 번째 계열의 작품들이나 두 번째 계열의 작품들을 가릴 것 없이 작가는 경쾌하고 유쾌한 어휘들, 짧고 간명한 문장들, 촘촘한 심리 묘사와 같은 의장 뒤에 현실을 바라보는 날카로운 시선을 숨겨 두고 있다. 〈너라는 검은 덩어리〉나 〈새파란 거짓말〉, 그리고 〈비닐봉지가 새처럼〉, 〈어둠보다 익숙한〉, 〈물고기〉 같은 작품은 이러한 시선이 언어의 베일을 걷어 내고 그 형체를 뚜렷하게 드러낸 경우인데 이렇게 보면 〈저 까마귀 떼〉는 하나의 예외에 해당한다고나 할까.

그럼에도 이 소설집에 실린 작품들이 거의 예외 없이 독자들을 이야기 속으로 흡수해 들이는 힘을 발휘하는 것은 왜일까. 아마도 이것은 작가가 타고난 이야기꾼 같은 감각을 가지고 있기 때문일 것이다. 독자들은 이 소설집 말미까지 재미라는 당의정을 놓치지 않고 작가가 이야기하고자 하는 것을 같이 생각해 보는 즐거움을 누릴 수 있게 될 것이다.

새파란 거짓말

초판 1쇄 인쇄일 · 2006년 9월 20일
초판 1쇄 발행일 · 2006년 9월 25일
지은이 · 박자경
펴낸이 · 임성규
펴낸곳 · 문이당

등록 · 1988. 11. 5. 제 1-832호
주소 · 서울시 성북구 동소문동 4가 111번지
전화 · 928-8741~3(영) 927-4990~2(편)
팩스 · 925-5406
ⓒ 박자경, 2006

홈페이지 http://www.munidang.com
전자우편 webmaster@munidang.com

ISBN 89-7456-348-7 03810